天野桃隣と太白堂の系譜
並びに南部畔李の俳諧

松尾真知子　著

和泉書院

序

江戸は蕉門が形成され、其角や嵐雪という高弟が輩出した地である。そこに芭蕉と同郷の類縁者の桃隣が登場する。これまで芭蕉の門人については先行研究が多数存在するが、桃隣については傍流的な存在として位置付けられてきた。其角の華やかさにはかなわないけれども江戸座の陰に隠れた桃隣について調べていくうちに、なるほど交流面においては蕉門から逸脱する傾向にあるが、実際はどうなのかという疑問を抱くようになった。

芭蕉の没後、蕉風は概ね其角の都会風（洒落）と支考の田舎蕉門（美濃派）の二派に大別されて論じられてきたが、このような対比の枠組みの外に江戸俳壇で活躍した桃隣が存在する。そこで問題設定の枠組みを広げ、「江戸蕉門とは何か」という視点を導入した。

「江戸蕉門」は、芭蕉の生存中に入門し、かつ江戸で活躍した蕉門俳人という意味で用いられてきた。書名や論文題目から類推すると、およそ一九五〇年代から「伊賀蕉門」「大阪蕉門」「尾張蕉門」「九州蕉門」などのように、地名に「蕉門」を加えたタイトルが見られるので、その地で活躍した蕉門俳人を研究する気運が生じたと考えられる。「江戸蕉門」は、前述の意味で使用されて今日に至っている。しかしながら、俳諧系譜に着眼して縦断的に太白堂の継承を跡づける過程で、嵐雪門・素堂門・杉風門と共に太白堂が「江戸の四大家」と称する点に気付き、「江戸蕉門」を「芭蕉の没後も江戸時代を通して蕉門の系譜に連なる門葉」と広く解釈してはどうかと思い至った。

十八世紀後半になると主に地方系俳壇を中心として蕉風復興運動が起こったと考えられている。地方に対して都市部の江戸蕉門の実態はどのようであったのかという観点から、俳諧史上に、桃隣と太白堂の位置付けをするという目標を設定して研究を進めた。

江戸俳壇を概観すると、異質な作風である江戸座と蕉風は別に扱われてきたが、石河積翠は江戸座の燕石を経て太白堂に入門し、八戸藩主南部畔李は江戸座の影響を受けて蕉風を慕うという事例が見られる。これは蕉風を固定的に理解するだけでなく、視野を拡大して江戸という都市に育まれた文化を背景にした作風を考える契機になるのではと思う。

本書の中で、江戸蕉門の桃隣、太白堂の俳人たち、大名俳人の畔李を考察していきたいと考える。

目次

序 …… i
凡例 …… xii

I 天野桃隣

第一章 芭蕉と桃隣 …… 三
一 桃隣の生涯 …… 三
桃隣略年譜 …… 七
二 同名異人 …… 一〇
1 桃林 …… 一〇
2 桃翁 …… 一〇
三 桃隣伝記の問題点 …… 一一
1 享年 …… 一一
2 加兵衛・勘兵衛説 …… 一三
3 浮世草子作者 桃林堂蝶麿 …… 一三

4　雑俳点者……一五
四　芭蕉と桃隣……一六
1　芭蕉書簡を中心に……一六
2　『別座鋪』の世界……一七
3　『陸奥鵆』所収の芭蕉百句……二〇
〈芭蕉百句一覧〉……二一
五　桃隣の弟子……二三
第二章　桃隣の俳諧活動—『陸奥鵆』を中心として—……二七
序……二七
一　調和の動向……二八
二　江戸の俳諧宗匠の肖像……三〇
三　出版費用……三一
四　蕉門俳人としての桃隣の立場……三三
結……三三
第三章　『粟津原』の時代……三五
一　桃隣の芭蕉理解……三五
二　芭蕉の墳墓……三七

〈伊賀上野にある芭蕉墓について〉……三九
三　晩年の住所……四二
四　発句合の判詞……四四
第四章　桃隣発句集……四七

Ⅱ　東都蕉門　太白堂

第一章　大練舎桃翁……六九
一　伝記……六九
二　作品……七三
1　俳諧姿鏡……七三
2　冬の日……七三
3　俳諧阿満安賀利……七三
4　誹諧檜木がさ……七四
5　紫微花……七四
第二章　二世桃隣……七六

一　伝記……七七
二　作品……七九

第三章　石河積翠……八〇

一　太白堂と石河積翠……八〇
1　石河積翠……八〇
2　俳諧の師……八二
2－1　燕志……八二　2－2　二世桃隣……八三
3　太白堂との関係……八四
3－1　三世桃隣……八四　3－2　四世桃隣……八四　3－3　三化……八五
4　著書……八五
5　天林山泊船寺……八六
付記　積翠の蔵書目録……八九
二　『俳諧或問』―石河積翠の芭蕉理解について―……八九
序……八九
1　俳諧に古人なし……九〇
2　比喩と縁語……九一
3　姿情……九四
4　芭蕉の元禄体……九六

結 …… 一〇〇
三　積翠年譜・発句集 …… 一〇三
第四章　三世桃隣 …… 一〇七
一　伝記 …… 一〇七
二　作品 …… 一〇九
第五章　四世桃隣 …… 一一一
一　伝記 …… 一一一
二　作品 …… 一一三
第六章　五世萊石 …… 一一五
一　伝記 …… 一一五
二　作品 …… 一一八
第七章　六世孤月 …… 一一九
一　伝記 …… 一一九
二　作品 …… 一二三
1　『桃家春帖』 …… 一二四

2 月次句合……一二六
3 俳諧一枚摺……一二九
三 細山の俳人たち……一三〇
四 孤月年譜・発句集……一三三

第八章 明治時代以後の太白堂……一五七
一 七世四夕……一五七
二 八世呉仙……一五八
三 九世桃年……一五九
四 十世桃月……一六〇
五 十一世桃旭……一六一
六 十二世明月女……一六二
七 十三世篁村……一六二

Ⅲ 八戸藩主南部畔李公

第一章 伝記……一六五

序……一六五
一 互扇楼時代……一六五
1 初号「互扇」……一六五
2 雪中庵との関係……一六七
3 星霜庵白頭の嗣号……一六八
4 江戸座宗匠との交流……一六八
5 芭蕉百回忌追善……一七〇
二 花咲亭時代……一七二
1 「花咲亭」号……一七二
2 花下伝書……一七三
3 月次句合の判者……一七五
三 五梅庵時代……一七九
1 「五梅庵」号……一七九
2 江戸の俳人たち……一八〇
3 八戸の俳人たち……一八三
四 畔李没後の顕彰……一八四
結……一八五
第二章 作品……一八六

一　発句……一八六
1　古典を踏まえた句……一八六
2　諺や慣用句などに関係する句……一八八
3　宗教関係の句……一八九
4　芭蕉理解を表す句……一九一
5　人名を入れた句……一九一
6　文政五年『秋冬発句帳』……一九三
7　新出・五梅庵畔李の句軸の紹介……一九三
8　季語……一九四
〈季語一覧〉……一九五
二　連句……一九七
三　紀行・俳文……一九九
1　紀行……一九九
2　俳文……二〇一
四　俳諧一枚摺……二〇三
〈俳諧一枚摺一覧〉……二〇三
五　月次句合……二〇六
六　俳諧献額……二〇九
1　寺下観音……二一〇

2　新羅神社……二一〇
3　金刀比羅神社……二一一
七　その他……二一三
1　漢文……二一三
2　和歌……二一三
3　印章……二一三

第三章　畔李発句集……二一五
畔李公略年譜……二一六
畔李発句集……二一七

結……二三五
発句集収録句所蔵先一覧……二三七
主要参考文献・引用書目……二三九
初出一覧……二四三
あとがき……二四五
発句索引
天野桃隣……二四七　石河積翠……二五〇　六世孤月……二五一　南部畔李……二五四

凡例

○本書の他の箇所を参照するとき、本書「Ⅱ―第二章―一　伝記」といった表示をしている。数字は目次にある本書の章や項を表す。

○参考文献等の固有名詞は、原則として敬称を省略した。

○史料の引用にあたって、以下の点に留意した。

1、旧漢字、異体字はなるべく通行のものに改めたが、固有名詞は原本どおり（旧字体のまま）にしたものもある。

2、濁点、句読点を、引用者（松尾）の判断でほどこし、濁点が底本にある場合は、（濁ママ）を入れた。

3、よみがなを引用者の判断でほどこし（平仮名で表記した）、底本にある場合は、底本の表記の通りにカタカナで記した。

4、漢字に誤りがあると考えられる字の横に（　）を付して正しい字を記した。衍字などは（ママ）を記した。

（例）天野呉竹軒大（太）白堂歳旦　（例）哉な（ママ）

5、虫損、汚れその他判読困難な箇所は、□□とした。また墨消の箇所は、■とした。

6、原則として印記は省略した。

7、引用文に付した傍線、記号（改行の印／を含む）は引用者がほどこした。

8、引用文中の〔　〕に字を補った。

I　天野桃隣

誹祖松永逍遥（遊）軒長頭丸貞徳
北村拾穂軒再昌院法印季吟
松尾釣月軒芭蕉翁桃青居士
天野呉竹軒太白堂桃翁

（桃隣編『誹諧栗津原』）

第一章　芭蕉と桃隣

一　桃隣の生涯

天野桃隣（一六四九?～一七一九）は、太白堂、呉竹軒、晩年に桃翁という別号を有する元禄時代に活躍した俳人である。『陸奥鵆』の自序、

雲霧長流のとゞまる処をしらず。片霞伊賀山の岫を出て、難波の浦にたゞよふ芦の若葉に生替る事、十とせあまり五とせにやなりぬべき。予黄口のむかし、破魔弓をとる手に賭弓の名を聞伝へ、竹馬に鞭をあぐるより競馬の争ひある事をしりて、終世利をいとひ遊民となつて、よすがなき花月の僕と身をくづをれ、漸壮年に至る。されば師が東行の袂にすがり、はじめて富士の高きを驚き、むさしの広きをうかゞふ。

によると、伊賀上野で生まれ育った後に大阪で十五年ほど暮らし、元禄四年（一六九一）十月、大津の義仲寺を出発した芭蕉に同伴して江戸に出て、芭蕉の後見により俳諧師として歩み始めた。

このように芭蕉の晩年の弟子として登場する桃隣は、芭蕉の従弟ともいわれ、芭蕉の甥の桃印を看病したり、芭蕉の遺言状に桃隣の先行きを心配する言葉があるなど、かなり親しい間柄であった。

桃隣の俳諧活動を見ると、江戸に出てきたことが大きな分岐点であり、江戸は芭蕉が蕉風俳諧を確立した土地で、

其角や嵐雪やパトロンの杉風などの高弟がいる。その地に芭蕉の後押しを受けて新参者の桃隣が登場するのだが、芭蕉が亡くなると強力な後ろ盾をなくし、さらに宝永四年に其角と嵐雪が相次いで没した後は江戸の蕉門俳人として心細い状況に置かれた。そのような状況から桃隣は「非主流」派に属して勢いが衰えたとか、あるいは「資質に恵まれず」などと論評される。しかし江戸俳壇において其角や沾徳を中心とするグループが主流となり、蕉風的作品が受け入れ難い中で、桃隣は芭蕉門の看板を確保しようと努めた。

沾涼は芭蕉を「中興の祖」と位置付け、『五色墨』を「一体やすらかにして、蕉門流に沾徳風を少し加へたるおもしろき俳風なり」と評し、江戸において蕉門流が見直されていくのだが、言い換えると、それまでの期間はあまり重要視されていなかったといえよう。いわば不利な状況で桃隣は格闘し、師を尊崇する一貫した姿勢が後世の太白堂の継承につながっていった。桃隣の足跡を丁寧に辿ることは価値のあることだと思う。

　　白桃や雫もをちず水の色

芭蕉が褒めたこの桃隣の句について支考は『葛の松原』に「緋桃は火のごとくならねど白桃はながるゝにちかゝるべし。ひさしく薪水の労をたすけて此句の入処あさからずと阿叟もおきあがり申されしなり」と評した。白桃は春に咲く白い桃花のことで、その透き通るような白い色を水の雫も落ちないようだと喩えて、清らかで可憐な花を表現する。桃隣の将来性について許六は「強て修行の功をつまば」花実は表れるであろうと評する。

芭蕉は晩年特に「かるみ」の俳風を説くのだが、それを表現した俳書として『別座鋪』や『炭俵』が挙げられる。元禄七年九月十日付杉風宛芭蕉書簡に、

　上方筋、別座敷・炭俵にて色めきわたり候。両集共手柄を見せ候。少は桃隣にも師恩貴キすべをわきまへ候へと、御申成候べく候。桃隣俳諧俄に替上り候と専沙汰にて候。

と上方筋で両書が評判になり桃隣の俳諧が上達していることを認める。この師の教えに従い桃隣は「かるみ」を会得

しようと努力した。

それに比べて江戸では其角の人気が高く「洒落風」と呼ばれる俳風が席巻する。元禄末期の江戸は「一両年の句、神も得きゝとり給はず」（『花見車』）、難解な句が流行した。

　　饅頭で人を尋よやまざくら

桃隣は、其角の「饅頭」句を「これから旅立つあなたは饅頭をもって陸奥の人を訪ねなさい、その頃は丁度山桜が咲いているでしょう」と解したようだが、実は餞別の句ではなかった。桃隣が早合点をしたのであるが、誤解を受けるような難解な句であると思われる。許六は「是はなぞといふ句なり」といい、句意は「饅頭をとらせんほどに人をたづねてこよ」で、お供の子供に「うまい饅頭をやるから、あの人を探してきておくれ。どこかで山桜を見ているだろうから」という（『去来抄』）。

師の三回忌に奥の細道を辿る旅に出た桃隣は『陸奥衛』を刊行した。師の生前に桃隣が編集する俳書の計画があったようだが、『陸奥衛』は初めての撰集で、五巻五冊から成り、春夏秋冬の諸家の発句と連句、芭蕉の発句百句、巻五には紀行文を収録する。巻五は「紀行の文ハ奥の細道といへる物に憚り、唯名所古跡の順路をしるし」た四カ月間の道の記で、芭蕉を「旅泊の竟界」に生きた旅人と捉え「師恩を忘れず、風雅を慕のミ」の真面目な気持ちで編集したと吐露する。旅程の黒羽では桃賀が入門して桃隣から「銀雪庵」号を贈られたと伝えられ（『桃家春帖』嘉永二年）、門人を獲得するための旅でもあった。

『陸奥衛』の特色の一つに江戸俳人の画像が挙げられるが、とりわけ江戸で前句付をしていた調和の影響が見られる。轍士は、桃隣を最高位の太夫に見立て「一風あるかたにて、人もそのにがみをすきて、ちよこ〳〵と客もあり、ようかぶろをたゝかん兵衛」（『花見車』）と評する。調和、桃青（芭蕉）、嵐雪、其角、一晶、沾徳、立志、山夕、不角、無倫と共に江戸の太夫に位置付けられた桃隣は宗匠として成功を収めた。

師の十七回忌には『粟津原』を刊行した。深川の杉風を除けば其角や嵐雪は既に亡くなり、当時の江戸俳壇は「数ならぬやつがれならでは一林のぬしなし」という有様だった。徑菊は跋に「桃翁一人粤に其業を継り」と江戸で芭蕉を継ぐ者は桃隣唯一人だと記し、自他ともに芭蕉の継穂と見なされていた。

桃隣の仲介により芭蕉に入門した許六は「此人常に貧賤にして労せらる」（『俳諧問答』同門評判）と桃隣が貧しいため苦労しているという。彦根藩士という身分の許六と比較すると、俳諧を生業にする桃隣はしがらみの中で生きていかなければならなかったし、師の教えに従おうとする気持ちと生活のために宗匠仲間と付き合うことの間で葛藤があったであろう。また許六は「花実いまだしかとせず。しかれ共、桃隣人間に生れたれば、花実あるとは見えたり」と努力次第で大成するだろうと彼の素質を買う。「人間に生れたれば」をヒトカンと読んで「生得閑かな性を享けてゐて騒がしい性の人でないから」（志田素琴「蕪村の「人間に」の句から桃隣評伝へ」）と解する説もあるが、ジンカンとよんで「人の住む世界。現世、世間」（南信一『総釈許六の俳論』）と解する説をとり、「世間に揉まれて」算盤勘定もするし、他門の俳人とも付き合ったと解する。

以上のことより桃隣の俳諧活動を概観すると、芭蕉の指導に従い蕉門俳人として頭角を表した時代、師の没後より元禄時代末頃まで『陸奥鵆』を刊行するなど活躍した時代、晩年の三期に分類できる。桃隣は約三十年間江戸で俳人として生きて、享保四年十二月に没した。

編著に『陸奥鵆』（元禄十一年）、『粟津原』（宝永七年）、月次会の連句点取帖『続百五十韻』（宝永三年）、『発句合』（宝永四年に点評をした作品）がある。(1)

桃隣略年譜

慶安二年　一歳　伊賀上野に生まれる。享年を七十一歳と仮定して生年を推定した。

元禄四年　四十三歳　九月二十八日、義仲寺の無名庵を出発する芭蕉に従い、十月二十九日、江戸に到着し、日本橋橘町に仮寓する。翌年の正月を芭蕉・支考と共に迎える。

元禄五年　四十四歳　二月、露沾邸にて智月と乙州を迎えて俳莚があり、連句（二十二句）に一座する。五月中旬、芭蕉は深川に移り、桃隣は橘町に残る。「独立足の力やほととぎす」八月八日、芭蕉庵入庵を記念して「三日月やはや手にさハる草の露」と詠む。

元禄六年　四十五歳　三月中旬頃、桃印を看病する。

元禄七年　四十六歳　秋、桃隣亭にて桃隣・野坡・利牛一座の三吟歌仙が成立する。前書「天野氏興行」四月、芭蕉は桃隣の新宅を祝って自画自賛の句「寒からぬ露や牡丹の花の蜜」を贈る。五月十一日、芭蕉に餞別吟「行ク水の跡や片寄菱の花」を贈る。十月十二日、芭蕉が亡くなり、桃隣に遺書を残す。十月二十二日、追悼歌仙の発句「故人も多く旅にはつと逆旅過客のことハりをおもひよせて　俤やなにハを霜のふミおさめ」を詠む。二十五日、嵐雪と共に上方に向かう。十一月七日、義仲寺の芭蕉墓に参り「月雪に仮の菴や七所」と詠む。三十日、伊賀にて「菴に来て甲斐なく拾ふ木の葉哉」と吟じる。年内に江戸に到着したであろう。

元禄八年　四十七歳　一月二十三日、芭蕉の百日忌に七吟歌仙に一座する。春、「物の名や」歌仙に一座する。連衆は、沾圃・魯可・素堂・里圃・乙州・圃角・桃隣・嵐竹・犀角。

元禄九年　四十八歳　十月十二日、芭蕉一周忌に「達磨忌に続く仏や十二日」と詠む。三月十七日、助叟と共に奥州へ旅立つ。旅立ちに際して「何国まで華に呼出す昼狐」と詠む。病気になった桃隣は、仙台の南村千調から介抱を受けて回復した。其角は「鬼のやうなる桃隣みちのくにへ下るとて道祖神にとがめられしかは異例以の外にて、何しのもとに介抱せられ漸にいきのび、心よわき文ども送られしに力を添侍るとて　弁慶も食養生や瓜畠　其角」と励ました。七月中旬、江戸に着き四カ月間に及ぶ旅を終える。十月十二日、芭蕉三回忌に桃隣独吟百韻成る。発句「真直に霜を分ヶたり長慶寺」

元禄十一年　五十歳　歳旦刷物を刊行する。歳旦吟「蓬莱や蚕のすがる常世物　芭蕉門　桃隣」『陸奥鵆』を出版する（『古俳書目録索引』）。「太白堂」号を使用する。

元禄十三年　五十二歳　八月十日、子英亭にて調和と秀和点の連句に一座。冬、立志点の五十韻に一座する。十月十二日、芭蕉の七回忌に追悼吟を詠む。「石の苔をあらひ塔婆をたて短袖に香花をとりて　曲り来る空や小春の旅日和」

元禄十四年　五十三歳　歳旦吟「試やふんでをとりて玉箒」

元禄十五年　五十四歳　歳旦刷物を刊行する。歳旦吟「松嶋のけしきかな。芝の海見ゆる門銹」轍士は『花見車』に桃隣を太夫に見立て「一風あるかたにて、人もそのにがみをすきて、ちよこ〳〵と客もあり、ようかぶろをたゝかん兵衛」と評する。

元禄十六年　五十五歳　四月、不角の剃髪を賀して「青梅や法師に成て堆き（ウヅタカ）」と詠む。「桃翁」号を使用する。

元禄年間　秋、俳諧興行に一座する。「元禄頃続二百韻　初調和　末不角評」と題し、発句は「雨の夜やとだゆる鹿は就中　唐栄」、連衆は、唐栄・今当国こと良鐘・白峰・浮生・桃翁こと

宝永元年　五十六歳　桃隣・末ノ立志こと立詠・周竹こと舟竹・子英・花笠・一鵝・駿和・詠居・節士・和英・蓬雨・幽蘭・丈岳、座付は「金獅・長雅・旭志」。
　歳旦吟「若水は融の潮に猪のかしら」
　秋、太白堂にて秀可を招き俳諧興行を催す。連衆は、秀可・桃隣・沾徳・了我・豊竹・指馬。「太白堂興行　我事ぞ紅葉しにけり唐がらし　秀可」

宝永二年　五十七歳　二月三日、二世立志が没し、追悼吟「世は誰も散行ク梅の二つ堰」を詠む。

宝永三年　五十八歳　七月十二日、桃隣は月並会にて連句興行を催し、不角と周竹が点評をする（『続百五十韻』）。「武陵本石町四丁目誹林　芭蕉門　太白堂桃隣月次会」と記す。

宝永四年　五十九歳　二月三十日、其角が没し、追悼吟「初花の的はかけたり都から」を詠む。
　六月『発句合』に点評をする。「宝永四丁亥林鍾　芭蕉門　桃隣」と署名する。
　十月十三日、嵐雪が没し、追悼吟「はつしぐれ憂世の輪迄ぬけし事」を詠む。

宝永五年　六十歳　調和一派の連句に一座する（和英編『万句短尺集』）。

宝永七年　六十二歳　十月十二日『粟津原』を編集し、その後出版する。「枯ながら芭蕉よ四百八十寺」

正徳三年　六十五歳　歳旦吟「万歳があづま下りや村すゞめ」
　秋「紅葉の巻歌仙」に「武江　芭蕉林　太白堂」として点評し「かふ過て」句を詠み、「桃隣改テ桃翁」、「天野　呉竹桃翁」と落款がある（『続俳家奇人談』）。

正徳五年　六十七歳　十月十七日、調和が没し、追悼吟「散を覚し迅速にして冬桜」を詠む。

享保二年　六十九歳　秋、素堂の一周忌に追悼吟「実ハ飛て台に成し蓮かな」を詠む。

享保四年　七十一歳　十二月九日、没する。浅草新光明寺に葬られる。

二　同名異人

桃隣と同時代に生きた俳人の中で、桃林や桃翁と号する人々が数名いたので、彼らについて整理する。

1　桃林

延宝八年『洛陽集』に「御代の風や松に章（シヤウ）さす謳（ウタヒ）初」など桃林の句が五句入集する。編者の自悦は京都で談林俳諧を代表する俳人である。

元禄四年『渡し舟』に「北国をしらぬ男のかしけ哉」が入集する桃林は「大坂」と所付がある。編者の順水は「紀州若山」の富豪で、大阪の談林系俳人と交わる。

以上の桃林は、談林の俳書に見え、元禄四年九月末に桃隣が芭蕉の旅に同伴する以前に見られる者であるので、蕉門の桃隣と区別した。桃隣は、元禄四年十月に成立した連句に「桃林」と記される（『熱田皺箱物語』）が、それ以外は「桃隣」と署名する。「林」と「隣」は音がリンで同じであるが、意味や字形が異なる別の字であり、桃隣は混同して用いることはなかったと思う。

享保二年『鵲尾冠』に「重五子剃髪を賀す　稜（ツノ）は花に譲る高士花（ヒラギ）の円ル葉かな」が入集する桃林は、編者の越人や前書に見える重五などの蕉門俳人と関係するけれども、桃隣は越人や重五と交流がなく、別人と考えられる。

2　桃翁

正保から元禄時代に活躍した大阪の梶山保友は「桃翁」と号し、重頼（維舟）門で、延宝七年『難波すずめ』俳諧の点者の部に「天満樽や町梶山桃翁」とある。絵が巧みで「不二之雪画巻」（維舟賛）や「六玉川」画巻（百丸編）などを描いた。『古今俳諧師手鑑』（西鶴編　延宝四年）に大坂梶山宗吾と付箋して「長閑なり是でこそあれけふの春　保友」が模刻され、伸びやかな独特の筆跡である。

朱木軒桃翁は京都の常牧が編集する俳書に入集し、元禄五年『誹諧冬ごもり』に「擣さして拍子あらそふ薺かな　江戸朱木軒桃翁」、元禄六年『詼諧この華』に「江戸まで独り　七夕にいひかへさるゝ旅寝かな　桃翁」や「山居十二月」と題する十二カ月の発句に「作州朱木軒桃翁」と署名するので、常牧門で作州（岡山）と江戸を往復していた人であろう。『鳴立沢和漢田鳥集』（三千風編　元禄十四年）に七言絶句、『しばはし』（正興編　元禄十五年）に「あつき日や人のたゝせぬ腹が立　朱木軒桃翁」など二句が入集し、元禄末までの作品が残る。

和州百済の桃翁は、『俳諧反故集』（珍著堂遊林子詠嘉編　元禄九年）に「川面無欲なりけり夕涼ミ　和州百斉（済）桃翁」など発句二句、面六句、『誹諧枕屏風』（芳山編　元禄九年）に「棕櫚の葉の本意にハあらじ蠅扣　和州百斉（済）桃翁」が入集する。

以上の桃翁は、桃隣が「桃翁」号を使用する元禄十六年以前の俳書に見え、住所や別号が異なるので、別人と考えられる。

三　桃隣伝記の問題点

1　享年

桃隣は慶安二年（一六四九）以前生まれ、享保四年（一七一九）に七十有余歳で没したと考えられる。

桃隣の享年について七十有余歳説（『綾錦』）、八十一歳説（『桃三代』『古太白堂句選』）、八十二歳説（『蕉門諸生全伝』）など諸説あり断定できないが、桃隣が没して十三年後に刊行された『綾錦』（享保十七年）の七十有余歳説の可能性が高いと推定する。『綾錦』を編集した沾涼は、伊賀上野の出身で神田鍛冶町に住み、同郷で近くに住む桃隣を知っていたし、かつ太白堂の点印を附属した大練舎桃翁と親しく交流した。従って桃隣について詳しい情報を持っていたであろう。

私はかつて桃隣の享年について八十一歳説（松尾真知子「桃隣年譜稿」）を採用したが、その後、七十有余歳説に訂正した。[2] 七十有余歳説を七十一歳と仮定して桃隣の出生年を慶安二年以前と推測する。

2　加兵衛・勘兵衛説

元禄四年九月以前については不明だが、通称を加兵衛[3]、勘兵衛[4]とみる説がある。

加兵衛説は貞享五年（一六八八）九月十日付卓袋宛芭蕉書簡に見える人物で、国元で不始末をして伊賀上野から江戸の芭蕉庵に転がりこんできた「加兵衛」を桃隣とみる説であり、「四十余」の年配と出身地と名前が、後に芭蕉の書簡に出てくる勘兵衛や、その後に登場する桃隣に似ていることからそのようにいわれる。

勘兵衛説は「勘兵へも見事口過いたし候由、気毒ニ存候」（元禄三年九月十二日付曾良宛芭蕉書簡）、「桃印・勘兵へ無事、次郎事等委伊兵へ申上候由故略之申候」（元禄三年九月二十六日付芭蕉宛曾良書簡）に見える勘兵衛を、桃隣とみる説である。

阿部正美氏は、かつて勘兵衛が桃隣と同一人物であり、断定を控えながらも加兵衛説を唱えていた（『新修芭蕉伝記考説　行実篇』「芭蕉類縁考」）が、その後「元禄四年十月の芭蕉帰東以前、桃隣が江戸に居たとは考へられない」ので勘兵衛・加兵衛説のどちらも撤回した（「寿貞私考―「勘兵衛」は果して桃隣か―」『専修国文』第五十号　平成四年）。

私はかつて、桃隣の通称が「勘兵衛」(『花見車』)であり、伊賀から江戸へ出てきた加兵衛の年齢が「四十余」歳であることなどから桃隣と勘兵衛と加兵衛とが同一人物と推定し、また、『陸奥鵆』に「貞享五年戊辰菊月中旬」と題する「十日の菊　十三夜」の句文が収録されることから貞享五年を入門の上限と見て、『桃三代』の宗瑞の序に「或日盥に雨の音ならで枝折戸をおとのふもの有。むかえ見給へば同郷の士天野氏也ける」という記述から「入門は貞享五年九月頃深川の芭蕉庵においてであると考えることが妥当である」(「天野桃隣の享年と俳系」平成四年)と記したが、その後調査を継続していく中で、芭蕉の書簡に登場する勘兵衛と桃隣を結びつける確証はなく、加兵衛とは文字が違い、貞享五年に入門したことは確認できなかった。したがって、加兵衛説、勘兵衛説、入門の時期についてひとまず白紙に戻す。

支考によれば「芭蕉ノ従弟」(『本朝文鑑』)とあり血縁関係にあったらしい。「古朋友」(『綾錦』『蕉門諸生全伝』)または甥ともいわれ、詳しいことは分からないが、芭蕉とはかなり親しい間柄であったと思われる。

3　浮世草子作者　桃林堂蝶麿

元禄から宝永年間(一六八八～一七一一)に活躍した浮世草子作者桃林堂蝶麿については、同一人説(水谷不倒『新撰列伝体小説史』、朝倉亀三『新修日本小説年表』、山崎麓『日本小説書目年表』、酔生書菴人編『好色ひともと薄』古典文庫四六八　解題)、否定説(柳亭種彦『好色本目録』、潁原退蔵「浮世草子概説」『潁原退蔵著作集　第十八巻』、尾崎久弥「桃林堂蝶麿」『国文学解釈と鑑賞』昭和四十五年五月臨時増刊号)の諸説がある。同一人説は、「作者江戸の俳諧師にて、伊勢の産にはあらずやと思はるゝことあり」(柳亭種彦『好色本目録』)という記述を受けて江戸の俳諧師、伊勢は伊賀と近いこと、桃隣と桃林堂の号が似ていること、作中に俳句が散見することなどに拠る。否定説は、同一人であるという確証がないし「号の類似だけで同一人と推断する事はなほ早計であらう」(潁原退蔵「浮世草子概説」)と見ている。

桃隣と桃林堂は、きわめて類似する号を使用し、活躍する時期が重複するのだが、次に相違点を述べてみよう。潁原退蔵氏が「見当らない」（『浮世草子概説』）と指摘したが、桃隣は「桃の林・桃林堂・蝶麿・紫石・琴子」という号を用いなかった。また不角の前句付『へらず口』（元禄七年）に「勢州津桃隣」、『俳諧水車』（元禄八年）と『みなれ棹』（宝永二年）に「桃林」の句が入集し、桃隣が活躍した時代に号が同一であったり類似する俳人がいた。桃隣の筆跡と桃林堂の版下の文字は別筆で、桃林堂の版下を自筆と仮定した場合、両者は別人と考えられる。以上のことより桃隣は、浮世草子に署名があるような号を用いなかったし、同一や類似の号を持つ別人の存在、筆跡などから、同一人である可能性は低いと推測できよう。このようにあたかも同一人と間違えるような号をつけたのは、蕉門俳人「桃隣」は著名であるために、浮世草子の作者が「桃隣」号を利用しようとしたのではないだろうか。

なお後の検討に備えて敢えて桃林堂の作品を刊年順に掲げる。

元禄八年　『好色連理松』（元禄五年説も有）、『好色赤烏帽子』『好色酒天童子』

元禄九年　『好色大黒舞』『好色艶虚無僧』『好色美人角力』

元禄十年　『好色大冨帳』『好色まつはやし』『好色長尾鳥』『好色優天狗』『本朝丸鑑』

元禄十一年『好色濡万歳』

元禄十三年『好色ひともと薄』

元禄十五年『好色桐の小枕』『好色御所絵塗笠』

宝永二年　『武道色八景』

宝永二年以後、桃林堂の作品は途切れる。古典文庫『好色ひともと薄』解題によれば、正徳六年（享保元年）に『業平赤烏帽子』（元禄八年『好色赤烏帽子』の改題本）が刊行され、刊年未詳の作品に『遠ゝ団扇』、『新撰大団扇』、『好色栄花女』（元禄八年『好色酒天童子』の改題本）などがあると記すが、桃林堂の活躍時期から成立年代を推定すると、おそらく元禄時代後半の作品であろう。

前句付は、題の前句に句を付ける長句または短句の付合であり、近世初頭の俳諧では、連句をする上での付合修練と娯楽の二面をもっていたが、俳諧が普及するに従い流行して、やがて雑俳化した。十七世紀中頃に河内国で始まり、その後、京都で起こった五句付が江戸に伝わった。

桃隣は前句付俳諧の点者として著名な調和や不角との交流があったことから、前句付に関係したと言われる。彼は元禄十年二月十七日付公羽宛書簡に「前句附板行、進じ申候」と認めるので前句付に関わっていたと推測できる。蕉門俳人が前句付に関係した例として、元禄三、四年頃、大垣の木因や如行が挙げられ、桃隣のみが前句付に関与したということではない。

4 雑俳点者

宝永六年（一七〇九）の雑俳書『誹諧三国志』に桃隣は点者として登場するが、『誹諧三国志』は「書肆の手に成る偽書の走りに更に改変の偽装を施したもの」（宮田正信『日本書誌学大系　九十　雑俳史料解題』青裳堂書店　平成十五年）と解説され、具体的な作品は伝わらない。

桃隣の没後まもなくの資料であるが、『石舍利』（普安編　享保十年）に「一とせ桃隣点者を望めり。翁の曰、俳諧を止むべきや。俳諧と点者とは中々成がたき事也。点者をすべきよりは乞食をせよと示し給ふ。是によつて望をやめ、一生俳諧をもてたのしめり」と評される。これは桃隣の没後の資料であるが、桃隣は点者を希望したけれども師の忠告に従い、一生を俳諧の世界に生きたと見なされている。

四　芭蕉と桃隣

1　芭蕉書簡を中心に

元禄四年（一六九一）九月二十八日に芭蕉は義仲寺を出発し、十月二十九日に江戸に到着した。この旅中、明照寺にて桃隣は「打過て又秋もよし梅紅葉」と詠み、これを初めとして芭蕉と共に連句に一座し、蕉門俳人として出発した。

江戸に着いて約半年後、芭蕉は桃隣を橘町（現中央区東日本橋三丁目と久松町）に残して深川に移住するのだが、その折に、既に点者となった桃隣撰の俳書が計画され、彼とは旧知の間柄で「見事なるやつ」(5)と紹介する。順調に江戸蕉門に迎えられた桃隣について芭蕉は、自分の教えに従おうとしているのだが、所々に点取俳諧特有の詠みぶりが交じる。それでも点取は自立するためにやむを得ずしているのだから合格と見なした。(6)やはり点取俳諧には弊害が認められるので、芭蕉は五句付の取り締まりが厳しい京都の様子を述べ、点取俳諧に関わることを戒めた。(7)反省した桃隣は、世間の付き合いをやめて、杉風や子珊とともに芭蕉の教えに従うと返信した。(8)このような往復書簡の後に、上方に旅中の芭蕉は『別座鋪』に関連して桃隣の上達ぶりが評判になっていることを喜んだが、(9)十月十二日に客死した。芭蕉は桃隣に遺言を残した。

一、桃隣へ申候。再会不叶、可被力落候。弥　杉風・子珊・八草子よろづ御投かけ、兎も角も一日暮と可存候。

師の生前は、杉風を中心とする深川連衆は助力してくれたが、後見をなくした桃隣は江戸俳壇の中で生きていかなければならなかった。

2 『別座鋪』の世界

前述の芭蕉書簡によると桃隣は『別座鋪』に深く関係したことが判明する。以下に『別座鋪』に収録された連句を採り上げて、その作品の世界について考察する。

元禄四年(一六九一)十月末、『奥の細道』の旅へ出発して以来三年ぶりで江戸に到着した芭蕉は、江戸にて再び活動を始めるが、江戸俳壇では、前句付や点取俳諧が流行し、蕉門の其角や嵐雪が独自の動きを見せる。そのような状況で、芭蕉は新風を門人に説き、俳風を刷新していこうと取り組んだ。

元禄七年(一六九四)五月上旬、子珊亭にて芭蕉の餞別句会が催され、その折に芭蕉は、

今思ふ体ハ浅き砂川を見るごとく、句の形・付心ともに軽きなり。その所に至りて意味あり。

と咄しながら「紫陽草や藪を小庭の別座鋪」を立句として歌仙一巻を興行した。まもなく子珊の序文、「紫陽草や」の巻を含めて杉風たち深川衆を主要なメンバーとして巻いた五歌仙、諸家の夏の発句、素龍「贈芭叟餞別辞」から成る『別座鋪』が出版された。

『別座鋪』は、蕉風後期を代表する俳書であり、芭蕉の晩年の俳風「かるみ」をよく表現したものと評価されているが、芭蕉七部集に選定されず、ほぼ同時期に成立した『炭俵』ほど重要視されていない。しかし詳細に鑑賞すると、極力古典の引用を避けて(全く使用しないのではなく、使用の仕方に工夫が見られる)[10]、意味が通り(ぬけ句ではない)、作意を用いずさらっとした句作りをし、演劇的要素から脱した現実路線の付け方、生活感情が生彩的に描写されている。次に第一歌仙の表六句を引用する。

紫陽草や藪を小庭の別座鋪　　芭蕉
よき雨あひに作る茶俵　　子珊

朔に鯛の子売の声聞て　杉風
　出駕籠の相手誘ふ起々　桃隣
かんかんと有明寒き霜柱　八桑
　榾掘かけてけふも又来る　蕉

第一歌仙の立句「紫陽草や藪を小庭の別座鋪」は、別座鋪から眺める小庭は、藪の傍に紫陽草が咲き、作り成した庭ではないけれども、そこが返って良い感じですねと自然体の趣きを褒めて、亭主に対して挨拶をした句である。「紫陽草」は、日の当たらない場所を好み、あまり手入れをしなくとも花を咲かせる。江戸郊外でみかける風除けのための屋敷林の藪の陰にある「小庭」は、面積が小さい庭で、日常生活をする上で実用的側面もある庭を指すのであろう。小さい庭には紫陽草が咲き、彩りを添えている。このような何でもない所に美を見つけた。

脇句「よき雨あひに作る茶俵　子珊」は、田舎に近い郊外のような場所での日常の労働の場面を付けた。飾り気のない庭を褒められて、亭主は「天気の良い時は、茶俵を詰める作業に忙しくて、手入れしようにも時間があまりありません」と庭の手入れまで行き届いていない事情を述べて、このようなむさ苦しい所においで下さいまして恐縮ですと、客に対して謙遜の気持ちを表した。

以下の付句では、鯛の子売りの声を聞いて茶俵作りに精を出す人、凍てつく早朝に出駕籠の相手を誘う駕籠舁、霜柱が降りる寒い朝に榾を掘り起こす「かんかんと」響く音、破れ寺の住持、誰も住まなくなった荒れ寺に浜風が吹きつける「どうどうと」鳴る音、羽織を脱がせる若い侍、商家の小顔な内儀の身嗜みや家内の様子、疲れ果てた旅人の心細さを「四日の月」の細い影に重ねて暗示する描写、日照が続くために農作物の心配をする農夫、花見をして足がだるくなった感覚を「べらべらと」表現、桜が満開の山に霞がかかる景色、鍛冶屋の人雇、種井に浸してあった種籾を分け取っている農家の人々、酒を飲んで昼寝する人、質屋で交渉する女房、商売上手な船頭、汁に贅沢な魚を入れて頂く人、富裕な商家のご隠居、故郷の言葉を懐かしむも忙しく旅の支度をする奉公人、隣から漂う糞汲む臭いを時雨があっという間にかき消す、外に干しておいた五器を慌ただしく取り込む人、花見をして騒ぐ扈従衆、小舟に乗り静かに山吹を愛でる人など、当時の社会に生きた多彩な人々が登場し、現実の生活を細かく観察して具体的に詠んでいる。人物造型、風景描写に心情を暗示（景情融合）、「時雨」の伝統に拘泥しない表現法、日常的語彙の使用という点において丁寧に吟味した作品と考える。

この巻の付合（第十五句と第十六句）を引用して、付筋の特質を考える。

秋来ても畠の土のひゞわれて　　八桑

雲雀の羽のはえ揃ふ声　　芭蕉

前句は、夏に日照が続き秋になっても畠の土がひび割れた景を表し、雨が降らなかったために作物が育たないという天候に左右される農夫の不安な心情を含める。付句は、打越の月から数えて秋の三句目であり「雲雀の羽のはえ揃ふ」を秋季と解する。夏に羽が生え替わり飛ぶこともままならない「羽抜け鳥」も秋になれば羽が生え揃い自由に飛び立つことができる。雲雀の囀りに、いずれ雨が降り事態は好転するだろうという希望を込めた。目立って技巧を凝らした付句ではないが、平明な表現で農夫の心情を明るく転換させた。秋から春（次の花の定座）へ円滑に付けられるように季移りを配慮した。古注『鳶羽集』は「守武以来の新しみの句なるべし」と称賛する。

このような付筋は、其角の所謂「謎句」の如き難解な作風とは異なる。

角もじやいせの野飼の花薄　　（嵐雪編『其袋』元禄三年）

は、其角の特色が出ている句であり、後に難解と批評される要素が含まれる。聞こえぬ「謎句」の特質を明らかにするために、以下に、松尾真知子「其角の「角文字や」の句について」（『俳文芸』第四十四号　平成六年十二月）を要約する。

支考が「晋子はじめていの字の風流を尽す」（『葛の松原』元禄五年）と評する「角文字」句は、後に「晋子が角文字よりしやれ起ッて」（吐糸編『玄湖集』寛保二年）と洒落の起源と見なされ、さらに「角文字のいざ月もよし牛祭　蕪村」（『自筆句帳』）という本歌取りのような作品も現れた。

「角文字」は「い」音を呼び出す枕詞的用法であり、「牛」の語が表面に表れないで、それとわかるように暗示するぬけ句である。

ふたつ文字牛の角文字すぐな文字ゆがみ文字とぞ君は覚ゆる
（『徒然草』六十二段）

の和歌（あなたにお会いできないので「こいしく」思っています）を典拠として、角文字（二本ある牛の角を平仮名の「い」字に見立てる）から「い」を導く点が眼目である。花薄が広がる伊勢の野に牛が放牧された景を詠み、情趣を味わうというよりは、むしろ構築された作意の強い作品といえる。

晩年の芭蕉には『別座鋪』に見られるように、古典に直接的に寄りかからず表現する作例がある。それと比較して、たとえ典拠が有名であったとしても、其角の句は「角文字」からいの字を連想するという和歌の知識がなければ、句意の面白さが歴然としない。すなわち典拠を想定してはじめて作品として成り立つことができる。このような句作が難解と批評される原因の一つであると推察する。

3　『陸奥鵆』所収の芭蕉百句

桃隣は芭蕉の発句が誤伝されている状況を遺憾に思い「専伝直聞の誤ラぬ」句を周知させるために『陸奥鵆』に百句を収録した。以下にこの百句を成立年代順に排列した〈一覧〉を作成して桃隣の芭蕉理解について考える。

〈芭蕉百句一覧〉

凡例

一、句頭に通し記号（算用数字）を付し、上句を続けて記し（　）に校異を入れた。
一、『奥の細道』所収句に傍線、『別座鋪』所収句に波線をほどこした。
一、成立年は、井本農一・堀信夫注解『松尾芭蕉集①』（小学館　一九九五年）に拠った。

年号	句数	通し記号と上句
貞享元年	一	87いかめしき
貞享二年	二	16辛崎の松　96めでたき人の
貞享三年	二	66名月や池を　92初雪や水仙
貞享四年	四	13永き日を（も）囀　18花の雲　72蓑虫の　86いざゝらば
元禄元年	六	17さびしさや華（日は花に暮て）　22猶見たし　49蝸牛　50蛸壺や　62あの雲は　70夕顔や秋は
元禄二年	十四	29野を横に　43湯をむすぶ　44石の香や　45風流の　46蚶潟の（や）　47ゆふ晴や　48蚤虱 54文月や　55早稲の香や　56あかあかと　57むざんやな　58胡蝶にも　59塚もうごけ 69名月や北国
元禄三年	九	14雲雀鳴　15蛇喰と　19木の下は（に）　24行春をあふみ　27京にても　36夕にも　41先頼む 83住つかぬ　85乾鮭も
元禄四年	七	4大津絵の　38粽結ふ　78夜着ひとつ　81葛の葉の　91兎も角も　93闇の夜や　99魚鳥の

元禄五年	十五	1人も見ぬ　6鶯や餅に糞　7猫の恋　20うらやまし　25鎌倉を　28ほとゝぎす啼や　31杜鵑鳴音や　61青くても　63秋に添て　68名月や門へ（に）　79炉開や　80口切に　94塩鯛の　97節季候を　100蛤も（の）いける
元禄六年	十二	2年々や猿に　5春も漸　30ほとゝぎす声や　42子共等よ　60高水に　67夏かけて　82鞍壺に　84一露も　88寒菊や小粃の　89金屏の　90煤掃はをのが　95振売の
元禄七年	二十一	3蓬莱に　8梅ヶ香にのつと　10傘に　11八九軒　12青柳の　21四ッ五器の　26木がくれて　32卯花やくらき　33駿河路や　37鶯や筍藪　39五月雨や蚕　40寒からぬ　51六月や　52清瀧や　53涼しさを飛騨の　64一家皆（家はみな）　65松茸や　71行秋や手を　73菊の香や奈良には古き　74びいとなく　77秋ふかき
元禄年間	五	9鶯や柳　34紫陽花や帷子　35ふらずとも　76菊の後　98分別の
元禄四五六年	一	75見所の
成立年未詳	一	23景清も（蕉翁句集に貞享五年と記す）

貞門、談林時代の作品は含まれず、成立年が最も早い句は貞享元年、没年の元禄七年の句数は二十一句と最多である。九割が元禄期の作品であり、桃隣入門の元禄四年以前が四割程度ある。入門時期に基づき『猿蓑』を経験していないので蕉風理解が浅いと見る向きがあるが、『奥の細道』『猿蓑』入集句が含まれ、入門以前の句も学んでいたことが知られる。以上のことより桃隣は主に元禄時代の芭蕉作品について教えを受けていたと推測できる。

五　桃隣の弟子

桃隣の門弟について、彼の歳旦刷物から考える。歳旦刷物を取り上げるのは、当時の俳諧師は年頭に歳旦帳を刊行して門弟の作品を公表することが慣例であったからである。次に掲げるAは元禄十一年（一六九八）、Bは元禄十五年（一七〇二）の歳旦刷物である。

A　　戊寅　青旦　　　　　　　　芭蕉門

蓬莱や蚕のすがる常世物　　桃隣
　二日の謡八ッに鮟鱇　　宇月
北東風と居ながら風に味付ヶて　　全峯
　其二
調子聞ン初日丈五に登ル時　　同
　大服の香に浅黄紫　　桃隣
一霞袖摺り松に袖摺て　　宇月
　其三
蒟蒻の沙汰なしあるは花の春　　同
　胡蝶初折に見えて候　　全峯
三月の紙子が肝（キモ）の慥にて　　桃隣
　試筆　面八句

登城曙

実より笑始めたり御代の春　桃司
　花の福寿の万草に勝　桃隣
海を硯山を筆架と霞ませて　桃葉
　手に取やうにいふが金掘　李里
戻ル人盃を見て立帰　湖松
　暮一頬しら菊も照　橘之
半月や家の腹摺ル潦　冬菊
　風冷に古文吹散　執筆

（『芭蕉門人元禄戊寅歳旦牒』）

B

　京寺町　井筒屋庄兵衛板

壬午歳旦

　其一　年禮の歩行に廻国をおもひ出て
松嶋のけしきかな。芝の海見ゆる門鎊　桃隣
　初日の出潮豊年の笑　渡行
匂ひ鳥艶い顔をふりあげて　李里

（中略）

　歳尾

曲―とし越や唯業平の御袖引　其角
優―五十にて四ッ谷を見たりとしの暮　嵐雪

情─餅つくや地黄の甑石の臼　　　　　　　　　　　　桃隣
（『壬午歳旦』）

全峯は「古池や蛙飛こむ水の音」が収録される『蛙合』（貞享三年）に入集する古参の蕉門である。李里は『続猿蓑』作者、『野ざらし紀行』に随行した千里が出家した時に偈を与えられた（『陸奥鵆』）というので千里に近い人と推測され、芭蕉追悼句（『枯尾花』）を詠む。湖松は佃氏（『陸奥鵆』）、『枯尾花』に入集する。宇月、桃司子、橘之、冬菊は『陸奥鵆』作者、桃葉、渡行は未詳である。

注

（1）私はかつて『年々艸』を自筆稿本と記した（松尾真知子「桃隣年譜稿」）。それは「横写一冊　桃隣著　自筆」（『綿屋文庫連歌俳諧書目録　第二』昭和二十九年）の記載に拠ったのだが、詳細に検討すると、本文は同一の筆跡とみられ、その筆跡は書簡、短冊、歳旦刷物に見える桃隣の筆跡とは別筆であり、内容に「享保六年」の記事が含まれ、桃隣が享保四年に没した後に書くことは可能でないと思う。

（2）松尾真知子「天野桃隣の享年と俳系」（『大阪俳文学研究会会報』第二十六号　平成四年）

（3）田中善信「桃隣江戸下向の年次」（『近世文芸研究と評論』第三十八号　平成二年）

（4）上野洋三「曾良宛芭蕉書簡考証─元禄三年九月十二日付─」（『女子大文学』国文篇　第三十号　昭和五十四年）、田中善信「桃隣江戸下向の年次」、今栄蔵「芭蕉寿貞問題の新課題」（『国語と国文学』平成四年一月）

（5）「跡の店には桃隣を残し候。是非もなき於泥の中に落入て、名利の点者となり果候半も不便ながら、先我等召つれ候ものとて、其角など連衆不残取持、目をかけ候而、跡に残し候ほどには仕よせ候へば、愚眼よりは不便に存候へ共、ぬしは本懐之体に悦ぶ気しきにて御座候。其ひろめに、集も夏秋かけてと存るにて御座候。若輩より我等存知之者に而、うつけぬものに而御座候へ共、久々離別、いかなる心入にやと兼而は存候へ共、さて〳〵見事なるやつに而、病養之手助、朝暮の働、残る処も無御座、それ故其角も情ふかく存、尤杉風・嵐蘭ごときのものも褒美致候。なるほど跡に残し候ても気遣無御座候。」（元禄五年五月七日付去来宛芭蕉書簡）

（6）「一、桃隣が五つ物は中ば愚風に心をよせ、所々点取口を交へ、はか〴〵敷も無御座候へ共、彼猶口過を宗とする故、堪忍之部の能方に定り候。」（元禄七年二月二十五日付森川許六宛芭蕉書簡）

（7）「一、桃隣いかゞ相被勤候や。暑気之節、短夜と云、会も心のまゝには成申まじく候。杉風・子珊心にたがはざる様に実を御つとめ候へと御申可被成候。京都俳諧師、五句付之事に付閉門、俳諧ざたびつしりと蛭に塩かけたる様に候。様子段々拙者口から申上せ候も気の毒故、不具候。ヶ様之処、唯実を不勤故と合点を致、むざとしたる出合・会等心持可有旨、桃隣へ御物がたり可被成候。」（元禄七年六月三日付猪兵衛宛芭蕉書簡）

（8）「一、愚子事御発足之節〔の〕御一言しかと致承知、世間付合すきと止、迷追付戻し申候て、杉風・子珊両人斗申合、明暮尊慮之御工夫を学申事ニ御座候。尤門人相よせ、折々月次会無恙相つとめ申候。其段ハ貴意安思召可被下候。」（元禄七年六月二十三日付芭蕉宛桃隣書簡）

（9）「一、別座鋪、門人不残驚、もはや手帳にあぐみ候折節、如此あるべき時節なりと大手を打て感心致候。（中略）桃隣は兼而俳諧上り候さたを人々申ならはし候故、猶此度尤と請合候。追々打返し不申様に御申可被成候。」（元禄七年六月二十四日付杉風宛芭蕉書簡）

（10）古典の使用について、芭蕉の句「五月雨をあつめて早し最上川」（『奥の細道』）を例に挙げると、伝統的和歌の世界では「あつめる」ものといえば、蛍・雪・言の葉などであり、そのような歌語の文脈にない「五月雨をあつめ」るという言葉の配列に一句の眼目がある（松尾真知子「「五月雨をあつめて早し最上川」私解」『連歌俳諧研究』第七十七号平成元年）。

第二章　桃隣の俳諧活動

――『陸奥衛』を中心として――

序

芭蕉没四年後の元禄十一年に、芭蕉と血縁関係にあったと言われる（支考『本朝文鑑』）桃隣が編集刊行した俳書『陸奥衛』は従来蕉門の俳書として扱われているが、当時の俳書としては、量の面、質の面においても極めて特異な俳書であるように思われる。例えば、当時の俳書は一冊かあるいは上下二冊が普通の体裁であるが、『陸奥衛』は五巻五冊から成り、その規模は大きく、殊に蕉門俳書として形態上異例な俳書である。更に内容面でも、巻二に江戸俳壇における著名な俳人の肖像を収め、収録作品は蕉門俳人に限らず、むしろ他門の人々の作品を採録しており、蕉門の俳書にふさわしくない編集が施されている。

では従来このような『陸奥衛』についてどのような理解がなされ、俳諧史の上にどのように位置付けられているのだろうか。日本俳書大系『蕉門俳諧後集』をはじめいずれの場合も[1]、桃隣が元禄九年に芭蕉の三回忌を追善する意図で『奥の細道』の跡を辿り、その記念として『陸奥衛』を編集したと記述されている。そのことは巻末に収められた桃隣の句文[2]によって確認され、適切な理解と思われるが、詳細に検討してみると、芭蕉を中心とする蕉門の内にのみ視点を置いて理解しようとするならば問題であるように思われる。なぜならば『陸奥衛』には、蕉門以外の当時前句付俳諧をして活躍していた調和や不角の作品が収録されているからである。そのことを考えるならば、『陸奥鵆』を芭蕉の三回忌を記念すべく編集された俳書としてのみ位置付けるにはなお再考の要があるように思われる。

ともかく『陸奥鵆』には、蕉門の俳書としてふさわしくない要素が認められ、次のような問題点が指摘される。第一に調和・不角等の前句付俳諧を行う点者集団の入集、第二に当時の俳書としては肖像画を配したのは珍しく、肖像画を収めた意図や背景、第三に五巻五冊と言った大規模な俳書を編集刊行できたその資金は何に拠ったのか。以下これらの問題点に焦点を絞り、『陸奥鵆』を通して当時の江戸俳壇について言及したい。

一　調和の動向

桃隣が俳諧活動を始めたのは、芭蕉に従って江戸に出府した元禄四年のことである。芭蕉は元禄五年五月七日付去来宛書簡に「是非もなき於泥の中ニ落入て、名利の点者となり果候半も不便ながら」と認め、桃隣が江戸に出てまもなく前句付俳諧の点者をしていたことが窺われる。元禄七年六月三日付書簡において猪兵衛に「京都では五句付が取り締まられて違反した俳諧師は営業停止となっています。この様子を詳しく申しませんが、射幸的行為と疑われる会に関わるのは注意するように語って下さい」（本書「I—第一章　芭蕉と桃隣」注7参照）と伝言を頼んでいる。桃隣は芭蕉の教えに従って点者をやめ、杉風を頼って修行を続けようとしたが、[3] 芭蕉の遺状に折り合いがつかず、[4] 杉風と距離を隔てざるをえなかった。このことは『陸奥鵆』に収録された肖像に杉風が参加していないこと、桃隣が杉風と一座したものが、『深川集』（洒堂編　元禄六年）に歌仙一巻、『別座鋪』（子珊編　元禄七年）に歌仙三巻あるのに比べて『陸奥鵆』には一巻も収録されていないこと、『冬かつら』（杉風編　元禄十三年）、『続別座鋪』（子珊編　元禄十三年）等の杉風系俳書には桃隣の句が一句も収録されていないことなどによって推察できる。桃隣は芭蕉の生前より杉風から遠ざかる傾向にあったが、芭蕉没後その傾向が顕著に表れた。『陸奥鵆』に収録された俳人の数は総勢二百三十七名と多く、規模は大きい。その交流範囲を地域別に見ると、江戸に住む者と江戸以外に住む者との割合は約一対一である。陸奥方面の俳人は六十九名おり、その中芭蕉が『奥の細道』旅中で立ち寄った所では那須黒羽の翠桃、須賀川の等躬、庄内の重行など裕福な俳人が挙げられる。等躬は調和と親交を持つ俳人と考える。(5) 元禄五年『壬申歳旦　調和引附』に等躬の歳旦吟が入る。

元旦ことしハ古くも新しくも宿に福ひありて寿久しくよき事ばかり申さしめよと家人の云あへるもおかし

加賀美草目出度長き部に入ん　　須加川等躬

また芭蕉とはあまり関係がない白川・二本松・仙台・秋田・山形等各地の俳人との交流があり、桃隣がそのような交流を独自に持っていたことも推測できる。あるいは調和が奥州岩代国の出身であり、(6) 陸奥方面に勢力を持っており、それらの関係からの繋がりがあったかもしれない。陸奥方面以外では京・大坂・三河・美濃・名古屋・山田・伊賀・膳所・大垣・岡山等広範囲の地域から句を集めている。

以下において江戸俳壇に焦点を絞り、まず桃隣と調和や不角との関係を探っていこうと思う。調和は、延宝期の江戸俳壇で最大の勢力を持っていたが、(7) その後貞享頃より前句付俳諧を中心に活躍していた。調和は元禄十年に『俳諧夕紅』、翌年には前句付集『洗朱』を刊行した。『洗朱』の巻末に付された追加篇『面々硯』には介我・挙白・尺草・尚白・神叔・素狄・素堂・東潮・桃隣・嵐雪等の蕉門系俳人が、調和一派と一座する連句が収録されている。この動向は、調和が嵐雪や桃隣と交流を深めようとした一連のものであろう。(8)

元禄十三年に、調和が評した『秋かぜ』に調和系俳人に混じって蕉門では桃隣のみが参加している。『秋かぜ』は、「酔醒や秋風耳に杜鵑峯　岩翁」を立句とする百韻、続いて「余」として「やぶ入の車座爰も車坂　桃隣」以下渓石・昌貢・(無記名)・春水・子英・松泉・執筆の八吟を加えた連句を収録する。連衆は岩翁・常陽・好柳・山夕・止水・渓石・

昌貢・子英・防嵐・幽蘭・寛翁・松泉・以水・直方・春水・桃隣・執筆である。句頭に点が付けられ最高点が止水（三十九点）である。巻末に「調和秀和両判各止水勝　元禄十三年辰年南呂十日　子英亭余興」と記す。

調和の周辺に至っては、調和系俳人の無倫・艶士が各々俳書を刊行しており、その各俳書において調和の影響が強く表れている。無倫は元禄十年に『峇文夾』を刊行し、その巻頭に調和を立句とする無倫・山夕一座の三吟歌仙を置く。艶士は元禄十一年に『水平目（みづひらめ）』を刊行し、その巻頭に子英を立句とする艶士・調和一座の三吟歌仙を置き、巻末に調和の跋文を収める。無倫と艶士は共に『洗朱』に投句していた。

『陸奥衛』に収録された東北筋の俳人の中、文車（二本松）、不碩・不琙（桑折）、何云（白川）、芦葉（日和田）は不角の前句付に収録されている。桃隣は不角と共通した俳諧仲間と交流を持つ。

以上のことより元禄十年頃の調和の動きはかなり活発であり、調和は江戸における前句付俳諧の点者集団の中で中心的役割を果たしていたことが了解できる。このような調和の一連の動きの延長線上に『陸奥衛』を位置付けることが可能ではないだろうか。

二　江戸の俳諧宗匠の肖像

『陸奥衛』巻二に桃隣の旅立ちに際して江戸俳人の餞別吟と座像が、半丁に一人ずつ十丁にわたって収録されている。二十名の中、蕉門系俳人は、挙白・素狄・介我・神叔・嵐雪・其角・芭蕉・桃隣の八名を数える。蕉門以外では、未得門五名（調和・艶士・常陽・山夕・不角）、玄札門一名（一蜂）、露沾門一名（露言）、季吟門二名（秀和・無倫）、立圃門一名（立志）、宗因門一名（盤谷）、師承未詳一名（立嘯）の計十二名を数える。肖像の巻頭に調和を置き、優遇している。このことは『陸奥衛』を編集する上で調和の影響がかなり強いことを示唆しているのではないだろうか。

俳書に俳人の肖像を入れるという趣向は従来の蕉門俳書にはなく、延宝元年『歌仙大坂俳諧師』に西鶴が大阪の俳諧師三十六名の肖像を配したものが嚆矢と思われる。同書は大阪の俳人間の位置付けを行ったものとして注目される。同様に『陸奥鵆』に収録された肖像も内外に江戸俳壇の著名な俳人を宣伝する意図を持っていただろう。

巻末に『奥の細道』を辿った紀行を置き、巻一には芭蕉の発句百句を収めるなど蕉門俳書の体裁を保とうとするが、肖像に収録された俳人を検討しても、蕉門俳書と考えるにはかなり特異な要素を持つ。以上のような編集態度は、許六に「桃隣がむつ千鳥、前後見る人もなく覚えたる人も稀也。只、其角が像の真向なる事をおぼえて外にいひだす人なし」(『宇陀法師』)と批判されることになる。

三　出版費用

元禄七年九月十七日付此筋宛芭蕉書簡に「其角・嵐雪・桃隣、家々集をかゝへて」とある。それによると、其角・嵐雪・桃隣が各々俳書を出す計画があり、其角は『句兄弟』、嵐雪は『或時集』を刊行したことはわかっているが、桃隣の俳書については明らかでない。資金の不足が出版されなかった原因であるとは考えられないだろうか。

五巻五冊に及ぶ俳書を刊行するためにはかなり高額な資金が必要であったと思われる。其角や嵐雪のように俳書を出版する基盤を持たず、生計を立てるために点者をしていた桃隣が、『陸奥鵆』を刊行できた背景としては、調和をはじめとする点者集団の援助が考えられる。桃隣が陸奥方面に旅立ったのは、調和や不角の勢力が及ぶ各地を旅して、そこに『陸奥鵆』なる俳書を刊行するための資金を求める目的があったからではなかろうか。

許六は『同門評判』に「風雅もかくのごとしとおもへるに依て、算用十露盤の上にて損益を考へ、長崎の行脚より八松島の方に得ありとおもへるに似たり」と評する。いかにもその間の事情を伝えるものであるように思われる。

桃隣は其角とは芭蕉没後においても引き続き交流した。但し桃隣が其角の勢力に含まれることはなく、其角の門人との間に親交は生じなかったらしく、『若葉合』（岩翁編　元禄九年）に其角一派が独吟歌仙を巻く中に桃隣は加わっていない。つまり其角の周辺には桃隣の入り込める余地がなかった。其角の交流範囲は広く、其角が編集した俳書には他門の俳人の作品も収録されるのだが、調和や不角は含まれていない。調和や不角側の俳書を調べても其角は入集せず、両者の直接の交流は見当たらない。このような其角の姿勢に対して調和一派と交流を持つ桃隣は、其角とは異なる尺度を持っていたと思われる。

四　蕉門俳人としての桃隣の立場

岩翁や琴風は調和の前句付に投句し、調和に近い者と判断できる。さらに一蜂・艶士・山夕・子英・常陽・立志等は調和周辺の俳人であることを考え合わせると、其角は調和と繋がりを持つ者であっても特に拘泥せず交流した。これら調和の周辺に位置する俳人群が其角や沾徳の俳書に見られ、元禄十年頃の江戸俳壇の複雑な様相が浮上する。このように各俳諧流派の間を往来する俳人群が存在する。桃隣も他門と社交的に交際するのであるが、ただし蕉門として交流したのであり、師を敬慕する姿勢は生涯変わらない。

芭蕉の生前より其角と近い関係にあった沾徳は、はじめ調和門の福田調也に師事し調和と繋がりを持つ。しかし沾徳が編集した俳書には、調和や不角の作品は収録されていない。

桃隣は芭蕉没後、嵐雪と上方に向かい、追善興行に一座するなど芭蕉の生前に比べ急速に嵐雪と親密になった。とりわけ嵐雪門東潮と親しい(9)。嵐雪は芭蕉の生前より調和周辺の俳人と交流を持っていたが(10)、芭蕉没後の嵐雪の編集した俳書には調和系俳人が入集しておらず、調和一派とは疎遠になっていった。

結

以上述べてきたように、桃隣は芭蕉没後の江戸俳壇において、其角や嵐雪が各々独自の動きを見せる中で、調和一派と交流した。従って『陸奥鵆』が蕉門俳書にふさわしくない体裁や内容を含む背景には、調和を中心とした点者集団が影響していると考えられる。『陸奥鵆』の旅は、東北筋に多くいたと思われる調和系俳人を頼っての旅であり、そこに経済的援助を受けた結果『陸奥鵆』がこのような体裁や内容を持つに至ったのではないだろうか。

注

（1）○「桃隣が元禄九年三月、芭蕉の三回忌に際して追善俳諧の営みにては満足せず、師の足跡を辿って奥州行脚に志したのは、此師恩の程を深く感じたからであろう」（日本俳書大系『蕉門俳諧後集』に収録された『陸奥鵆』解題）○「元禄九年芭蕉の三回忌にあたり、桃隣が亡師の吟跡を尋ねて奥羽を行脚せし紀行なり」（『潁原退蔵著作集　第十九巻』和露文庫俳書目『陸奥鵆』解題）○「元禄九年芭蕉三回忌に当って、桃隣が奥の細道の跡を辿った紀行を中心とする」（『校本芭蕉全集　第十巻』俳書解題）○「元禄九年芭蕉三回忌に当って、桃隣が『奥の細道』の跡を辿った紀行を中心とし」（『俳諧大辞典』「陸奥鵆」項）

（2）「既今年三回忌、亡師の好む所にまかせ、元禄九年三月十七日、武江を霞に立て、関の白河は文月上旬に越ぬ。（中略）此等は師恩を忘れず、風雅を慕のみなり。」（『陸奥鵆』）

（3）本書「I―第一章　芭蕉と桃隣」注8参照。元禄七年六月二十三日付芭蕉宛桃隣書簡（先生の御教えに従い、江戸の俳人たちとの付き合いを止めて、杉風と子珊とだけ相談して俳諧の修行に励みます）。

（4）本書「I―第一章―四―1　芭蕉書簡を中心に」参照。芭蕉の遺状（再会できなくなり、がっかりしているでしょうね。教えたように杉風・子珊・八草子を頼り、その日の修行をつなげて下さい）。

（5）荻野清「須賀川の等躬」（『芭蕉論考』養徳社　昭和二十四年）、久富哲雄『芭蕉　曾良　等躬　資料と考察』（笠間書院　平成十六年）

（6）松尾真知子「調和の出自」（『大阪俳文学研究会会報』第二十八号　平成六年十月）では、調和を福島県郡山市の鹿島神社の出身と推定した。鹿島神社は明治以前は本山派修験安積郡年行事大谷村万蔵院配下である。本山派は、聖護院を本山とする天台系であり、大峰山を修行の場とする。修験は修行のために行脚し、そのような廻国性に注目すると、京の安静、江戸の未得との交際も可能と考えられる。調和の作品は『鄙諺集』（安静編　寛文二年）に十九句入集するのが早い例であり、その後、未得に入門したと考えられる（松尾真知子「調和句集稿」『梅花日文論叢』第三号　平成七年三月）。

（7）檀上正孝「岸本調和の撰集活動」（『近世文芸』第十五号　昭和四十三年）

（8）荻野清「俳人岸本調和の一生」（『俳文学叢説』赤尾照文堂　昭和四十六年）、石川真弘「元禄後期の江戸蕉門の様相―享保俳諧史序章―」（『蕉風論考』和泉書院　平成二年）

（9）和田東潮は出羽の出身、宝永二年に帰郷して翌年四十九歳で没した。彼が編集した以下の俳書に桃隣の作品が収録される。元禄七年『松かさ』、元禄八年『渡鳥』、元禄九年『平包』、元禄十年『俳諧先日』（枝うつり）。

（10）嵐雪は、元禄三年『其袋』に山夕・無倫・秀和・子英・不角・立志の作品を収録し、元禄七年に不角と両吟歌仙（『蘆分船』不角編）、元禄十年に無倫・艶士・止水と四吟歌仙（『帋文夾』無倫編）を巻く。

第三章　『粟津原』の時代

一　桃隣の芭蕉理解

俳諧史上、主要な蕉門俳人は、江戸の其角と美濃の支考であり「あらゆる面で両極を示」す（鈴木勝忠『俳諧史要』明治書院　昭和四十八年）両者の対比で論じられてきた。蕉門の実態を検討すると、この対比の他に問題点が見えてきた。つまり桃隣は、其角の洒落風および美濃派の影響をほとんど受けず江戸蕉門の立場を保った。これまでは桃隣の衰退に言及されてきた『粟津原』について、蕉門はいかに堅持されたのかという観点から考察する。

桃隣は「今は門下の先輩たれかれとなく身まかりなくなりて、纔に引残たる徒眷都鄙に徘徊して風雅流れ残る。玉川の江戸にては数ならぬやつがれならでは一林のぬしなし。既にことし十月十二日、十七回忌に及びて又懐旧のおもひやむ事なく、願ふらく一集をつゞり霊魂を諌て仏果菩提を祈らん」（『粟津原』宝永七年）と述べる。十七回忌の頃には蕉門俳人の多くは亡くなり、江戸における唯一の蕉門となったが、師の供養のために『粟津原』を刊行した。

『粟津原』という書名は、芭蕉の遺骸を埋葬した義仲寺のある地名であり、追慕するにふさわしい書名である。桃隣自身に関連づけていえば、粟津原は、元禄四年に桃隣が芭蕉に従い江戸へ出発した地であり、いわば桃隣が芭蕉の門人として俳諧活動を開始する起点でもあった。そのような感慨深い地名である。

『粟津原』の概要は、巻頭に桃隣の追悼文を掲げ、次に「追福之誹諧」として「納豆汁いざ曼荼羅の辻子小路」を発句とする独吟歌仙一巻、「懐旧の尊作」として追悼の発句・和歌・漢詩が続いて、末尾に桃隣の「枯ながら芭蕉よ四百八十寺」句を収録する。跋は「野震龍斎」（徑菊）が書いた漢文を「佐文山」（佐々木文山　書家　一六五九～一七三五）が清書した。

桃隣は「流義は八宗の格、品々別れ侍れども蕉翁が幽玄仰に傾て更々他を見ず」（『粟津原』）と述べて、芭蕉以外にも俳諧の流儀は品々別れているけれども、師を仰ぐ心は一筋だという。このような思いを抱く桃隣は、芭蕉をどのように理解していたのだろうか。かつて芭蕉の発句百句を『陸奥鵆』に収録した桃隣は、再び『粟津原』に芭蕉の発句（六句）を挙げて解釈するのだが、その一例を見てみよう。

A　ほとゝぎす鳴や五月のあやめ艸あやめもわかぬ恋をする哉

　　五月の月を引変て

○時鳥啼や五尺のあやめ草

　是一字転換の句なり。

五月の空郭公天に満、菖蒲地に満たる景容よくとり合たる句とて季吟師にも感じめされけるとなり。

この発句は、『古今和歌集』所収の和歌を踏まえて、傍線部分の「五月」を「五尺」と一字入れ替えた。一字を転換することにより、序詞に使用される観念的な表現でなく、目前の風景に転換した。五月の空いっぱいに郭公の声が響き渡り、地には菖蒲の花が一面に咲いているという景を眼前に見る如く描写する。

次にかるみの句風を具現するといわれる『別座鋪』に収録された桃隣の句を例示する。

B　取あげてそつと戻すや鶉の巣　　桃隣

「鶉の巣」は『はなひ草』（立圃編　寛永十三年）五月、『毛吹草』（重頼編　寛永十五年）「誹諧四季之詞」五月に掲出される夏の季語である。和歌の世界では草深い野で悲しげに鳴く鶉であるが、この句では巣の中にいる鶉の雛が鳴いている。可愛らしい鳴声が聞こえるので草むらを探すと鶉の巣がある。巣を取り上げてみたものの親から引き離すのはなんとも哀れである。やはり持ち帰らずにこのまま置いておこうと、壊さないようにそっと元に戻したことだ。切ない鶉の鳴き声という和歌の本意を踏まえて「そつと戻すや」にもののあわれを催す心の動きを表現した。言葉の表面上は直接的に古典を踏まえたものでないが、その情趣において接続しており、「鶉の巣」という俳諧的季語を用いて日常いかにもありそうな場面を詠んでいる。鶉はとても小さい生き物であるけれども、まさに生きているという有様を実感を伴って描写している。

Aでは直接的な和歌の言葉の引用、Bでは和歌の情趣を間接的に踏まえるという違いがある。両句は古典を字句通りに踏まえるのではなく、文脈を変容させる。

二　芭蕉の墳墓

芭蕉居士諸国之墳所

一箇所　伊賀上野萬福寺　　生国親属建之
一箇所　江州粟津原義仲寺　　門弟中建之
一箇所　美濃大垣城外正覚寺　　此国之門人建之
一箇所　京　東山双林寺　　門人建之
一箇所　大坂道頓堀千日寺　　門弟建之
一箇所　江戸深川長慶寺　　門葉建之

一箇所　肥州長崎南京寺　　　　西国門下建之

元禄中ヨリ宝永年中マデ凡七ヶ所

右の『粟津原』の記述によると、元禄より宝永までに芭蕉の墳所が全国に七カ所建立されたという。調査した所、義仲寺、正覚寺、双林寺の墓は現存し、長慶寺の墓は空襲のために破壊された。万福寺、千日寺、南京寺の墓は所在不明である。千日寺（法善寺）、南京寺（興福寺）は長い時間の間に消滅したのかもしれない。問題は、芭蕉の故郷にある万福寺に親属が建てたという墓についてである。今は万福寺に芭蕉の墓は見当たらない。しかし伊賀上野の出身で、芭蕉と血縁関係にあるという桃隣が「萬福寺」と明記する点に疑問が残る。

上野山万福寺は真言宗豊山派、愛染院は遍光山願成寺という真言宗豊山派の寺である。

愛染院は「伊水温故」に「願成寺　遍光山愛染院　真言　京智積院ノ下、昔ハ上野村在家ノ東方ニ有リ、依之東ノ坊ト名ク、寺号大徳寺ヲ改テ願成寺ト曰　堂内ニ不動」とある。寛永絵図にみえず、それ以後に「上野村在家ノ東方」より移ってきたといわれている。もとの大徳寺の位置は不明。（『三重県の地名』平凡社　昭和五十八年）

右記によれば、愛染院は寛永時代以後に上野村在家ノ東方より現在地に移ってきた。

『伊水温故（いすいうんご）』（上野市古文献刊行会　昭和五十八年）は、菊岡如幻（きくおかじょげん）が伊賀国の地誌をまとめたもので、貞享四年に藤堂高久に献上した。後述する沾涼は如幻の孫、伊賀から江戸に出て、地誌『江戸砂子』（享保十七年）を著した。『伊水温故』によると、万福寺（上野山平楽寺）は平安時代に後白川院勅願所として建立され、往日は城内にあったが、天正九年の兵乱のために焼失した。その後、藤堂高虎の時代に今の寺町に移したという寺格の高い寺である。上野城下町絵図（寛永年間）に万福寺は記載されるが、愛染院の名は見えない。

桃隣は芭蕉の訃報を聞いた後、十月二十五日に嵐雪と共に江戸を出発して上方に向かい、十一月七日に義仲寺の芭蕉墓に参り、十一月三十日に嵐雪と共に伊賀上野にて「菴に来て甲斐なく拾ふ木の葉哉」と吟じた。彼は松尾家の菩提所を承知し、おそらく万福寺に廟参したであろう。万福寺の墓は親族が建てた墓なので、個人が所有する私的なものであるゆえに松尾家の先祖を祀る霊廟としての意味合いに重点が置かれた。

いっぽう伊賀上野に住む蕉門の土芳は、芭蕉の墓に参ったと何度も記すが、彼の書いた『蓑虫庵集』(富山奏『伊賀蕉門の研究と資料』風間書房　昭和四十五年)に「廟参」「寺に詣る」と記し、具体的にどの寺に詣でたのか固有名詞は記していない。土芳はどの寺に廟参したのだろう。

現在、愛染院に「故郷塚」と名付けられた芭蕉の墓があることは周知の事実だ。今栄蔵『芭蕉年譜大成』元禄七年の項に、「伊賀の故郷塚はこの年内の建立と伝えられる(川口竹人稿『蕉翁全伝』に、「伊賀国上野の府、愛染院の故郷塚は親族並びに門葉誰かれ、翁死去のとし建つる所にして、いと二つなきものなり」)」と記す。

〈伊賀上野にある芭蕉墓について〉

元禄七年　(一六九四)　十月十二日　大阪で客死。　『粟津原』①
宝永七年　(一七一〇)　十七回忌　万福寺に親族が建てた芭蕉墓がある。
享保十一年　(一七二六)　三十三回忌　沾涼が万福寺にある芭蕉墓に詣でた。　『誹諧檜木がさ』②
享保十二年　(一七二七)　三十三回忌　太田猩々斎編『伊賀産湯』　『綾錦』③
享保十七年　(一七三二)　伊賀上野万福寺に芭蕉墳がある。
元文三年　(一七三八)　「芭蕉桃青法師」墓を土芳の門葉が移しかえた。　『冬の里』④
寛保三年　(一七四三)　五十回忌　几右編『冬里集』
宝暦八年　(一七五八)　鳥酔が愛染院の祖翁の碑に詣でる。　『俳諧冬扇一路』⑤
宝暦十二年　(一七六二)　愛染院に故郷塚がある。　『蕉翁全伝』⑥

愛染院に故郷塚がある。　『三国地誌』⑦

寛政五年（一七九三）百回忌　芭蕉の菩提所は愛染院である。　『故郷塚百回忌』⑧

①一箇所　伊賀上野萬福寺　生国親属建之　（『粟津原』）

②　伊賀国上野ハ翁の古郷也。予いにし年旧里に趣くの頃寺町翁の墓に詣にし事を思ひよりて

国の香の木葉に深し万福寺　沾涼　（大練舎桃翁編『誹諧檜木がさ』）

③諸国墳　有伊賀上野万福寺　（沾涼編『綾錦』）

④『冬の里』

古郷草

そのかみ翁の遺骸を粟津原に葬る頃、土芳・卓袋自ら行きて其しるしをとり帰り、松尾氏の菩提所なればとて愛染院の地に納め、俳門とゝもに似つかはしき名に、芭蕉桃青法師と書きて立て置きぬ。星移り霜変りていつしか亡き人々の墳苔かさなり傾き、今五十年も近ければとて、土芳が門葉など新にうつしかふるの志を鳴らす。幸に其の片陰に籔を覆ひたる処あり。ほとりに天祚庵と額をかけたる扉は、月雪に膝を容るべき便もまた懐しく、此処を乞ひ得て土をかけ砂を運び方二間にとり、右榕左に居る燈籠は、むかし雪芝が庵の野松の句のちなみなれば、吾友これを奉る。生垣は一もと二もとたれかれと植え、あるひは花の紐ときかけ結びし垣根に、早や蝶のうらうらしくちり出し、ほどなくさびたるものとなりぬ。且つ新転の穢を恐れ、さきの十七日再び開眼し、おのおの香花を捧げて渇仰す。

おもふに師は、行雲の風にさそはれ、檜笠を霰に飛ばし、漂泊の渚に跟を破り、まことに同体に残し給ふ。其聞え今尚世に広し。況（ま）して古郷のしたしび、けふ二十三日、此の院に於て百韻を興行し、数々の句を手向けぬ。時

に元文三午歳中春　　（『故郷塚の由来』昭和十一年）

⑤几右老人にいざなはれて愛染密院に詣　祖翁の碑前にかしこまるは生涯の本意なり。此碑や元禄それの年義仲寺と一時に建たりとかや、文字の古びさも覚へていと尊し。　　（烏酔編『俳諧冬扇一路』「伊賀実録」）

⑥伊賀国上野の府、愛染院の古郷塚は親族並に門葉誰かれ、翁死去のとし建る所にして、いと二つなきものなり。元文三戊午のとし八月惣墓の中より改葬して、自然石もとのまゝ。　　（川口竹人稿『蕉翁全伝』）

⑦○愛染院　遍光山願成寺　按、界内に芭蕉翁桃青墓あり、俗故郷塚とよぶ。桃青、俗姓松尾宗房、其先柘植氏より出て本郡にひとゝなり、東武に流寓して滑稽の宗匠となる。　　（『三国地誌』巻之六十六）

⑧蕉翁の菩提所愛染院に、其世の傍輩の子孫、あるは門人のすゑあつまり、一坐の興行あり。　　（『故郷塚百回忌』蝶夢序）

以上のことより、少なくとも桃隣と沾涼は芭蕉の墓が万福寺にあると認識していた。沾涼が伊賀上野に帰郷したことは、次の句文により分かる。

　　故郷を出て既二十四年の春を経たり。今旧里に帰りてはじめておもてをあハする甥あり姪ありその子あり。
　　数十人ちの筋をしたひて睦びよるよろこびを述
　　斧の柄の故事に並ぶやもゝちどり　　沾涼稿

元文三年に改葬された（『冬の里』『故郷塚の由来』による）と記されて以降、万福寺のことは白紙となり、代わって登場した愛染院の境内にある芭蕉墓が故郷塚と呼称されるようになり、芭蕉顕彰の意味を深めて現在に至っている。桃隣や沾涼のいう墓と愛染院に現存する芭蕉墓が同一なのか、それとも違うのか、同一であれば移動の理由は何なのか、相違するとすれば親族が二つも墓を作った理由は何か、元文三年にどこからどこへ改葬されたのか不明である。ここに芭蕉の墳墓について問題提起をして後考を俟つ。

三　晩年の住所

愚老世を去ても弔らはるべき所縁なければ、門弟にもかゝハらず、とはれぬとても恨更になし。我慥に成仏すべき證拠、今日心顚倒せず安楽なりけり。衣食住事たれば負物もなかりき。①主従二人、朝に粥を啜(スヽリ)、夕に糁を舐て寛々たり。点あればふんでをとり、なけれバ錫杖をとつて市中に振る。仏恩厚ければ曾て飢ず。世恩深けれバ全く寒からず。命の遅速は天にまかせたり。唯今命終に及ても、一念残らず驚かず。もとより貯たる調度やうの物一器もなし。此竟界の軽サ厘様メにもかゝらず。憂世の隙は明ぼのゝ雲のあなたの西方を念ずるのミ也。②予が屍の埋所、下谷新光明寺なり。③則老和尚より五重相伝受奉り、凡己十戒を持て、真信妙々たる菩提に入り、日々の所作、日課一万三千遍六字を真読しつ。朝暮鉦打たゝき、禅定に入がごとし。常住快楽の心地して唯仏国に往生の一願を社、阿弥陀仏に帰命し奉る。④故に右の寺内卵塔の傍に、逆修の石碑を建て、辞世まで認置ぬ。現在未来ともに相済申処、仍如件。

（『粟津原』）

①従者と暮らし、頼まれれば俳諧の点を付け、なければ町で錫杖を振る。②死後は下谷新光明寺（浄土宗鎮西派）に葬られる予定だ。③新光明寺の和尚から五重相伝を受け、十戒の戒律を守り、仏道修行をしている。④既に石碑を建て、辞世を詠んだ。

桃隣の晩年は、俳諧に関わりつつ仏道に帰依する信仰生活を過ごしていた。

少し時を遡るが、宝永三年（一七〇六）七月十二日に桃隣は月次会を催し、五十韻三巻に法橋（不角）と周竹が点評をする。この連句点取帖の連衆は、隋友・秀棠・一滴・琴夕・芥紫・円石・馴雪・流石・柿笑・徑菊・一鵜・東我・夵雫・志幹・春我・桃隣・良鐘・白峯・秀和・浮生である。末尾に、

宝永三丙戌七月十二尽　武陵本石町四丁目誹林　芭蕉門　太白堂桃隣月次会

と記す。桃隣が芭蕉に従って江戸に出てきた当初は、橘町（現中央区東日本橋三丁目と久松町）に住んでいたが、宝永三年に本石町四丁目に移住していた。

文面より晩年のものと推定される杉風宛桃隣書簡がある。本文中に「又損生前之可為大悦候」とあり、又損は『陸奥衜』に「千里　又損居士」と登場する千里のことと思われ、彼は享保元年七月十八日に没するので享保元年（一七一六）以前と推定した。晩年は「石町三丁目北新道釣鐘堂左」に住み、杉風に芭蕉像一幅を依頼し、毎月十二日に月次会を興行していると伝える内容である。

杉風様　キ存　　桃隣

尊墨拝見仕候。又損閑居之趣めづらし〔き〕縁ニて御聞届、御懐敷思召候段、御尤ニ奉存候。貴公ニも何とぞ心静ニ御渡被成候様ニ与存事ニ候。愚老事、今程石町三丁目北新道釣鐘堂左ニ草菴しつらひ罷有候。明日も無覚束候故、別し而菩提ニ入念仏一三昧ニ仕候。（中略）

一、翁之像御認可被遣之由、又損生前之可為大悦候。近頃乍御苦労私ニも一幅御認被下候ハヾ、別而可忝候。是又一所ニ何とぞ奉冀候。不絶十二日〳〵ハ追善之寸志にて、月次興行仕候。其内御見舞申上（以下欠）

（飯田正一編『蕉門俳人書簡集』桜楓社　昭和四十七年）

今は中央区日本橋辺りであるが、当時の地名の石町（こくちょう）三丁目「カネツキダウシンミチ」通りにあった「時ノ鐘」は名高く、住まいのすぐ傍にある鐘の音に親しんだ桃隣の生活の様子が偲ばれる。蕪村の「夜半亭」は、師の巴人がこの鐘の近くに住んでいたことに因む号という。

四　発句合の判詞

前述した三の傍線部分①に「点あればふんでをとり」と記すが、桃隣が発句合に点印を付して判詞を書いた作品が現存する（矢羽勝幸・大谷弘至「天野桃隣評・宝永四年『発句合』―解題と翻刻」二松学舎大学東アジア学術総合研究所集刊第四十集　二〇一〇年三月）。

矢羽勝幸氏は前掲論文で「ここに紹介する『発句合』は、宝永四年（一七〇七）桃隣五十九歳（註1）（ママ）の折の作品で門人と思われる委薄以下二十六名の発句を二十六番につがえた句合の評と、ほとんど同一人たちの五月雨の発句二十五句に点をほどこしたものである。（中略）芭蕉没後、誇りを持って「芭蕉門」を名のり、蕉風の正統を主張した桃隣、本資料は確認できる限り、その桃隣が残した唯一の句合評であり、桃隣の俳諧観のうかがわれる有力な資料でもある。」と解題する。

矢羽氏は「三、書誌」に筆跡について「各句及び作者名は別人の筆。評のみ桃隣自筆」（前述論文）と判定する。桃隣の筆跡の基準作となるものは、

一、桃隣　杉風宛文　（伊藤松宇編『蕉影余韻』昭和五年）
二、「菴に来て甲斐なく拾ふ木葉哉　桃隣」（菊山當年男『はせを』宝雲舎　昭和十五年）
三、桃隣　歳旦刷物　（巌谷小波編『俳人真蹟全集　四巻』平凡社　昭和六年）
四、『綾錦』所載「太白堂」点印

などが挙げられるが、それらと比較して評の部分は桃隣の自筆と見受けられる。

矢羽氏は「庶民詩としての俳諧（風雅）のあり方や庶民生活への関心、行脚の重要性に触れている」と分析する。

この発句合の判詞から桃隣の俳諧観について私見を述べる。なお引用文中［ ］の中に印文を記入した。

Ａ 左 柳

［金魚袋］
景清に錣（シコロ）取れし柳哉　　大夏

右

青柳は立寄陰の扇子かな　　笑斗

左の柳は力を持しこぶ（濁マヽ）柳にもあらず。糸によるしだれ柳にや。①彼みほのやが（濁マヽ）乱髪すがた今見るやうにていさぎよし。是なんだ風のすがたなりや。②右ハ西行法師立どまられたる柳陰か扇子をむすびあハされたるは涼しき心なるべし。清水流るゝとありけるも爰なるべし。仍左ハ御手柄。

①は美保谷十郎が景清に甲のシコロをつかまれたのを振り切って逃げた故事（『平家物語』）を踏まえて、柳の枝が風に吹かれて乱れる様子を喩えた。それに対して②は西行の「道のべに清水流るる柳蔭しばしとてこそたちどまりつれ」を踏まえて木陰の涼しさを扇子の風に喩えた。扇子の風の如く涼しいという平凡な発想よりも「みほのや」が景清にシコロを取られた乱れ髪のように柳が揺れていると趣向した左の句を勝とした。

Ｂ 左 枯野

［銀魚袋］
来歴（ライレキ）を聞て又行かれ野かな　　淵泉

右

［銀魚袋］

老松の肩臂いかる枯野哉　　野鳥

名所の野其かずいひ尽しがたし。且来歴とあるハ那須の広野か安達原あるハ昆陽野などの古戦場にや。唯道行人にもあらず斗藪行脚のわび人か、万草枯果たるあはれ、③鳴や霜夜のさむしろに衣かたしくの移り哀傷ふかくて と感吟候。

孤松筆に秀るや、残る松さへみねにさびしきや、枯野に残たてるありさまを木のよそひ是又承事ニて候。④わきて中七もじ不斜。左右ともに上々の持とす。

左は、万草が枯れた荒野を行脚する旅人の侘びしい心情を③「きりぎりす鳴くや霜夜のさむしろに衣かたしきひとりかもねん」の哀傷に重ねた。右は、枯野にぽつんと立つ老松の枝振りを④「肩臂いかる」と喩えた点が眼目だ。日常生活にありそうな「肩臂いかる」動作を老松の気負った形容とした斬新な表現である。

以上のことより、古典を踏まえるが、②ありふれた連想ではなく、①柳の比喩として景清のしころ取りの場面を用いる演劇的な句に軍配が上がっている。④老松を「肩臂いかる」と見立て、また③は和歌の情趣に枯野を一人で旅する侘びしさを重ねる。桃隣は都会的洗練を好む傾向が見られる。

第四章　桃隣発句集

凡例

一、桃隣の発句を集めた文献は、安井小洒『蕉門名家句集下』（なつめや書荘　昭和十一年）、『古典俳文学大系　第九巻　蕉門名家句集2』（集英社　昭和五十一年）があり、両書は成立年代順に排列する。本句集は、松尾真知子「桃隣年譜」に基づいて収集した発句を、四季に分けて、季語の順に排列した。季語の順とは、歳時記などを参照して概ね季節の時間的推移に従った。なお『蕉門名家句集』に『古太白堂句選』に収録する句の中で桃隣ではない句が誤入すると注記する次の四句は除いた。

ひと筋は瀧のながれや梅の花　大練舎桃翁（『綾錦』）
筆よろづ藤江の花の據　大練舎桃翁（『綾錦』）
波こさぬ契りやかけし鶚の巣　曾良（『陸奥鵆』）
銭踏んで世を忘れけり奥の院　曾良（『陸奥鵆』）

一、発句の下に、出典を記した。
一、発句の左に前書の異同などを注記した。
一、文化元年（一八〇四）に刊行された『古太白堂句選』（『桃隣句選』）は「句集」と略記した。
一、発句の頭に通し記号を付し、巻末に五十音順に配列した「初句索引」を置いて、検索の便宜を図った（247頁）。

春之部

天野呉竹軒大(太)白堂歳旦

1 春たつや衣通姫の硯より　神田桃翁　御撰集

我旧国ハいせに隣りて

2 有中に伊勢の温和や花の春　桃隣　梅の露

3 蓬莱や蚕のすがる常世物　桃隣

元禄戊寅歳旦牒（元禄十一年）　面々硯

老母を祝て

4 蓬莱の米子にあやかれ八十八　年々艸

年礼の歩行に廻国をおもひ出て

5 松嶋のけしきかな。芝の海見ゆる門鎊　桃隣

壬午歳旦（元禄十五年）

6 貞徳や我らが為の若ゑびす　桃隣　露沾俳諧集

7 万歳があづま下りや村すゞめ　桃翁　沾洲歳旦（正徳三年）

8 試やふんでをとりて玉箒　桃隣　寄生　年々艸

＊『年々艸』の前書に「巳歳」（元禄十四年）と記す。

9 若水は融の潮に猪のかしら　桃隣　風光集

東行ノ餞別

10 片方はわが眼なり春霞　桃隣　葛の松原　句集

増(憎)愛時々に変じ眺望刻々にかはる

11 松島やいらぬ霞が立て来る　桃隣　杜撰集　宮城野

＊『宮城野』の前書に「松嶋不変の俤にほだされて見ぬ恋にあこがれ、はせを翁も一度行脚に杖を引て彼眺望にハ年来の積鬱をはらし、それより高舘の古戦場に趣く。予も又亡師が跡を慕ひ、松しまやをしまの絶景に感涙して愚意の底をたゝき侍る」と記す。

12 雲水や霞まぬ瀧のうらおもて　陸奥衛　句集　俳人百家撰

13 ちる時をさはがぬむめの一重哉　桃隣　有磯海　梅桜

14 幕うたぬ人のこゝろや梅の花　桃隣　後の旅

15 雀五羽鳴て夜明の梅の花　江戸桃隣　旅袋

16 梅散てうぐひす後家の姿哉　桃隣　一の木戸下　友すずめ

17 世は誰も散行ク梅の二つ堰　桃隣　二世立志終焉記

18 樅の香や梅は三間となり殿　桃隣　安達太郎根

19 鶯は雨にして鳴みぞれ哉　陸奥衛　句集

20 うぐひすの声に起行雀かな　桃隣　炭俵　宮城野　句集

21 春の雨洲にながれ出る柳哉　江戸桃隣　柞原集

22　逞(タクマシ)き松も眠るや春の雨　　桃隣　陸奥衛　綾錦
玄湖集　句集　続俳家奇人談
＊『句集』の前書に「雪鶏墓に詣て」と記す。

23　青柳やふりさけミれば津軽殿　　太白堂桃隣　梅の露

仙台にて一日三百韻興行
24　草木の中に魔振ル柳かな　江戸桃隣　きれぎれ　宮城野

誹友のしたしみ、千里隔ても心の通ふところわりなし
25　ひらゐても風がすぼめる柳哉　　岸本公羽宛桃隣書簡

26　長閑成御代の姿やかなめ石　　陸奥衛　句集

27　帆の影にいとふ夕日や春の海　　句集

28　なゝ草や次手に扣く鳥の骨　　桃隣　韻塞

29　七種や跡の拍子は鳥の骨　　桃隣　陸奥衛　温故集
七草の跡の拍子や鳥の骨　　桃翁　田毎の日
七種の跡の拍子は鳥の骨　　句集

30　深川の畠でたゝく薺かな　　句集　続深川集

雑春　天王寺精霊会
31　富士浅間石の舞台も二ノ当り　　桃翁　把菅

32　おつるとき誰が声かけし鹿の角　　桃隣　宰陀稿本

33　飛蝶のとつてかへすや大井川　　桃隣　旅袋

34　鳥に落て蛙にあたる椿かな　　陸奥衛
誹諧曾我　温故集　古今短冊集　句集　風俗文選犬註解

下向を待請て
35　田螺(ニシ)哉むかしを聞ば井出の里　　桃隣　並松

36　着たかひもなき古蓑や田螺掘　　句集

唐詩鼓吹　鳥在寒枝動棲影
37　雲雀なく日や蓑笠のすて所　　桃隣　一字幽蘭集

38　なぐさめて通せ那須野の夕雲雀　　桃隣　伊達衣

39　畑中の雲雀追出す野猫哉　　句集

40　世の中や大根の花も藤色に　　桃隣　陸奥衛　句集

41　初花の的はかけたり都から　　桃隣　類柑子

42　伊賀越に股引思へ山桜　　桃隣　平包

奉納
43　蜜の香や七ツ曲りて山桜　　桃隣　陸奥衛　句集
＊『句集』の前書に「奉納」と記す。

44　汲鮎の網に花なし桜川　　陸奥衛　句集
俳人百家撰
＊『句集』の前書に「小栗村にて」と記す。

奉納
45　額にて掃や三笠の花の塵　　陸奥衛　句集
＊『句集』の前書に「鹿嶋にて　春日奉納」と記す。

46　土浦の花や手にとる筑波山　陸奥衛　句集
俳人百家撰
＊『句集』の前書に「筑波霊山の奇瑞多し」と記す。

47　赤松の木末や乗垂花の瀧　陸奥衛　句集

48　花はさけ湖水に魚は住ずとも　陸奥衛　句集
＊『句集』の前書に「黒髪山　三四月にも雪ふる」と記す。

49　鳴呼おしき花の盛りを七日とハ　故桃翁　野明り

50　邯鄲の枕ぞ花の根の曲り　桃隣　夏炉一路

51　首途
近付にあはぬ広さに江戸の花　桃翁　いぬ桜

52　何国まで華に呼出す昼狐　桃隣　陸奥衛　句集
俳人百家撰
＊『句集』の前書に「首途」と記す。

53　餞別
見事なる旅の相手や花に鳥　桃隣　笈日記　句集
風俗文選犬註解

54　百ヶ日
花鳥や絵毎にとはず物語　桃隣　後の旅

55　東照宮奉納
花鳥の輝く山や東向　陸奥衛　句集
＊『句集』の前書に「東照宮奉納」と記す。

56　送四時友
傘さして押合もせず花見哉　桃隣　其便

57　暁の風を見かけて花見哉　桃隣　陸奥衛　句集
＊『句集』の前書に「東叡山」と記す。

58　獺の背兀たりはな筏　桃隣　松かさ　花見車

59　桜咲比ぞ隠者の古畳　桃隣　陸奥衛
さくら咲頃や隠者の古だゝみ　句集

60　道灌山にあそびて
蛇なくば一夜あかさん桜がり　桃隣　誹諧曾我

61　此山に妖怪もなし桜狩　桃翁　いぬ桜

62　ちる花の外は流ずはるの川　句集

63　海棠や綸子着て居る寺若衆　句集

64　紅ゐのひかりや桃の二百年　桃隣　鳶獅子集
旅舘日記

65　上巳
桃色の色ハ桃より外に何　年々艸

66　昼舟に乗るやふしミの桃の花　桃隣　炭俵　柿表紙
繡鏡　句集
＊『繡鏡』の前書に「餞舎羅」と記す。

67　舟着や馬に附行雛の箱　　句集

68　下司の子も官女と成ルや雛事　　年々艸

69　白桃や雫もをちず水の色　　桃隣　葛の松原

緋桃は火のごとくならねど白桃はながるゝにちかゝるべし。ひさしく薪水の労をたすけて此句の入処あさからずと阿叟もおきあがり申されしなり。

己が火　続猿蓑　たかね　藁人形　俳諧問答

桃三代　田毎の日　句集　俳諧独稽古　続俳家

奇人談

白桃や雫は落て水のいろ　　桃林　玄湖集

しらもゝや雫も落す水の上　　桃隣　風俗文選犬註解

しら桃や雫もおちず水の色　　俳人百家撰

梅雪亭にて

70　躑躅咲うしろや闇き石灯籠　　桃隣　桃の実

71　鬼の血といふ其土が躑躅哉　　陸奥鵆　句集

俳人百家撰

＊『句集』の前書に「神軍の跡、敵味方の城あり」と記す。

72　鳶の巣にひるまぬ藤や木の間より　　桃隣　句兄弟

鳶の羽にひるまぬ藤や木の間より　　句集

73　藤の棚や場を取ル琴の乗セ所　　桃隣　陸奥鵆

藤棚や場を取ル琴の乗セ所　　句集

74　筑波根や辷(スベツ)て転(コケ)て藤の花　　陸奥鵆　句集

75　貝もなき礒辷り行汐干哉　　句集

76　雪なだれ黒髪山の腰は何　　陸奥鵆　句集

77　から臼の音こそかよへ春の雪　　桃隣　伊賀産湯

78　千年の瀧水苺の色青し　　陸奥鵆

寂光寺滝あり

千年の滝水苺の花青し　　句集

夏之部

79　更衣替ぬもつらし夜着蒲団　　桃隣　陸奥鵆　句集

卯月朔日雨

80　物臭き合羽やけふの更衣　　陸奥鵆

田毎の日　句集

＊『句集』の前書に「四月朔日雨」と記す。

81　奥の花や四月に咲を関の山　　陸奥鵆　句集

82　老竹の見る影もなき卯月哉　　桃隣　俳僊遺墨

83　比も夏滝に飛込こゝろ哉　　陸奥鵆

須ヶ川より一里脇に石川の瀧あり

ころも夏瀧へ飛込む心かな　　句集

こがね花さくとよめるは此山にて、千歳の苺八重に厚く、木立春秋をしらず、鶯塒を求ねば郭公鳴ず、四時の風全凩のごとし。白雲空に消て、谷は霧に埋れ、梺は汐烟立迷ふ。南の磯に海鹿(アシカ)日を待て眠る。東に金砂潠(キンコ)漂泊(タマヨフ)、黙然(モクネン)として是をおもひ彼を考れば、七宝の一ッ金生水の故ありやと猶尊く、御手洗を咶れば五ッの味をなす。冷水軽して色は青天に等し。比はさつきの末つかた夏を忘れて、しばらく木のねを枕になしぬ。

84　御手洗や夏をこぼるゝ金華山　　陸奥衜　句集

85　あたりから昼ねの客や夏の亭　　桃隣　有磯海

86　きさがたや唐をうしろに夏構　　陸奥衜　句集

87　樹も石も有のまゝなり夏坐鋪　　桃隣　陸奥衜　句集
風俗文選犬註解

88　篭らばや八塩の里に夏三月　　陸奥衜　句集

89　夏百日身は潔白よ梵字川　　陸奥衜　句集

夏月

90　斃(タヲレ)たる酒も醒けり夏の月　　桃隣　別座鋪
たをれたる酒も酔けり夏の月　　句集

91　夏の月胸に物なし飯縄山　　陸奥衜　句集

道より便をうかゞひて

92　黒羽の尋る方や青簾　　陸奥衜　句集

＊『句集』の前書に「道より便りをうかゞひて」と記す。

93　卯の花に忘るる宵の明衣哉　　桃隣　別座鋪　句集

法楽

94　木の下やくらがり照す山椿　　陸奥衜　句集

＊『句集』の前書に「法楽」と記す。

95　言の葉や茂りを分ケて塚二つ　　陸奥衜　句集

＊『句集』の前書に「実方中将の塚に、同じく召れたる馬の塚あり」と記す。

96　茂る藤やいかさま深き石の巻　　陸奥衜
茂る藤やいかにも深き石の巻　　句集

97　茂れ茂れ名も玉川の玉柳　　陸奥衜
津の玉川　句集

遥に思ひやりし名所、風雅にひかれて近く見侍り。一句を窺ふ

98　岩城山とおもへば香あり夏木立　　桃隣　陸奥衜
露沾俳諧集　句集

＊『露沾俳諧集』の前書に「遥に思ひやりし岩城山も風雅

に引れ近くミる事有がたく覚え侍り」と記す。『句集』の前書に「遥におもひやりし名所、風雅にひかれて近く見侍り。一句を窺ふ」と記す。

99 丸山の構も武き若葉哉　桃隣　陸奥鵆　句集

100 もとあらの若葉や花の一位　陸奥鵆　句集

嵐雪上京に送る

101 貴様には吉野の若葉茶也けり　桃隣　一の木戸下

102 夏草に世をゆづりてや影の沼　桃隣　伊達衣

103 偽らぬものゝ匂ひや桐の花　桃隣　一の木戸下

104 橘や下に落たる鳥の糞　桃隣　別座鋪　句集

105 橘や籬が島は這入口　桃隣　陸奥鵆　末若葉　句集

＊『末若葉』の前書に「まつしま一見の時むかし忍ばるゝとはいかめしけれど」と記す。

106 瀬に替る花たちばなやはね釣瓶　桃翁　花橘

行者堂に詣

107 手に足に玉巻葛や九折　陸奥鵆　句集

＊『句集』の前書に「行者堂に詣」と記す。

108 花柚哉十分結て帆かけ船　桃隣　宮城野

109 七僻（癖）や一ツも無うて美人草　桃隣　梅の露

於奥州石川丹内氏興行

110 あたらしき宿の匂ひや富貴艸　桃隣　陸奥鵆　句集

111 飛蝶やまぐれあたりに白牡丹　桃隣　桃の実

112 牡丹見にうつすりとよき唐茶哉　桃隣　別座鋪　句集

113 牡丹見や羽織をぬぎて行戻リ　桃隣　誹諧先日（枝うつり）

114 一八に言葉もかけず牡丹哉　桃隣　陸奥鵆　句集

留別

115 山蜂の跡覚束な白牡丹　陸奥鵆　句集

＊『句集』の前書に「留別」と記す。

116 卯ノ刻に出現したる牡丹哉　呉竹軒桃隣　梅の露

117 星の井の名も頼母しや杜若　陸奥鵆　田毎の日　句集

＊『句集』の前書に「南殿桜・夜の星、是名水の井也。佐藤庄司墓所一門石塔、次信忠信石塔あり」と記す。

118 翡翠のまぎれて住か杜若　桃隣　別座鋪　句集

119 気散じや手形もいらず郭公　陸奥鵆　句集

120 郭公啼や田舎の山刀（ヤマガタナ）　桃翁　ばせをだらひ

人々点願はしきよし申しければ

121 独立足の力やほととぎす　桃隣　己が光

郭公

122 聞までは二階にねたりほとゝぎす　桃隣　炭俵　別座鋪

123 江戸に来て徳一つありほとゝぎす　仝（桃隣）　句集

其便　杉村集

124 町中に三声聞けりほとゝぎす　桃隣　誹諧曾我

125 ほとゝぎすけふもむかひに出にけり　桃隣　あさくのみ

126 時鳥うけ給りに下屋しき　桃隣　宮城野

127 蜘の子の柱伝ひや縄簾　句集

128 初鰹さぞな所は小名の浜　陸奥衢

小名浜

初鰹さぞな所は小名が浜　句集

129 塚ばかり今も籠るか麦畠　陸奥衢　句集

＊『句集』の前書に「安達が原」と記す。

130 麦喰て島々見つゝ富の山　陸奥衢　句集

131 短夜を二十里寐たり最上川　陸奥衢　句集

132 松島や五月に来ても秋の暮　桃隣　陸奥衢　句集

133 五月女に土器投ん浅香山　陸奥衢　句集

＊『句集』の前書に「浅香山、南都若艸山の俤あり」と記す。

134 落つくや明日の五月にけふの雨　陸奥衢　句集

＊『句集』の前書に「仙台大町、南村千調亭に宿す」と記す。

135 五月雨の色やよど川大和川　桃隣　炭俵　別座鋪

宮城野　句双紙　田毎の日　句集　続俳家奇人談

136 軍めく二人の嫁や花あやめ　陸奥衢　句集

137 五日迄水すみかぬるあやめかな　桃隣　炭俵　別座鋪

梅の露　句集

138 引尽す菖蒲の跡や田のつもり　桃隣　陸奥衢

桃三代　句集

端午

139 菖蒲葺代や陸奥の情ぶり　陸奥衢

あやめ葺代りや陸奥の情ぶり　句集

140 水鳥の巣もや引けん菖蒲草　桃隣　皮籠摺

141 幟哉花をかたげて池の川　桃隣　一の木戸下

142 われからは何になれとや藻刈舟　桃隣　賀之満多知

143 藻の花のとぎれとぎれや渦（ウズ）の上　仝（桃隣）　別座鋪

藻の花のとぎれとぎれや泡の上　句集

144 青梅や法師に成て堆（ウヅタカ）き　太白堂桃隣　俳諧一峠

世にもてはやす藤四郎焼キといえる土器師ハ伊藤四

郎左衛門が上下略とかや

145 梅漬や人が来て見て藤四郎　武州桃隣　きれぎれ

梅漬や人が見に来て藤四郎　桃隣　一の木戸下

子珊亭

146 若竹に声や響かす蛙（あまがえる）亀　桃隣　別座鋪　句集

147 若竹の千代の古道合点か　桃隣　銭龍賦

148 鳥立て若竹すぐに成にけり　桃隣　宮城野

149 植て行田にのみあるか昼の風　句集

150 田植等がむかし語や衣川　陸奥鵆　句集

151 梟啼て跡もさらなる青田哉　桃隣　韻塞　癸酉記行　句集　風俗文選犬註解

152 石川や簗うつ時の薄濁り　桃隣　句兄弟　句集

153 煤けたる鵜匠が顔や朝朗　桃隣　陸奥鵆　句集

黒羽八景の中

154 鵜匠どもつかふて見せよ前田川　陸奥鵆　句集

＊『句集』の前書に「羽黒八景の中」と記す。

155 哀さや石を枕に夏の虫　陸奥鵆　句集

＊『句集』の前書に「殺生石」と記す。

156 辛崎と曾根とはいかに松の蟬　陸奥鵆　句集

＊『句集』の前書に「義経　腰掛松に」と記す。

157 吹螺に木末の蟬も鳴止ぬ　陸奥鵆　句集

158 軍せん力も見えず飛ほたる　陸奥鵆　句集

159 山の井を覗けば答ふ藪蚊哉　陸奥鵆　句集

＊『句集』の前書に「采女塚、山の井にて」と記す。

浄坊寺桃雪子に宿ス。翌日興行

160 幾とせの槻あやかれ蝸牛　陸奥鵆　句集

＊『句集』の前書に「浄坊寺桃雪に宿す。翌日興行」と記す。

161 橋に来て踏みふまずみ蝸牛　陸奥鵆　句集

＊『句集』の前書に「緒絶の橋・野田の玉川・玉（沖）の石、何れも同じあたりなり」と記す。

162 蝸牛百日紅の木末まで　桃隣　みづひらめ

163 蝙蝠に顔かかれなよ橋の上　桃隣　別座鋪　句集

164 取あげてそつと戻すや鶉の巣　桃隣　別座鋪　句集

165 鹿の子のあどなひ顔や山畠　桃隣　別座鋪

後ばせ集　茶のさうし　句集

166 うかれ出る色や坂田の紅衫（ツジガ）花　陸奥鵆　田毎の日

うかれ出る色や阪田の辻が花　句集

167 深川の末や女中の茄子狩　桃隣　陸奥鵆　句集

168 花瓜の蔓や通ひて木津難波　句双紙

天神社造立半

169 石突に雨は止たり花柘榴　陸奥鵆　句集

＊『句集』の前書に「天神社造立半」と記す。

170 ゆく水の跡や片寄菱の華　桃隣　別座鋪　句集

＊『句集』の前書に「翁への餞別」と記す。

最上市

171 野も家も最上成けり紅の花　陸奥衛　句集

＊『句集』の前書に「最上市」と記す。

伊達郡桑折田村氏ハ、武江不卜門葉にして、年来此道を好ミ、陸の巷を踏分たり。迷ひ行下官、彼が扉を敲き、膝をゆるめて

172 誰植て桑と中能紅畠　桃隣　陸奥衛　句集

＊『句集』の前書に「伊達郡桑折田村氏は、武江不卜門葉にして、年来この道をこのみ、陸の巷を踏分たり。迷ひ行下官、彼が扉をたゝき、膝をゆるめて」と記す。

173 為家の山梔白し磐提山　陸奥衛　句集

174 石磨も庭に馴こし苺の花　同（桃隣）陸奥衛　句集

175 能因に踏れし石か苺の花　陸奥衛

能因に踏れし石の莓の花　句集

176 焼飯に青山椒を力かな　陸奥衛　句集

机に肘を曲

177 水無月や人の来ぬ間は丸裸　桃隣　陸奥衛　句集

＊『句集』の前書に「机に肘を曲」と記す。

178 水無月は隠れて居たし南谷　陸奥衛

179 ふりもどり富士見る富士の下向哉　三山雅集　句集

180 五十間練ルを羽黒のまつり哉　桃隣　陸奥衛　句集

181 叩首や扇を開き目を閉（フサギ）　陸奥衛

三山雅集　句集

182 文字摺の石の幅知ル扇哉　陸奥衛　句集

＊『句集』の前書に「文字摺の石、長サ壱丈五寸、巾七尺余」と記す。

183 汗と湯の香をふり分る明衣哉　陸奥衛　句集

184 大汗の跡猶寒し月の山　陸奥衛

三山雅集　句集

185 暑き日や神農慕ふ道の艸　陸奥衛　句集

＊『句集』の前書に「古川といふ宿に来て秋山壽庵子所縁あり、尋入て一宿」と記す。

186 武隈の松誰殿の下涼　陸奥衛　句集

＊『句集』の前書に「武隈の松あり」と記す。

187 朴木の葉や幸のした涼し　陸奥衛

朴の木の葉や幸の下すずし　句集

188 月涼し千賀の出汐は分ンの物　陸奥衛

月涼し千賀の出汐は分なもの　句集

189
橋二ッ満汐涼し五大堂　仝（桃隣）陸奥衛　句集

190
水晶や涼しき海を遠目鑑　陸奥衛　句集

191
虹吹てぬけたか涼し龍の牙　陸奥衛

虹ふしてぬけたか涼し龍の牙　句集

192
おもひ出や花なき隅田の夕涼　句集

193
薫るとは爰等の風か袖の浦　陸奥衛

薫るとはこゝらの風か袖が浦　句集

仙台杉山氏興行、山川の富を祝す

194
気を濯ぐ清水や影は青葉山　桃隣　陸奥衛

仙台杉山氏興行、山川の富を祝す

気を濯て清水や影ハ青葉山　句集

195
蟹を見て気の付岨の清水哉　桃隣　陸奥衛　句集

芭蕉堂歌仙図　都の花めぐり

一とせ芭蕉、須ヶ川に宿して駅の労れを養ひ、田植歌の風流をのこす。予其跡を慕ひ、関越ルより例の相楽氏をたづね侍り。

196
踏込で清水に耻つ旅衣　桃隣　陸奥衛　句集

＊『句集』の前書に「一とせ芭蕉、須か川に宿して駅の労れを養ひ、田植唄の風流をのこす。予其跡をしたひ、関越るより例の相楽氏を尋侍り」と記す。

197
一息は親に増たる清水哉　陸奥衛　句集

198
笠松や先白雨の逃所　陸奥衛　句集

199
山寺や岩に負ケたる雲の峰　桃隣　陸奥衛

放鳥集　田毎の日　句集

＊『放鳥集』の前書に「出羽の国慈覚大師の旧蹤をおがミて」と記す。

200
しら糸の瀧やこゝろにところてん　陸奥衛

三山雅集　句集

201
刈比に刈れぬ菅や一構　陸奥衛　句集

＊『句集』の前書に「岩切新田といふ村にて」と記す。

山路吟

202
おそろしき谷を隠すか葛の花　陸奥衛

山路吟

おそろしき谷に隠すか葛の花　句集

203
明がたや蓮見に出て蚊に喰れ　桃隣　一の木戸下　友すずめ

蓮池

204
雨の日にくもらぬ蓮の左大臣　桃隣　安達太郎根

205
蓮好の無船台にのりの道　桃翁　清覚十七回忌

206
金堂や泥にも朽ず蓮の花　陸奥衛

金堂や泥でも朽ず蓮の花　句集

熟友介我、病死を遙後にきゝておどろき侍る。せめて一句を手向奉りて回向なすのみ

207 うかむらん世に惜れてはちす咲　古桃翁　飛ほたる

208 昼顔やともに刈らるゝ麦畠　仝（桃隣）別座鋪　句集

209 昼顔の夢や夕日を塚の上　陸奥鵆

夜烏といふ村へかゝり、小町塚あり

昼皃の夢や夕日の塚の上　句集

210 黄精の花やきんこの寄所　陸奥鵆　句集

211 陵（凌）霄の木をはなれてはどこ這ん　陸奥鵆

画本福寿草

凌霄や木を離れては何所這ん　句集

法楽

212 禰宜呼にゆけば日の入夏神楽　陸奥鵆　句集

＊『句集』の前書に「塩竈の明神へ法楽」と記す。

213 欲垢のをちこち人やはらひ川　桃隣　三山雅集

214 秋ちかく松茸ゆかし千載山　陸奥鵆

秋近く松茸ゆかし千葉山　句集

はてしなき野にかゝりて

215 草に臥枕に痛し木瓜の刺　陸奥鵆　句集

＊『句集』の前書に「はてしなき野にかゝりて」と記す。

216 山彦や湯殿を拝む人の声　陸奥鵆

三山雅集　句集

217 うやむやの関やむやむや鬼人艸　陸奥鵆　句集

秋之部

奥州の名所見廻り文月朔日須賀川に出て乍單斎に舎り、一夜は芭蕉の昔を語りけるに、去秋深川の旧庵を訪し予が句を吟じ返して燭下に一巻に綴りぬ。

218 初秋や庵覗けば風の音　桃隣　伊達衣

白川に又かゝりて

219 初秋にかゝる土用や関しらず　太白堂桃隣　伊達衣

220 初秋や明日の暑さも苦にならず　桃隣　一の木戸下

221 文月に神慮諌ん硯ばこ　陸奥鵆

文月に神慮諌ん硯石　句集

喜連川、庚申に泊合て

222 御所近く寝られぬ秋を庚申　陸奥鵆　句集

＊『句集』の前書に「喜連川、庚申に泊り合て」と記す。

223 秋暑しいづれ芦野の柳陰　陸奥鵆

田毎の日　句集

ひと日二日、流行の病に平臥て居たるに、折ふし嵐
雪のもとより、珍らしき干飯を送り侍るかへしに

224 くだけても菩薩（ボサツ）尊し秋乾　句集

225 立旅の麦の秋風あきのかぜ　桃隣　浪の手（湯桁）

国府台

226 松杉に秋風寒し古戦場　句集

227 三千風の再興したり秋の暮　太白堂桃隣　梅の露

228 笠脱ば天窓撫行一葉哉　陸奥衛　句集

芭蕉庵のるす

229 主まつ春の用意やちり柳　桃隣　有磯海

230 一反の畑や柳のちり処　句集

231 又起て見るや七日の銀河　陸奥衛
又起て見るや七日の天の川　田毎の日　句集

232 ミほつくし難波は礒よ天の河　桃隣　きれぎれ

牽牛織女

233 星の声聞覚けん渡し守　桃隣　渡鳥

234 あさましや鵜匠が門の施餓鬼札　句集

235 盂蘭盆や蜘と鼠の巣にあぐむ　陸奥衛
温故集　田毎の日　句集

236 送り火の跡あはれ也虫の声　句集

237 在郷で死て戻りし踊かな　江戸桃隣　男風流下

杉風と二人、はせをの旅行をうらやみて

238 見られねば猶うらやまし盆踊　句集

239 稲妻や二荒山の根なし雲　句集

240 宵過や虫売通る町はづれ　句集

241 蜻蛉の来て哀れ也釣灯　句集

242 きりぎりす鳴くや最上の下り舟　句集

243 寝ころべば昼もうるさし秋の蝿　句集

深川翁の旧庵を見るに芭蕉は残りて門を鎖、梅柳などは何地へか移し植て人の情を起す。良夜の月、池をめぐりてと謂しも半埋れて蛙飛込便りもなく芦花はむかしの人をまねくかと問べき草のもと也。

244 蓑虫を聞かぬがけふの命かな　桃隣　渡鳥

鹿

245 飛鹿も寝て居る鹿もおもひ哉　桃隣　一の木戸下
温故集

246 淋しさや山は猶更しかの声　句集

247 手を上ゲて群衆分ケたり草の花　陸奥衛　句集

箸鷹の左羽右羽つかふらし木しげき秋の山の下草

248　誰狩て花野をむごし力艸　　桃翁　芋の子

句集

249　菅笠にいとふもおかし散すゝき

250　実ハ飛てけだるき蓮の王舎城　　桃翁　一霊器

251　実ハ飛て台に成し蓮かな　　太白堂桃隣

通天橋（素堂一周忌）

一とせ不忍の池の端に住居して

はつかしの蓮にみられて居る心　　素堂

此句世の人口にとゞまり候。此度の一集へ御加入可被成候。桃翁

雁山サマ

（『二世市川団十郎日記抄』元文五年二月の項に「此蓮の句は嵐雪集其袋に出。是、北村氏湖春の句也。桃隣蓮の佳句故、素堂と覚違たるなるべし。宗匠たる身は加様之事心得べき事也」と記す。）

草花

252　宮城野の萩や夏より秋の花　　桃隣　炭俵　句集

桔梗

253　七野見た人の中よりや桔梗皿　　桃翁　成九十三回忌

254　蘭の香や角振戻す蝸牛　　桃隣　陸奥鵆　句集

風俗文選犬註解

255　朝がほや濡てはかなき花の藍　　句集

草庵

256　蕣やもらはずやらず垣の花　　桃隣　渡鳥　伊達衣

＊『伊達衣』の前書に「述懐」と記す。

257　米入る我器なり種ふくべ　　句集

258　しら露の命ぞ関を戻り足　　陸奥鵆

259　有明や比良の高根も霧の海　　句集

市川

260　朝霧や川を隔て関に人　　句集

261　打過て又秋もよし梅紅葉　　桃隣　笈日記　梅の牛

打過てまた秋もよし梅もどき　　句集

遊行寺

262　十人の殿等強し梅もどき　　桃隣　陸奥鵆

遊行寺

十人の殿原強し梅もどき　　句集　梅の牛

263　来る雁の力ぞ那須の七構　　陸奥鵆　句集

行徳舟ニて

264　おろすべきけしきはみえず沖に雁　　句集

265　木啄（キツヽキ）のつゝきからすや蝸牛（カタツブリ）　　桃隣　或時集

266　泊り人を寐せて軒並砧哉　　句集

267 名月や誰が養ひて稲のはな　桃隣　流川集
268 名月や雪みんための庭の松　桃隣　萩の露　句集
269 その月も此名月か冠やま　仝（桃隣）其便
　月の感情は後夜を過て
270 名月や宵の心は相撲取　桃隣　渡鳥　伊達衣
271 名月や九つ時を物の種　桃隣　みづひらめ
272 名月やあたりの雲もほめらるゝ　桃隣　きれぎれ
273 名月や夜食嫌も遠あるき　桃隣　寄生
274 名月や暁近き霧の色　句集
275 名月や舟虫走る石の上　句集
276 明月や煎々て三匁　桃隣　安達太郎根
277 山畑に猪の子来たり今日の月　句集
278 けふの月衣通姫ハ曇りても　桃隣　把菅
279 けふの月向の山は海の底　桃隣　友すずめ
　小松川
280 童等よ間引菜洗へけふの月　句集
281 稲の香や我養てけふの月　桃隣　旅舘日記
　三日月日記　桃三代　句集
282 鎌倉へゆかぬが手也後の月　桃隣　陸奥衛　句集
　新枢会
283 片庇師の絵を掛て月の秋　桃隣　陸奥衛　句集
＊『句集』の前書に「新枢会」と記す。
播磨路や龍野に弘む法の雲げに有がたきちかひかな〳〵。抑当寺の住僧春色叟仏の道ハ申に及バず風雅に眼をさらし、春は花に坐し夏ハ子規に枕をそばて秋ハ月に酔冬ハ初雪にこがれて旦那のまづしきに衣の袖をしぼる。是ぞおほけなう御仏の化身ならん。しかあれバ過し比、涅槃の雲むらさきにたなびき正念の往生既にその像いますがごとくなき跡殊勝に侍るよし俳列よりこまやかに告来る。予ハ百海を隔て見もしらず侍れど、その感に落涙して追悼の句の尊霊に手向るものならし。
284 西に入月の姿や生仏　桃隣　花皿
285 松島の月やハ物を平四郎　桃隣　庭の巻下
286 三日月やはや手にさはる草の露　桃隣　三日月日記
　桃三代　句集
　同若宮
287 銀杏も落るや神の旅支度　同（桃隣）陸奥衛　句集
＊『句集』の前書に「おなじく若宮」と記す。「おなじく」は「鎌倉」の意。

288 世をそむく野菊や百の名にいらず　桃隣　陸奥衛　句集

其声

289 綿仲間はづれてそよぐ野菊哉　桃隣　菊のちり

天野氏興行

290 道くだり拾ひあつめて案山子かな　桃隣　炭俵　夢物語

温故集　田毎の日　句集　続俳家奇人談

291 川流やつと揚れば案山子哉　桃隣　一の木戸下

292 粟稗は苅られて古きかゞし哉　句集

293 うら枯るることの早さよ茄子売　句集

294 榎の実ちる門や罘する女馬　句集

295 淋しさや芳野を榧子に思ふ頃　句集

296 落栗に思ひがけなき菌哉　句集

297 笠ぬがぬ菌に嵯峨の香ひなし　江戸桃隣　東西集

298 紺菊も色に呼出す九日かな　桃隣　炭俵　芳里袋下

田毎の日

紺菊の色に呼出す九日かな　句集

299 それそれよ鎌で苅てもけふのきく　江戸桃隣　記念題

300 菊の気味ふかき境や藪の中　桃隣　続猿蓑　句集

301 領分が一坪あらばけふの菊　桃隣　きれぎれ

嵯峨の辺に別墅ありし事を思ひ出て

302 一頃ハ世に鳴滝の菊のぬし　百拝太白堂桃翁　花林燭

303 かふ過て蝶は何する菊の露　桃翁　続俳家奇人談

松島より立かへりて

304 新蕎麦や鬼ともくまん病上リ　桃隣　末若葉

真間の継はしは名のみにして、いさゝかの流れあり。弘法寺はもの旧たる境内にて、前には石の階高し。頃しも秋の末、暮つかたのことなれば、物問ふ人もみえず。老たる僧を見かけて

305 古寺や紅葉も老て幾むかし　句集

最上よりの珍客武江へ杖をひかれける一日は法橋亭にてもてなし有。予も加りてとり持(モチ)ながら発句せよとありければ、即興

306 錦手やむべ山風の紅葉鮒　桃翁　把菅　年々艸

鎌倉

307 行秋や七里が浜も八里程　同（桃隣）陸奥衛　句集

＊『句集』の前書に「鎌倉」と記す。

308 行く秋や椵より落る蟬の殻　句集

309 ゆく秋や紅葉の寺に我を客　句集

310 暮るとてけふも時雨や九月尽　句集

311 山炭に冬を隣や焼栄螺　句集

下総八幡

312　神在す地は人知らず八幡竹　句集

冬之部

今の嶋田よし助が門も見捨がたくて

313　驚かぬ往来や冬の大ゐ川　桃隣　笈日記　朝起集

驚かぬ心や冬の大井川　桃隣　陸奥鵆　句集

314　濡て居る梢もみえず冬の月　句集

315　ひとりうつ痛き肬や冬籠　句集

316　山鳥の尾に見る蘆や冬籠　句集

317　閑人の心冬なりはつ桜　桃隣　留守見舞

元禄九丙子十月十二日　翁三回

318　今更に袖をしぼるや冬ざくら　桃隣　陸奥鵆

田毎の日　句集

＊『句集』の前書に「元禄九丙子十月十二日翁三回」と記す。

319　散を覚し迅速にして冬桜　太白堂桃隣　調和追善集

梶原屋鋪

320　平蔵が歌の名残や帰花　同（桃隣）陸奥鵆　田植塚

句集

＊『句集』の前書に「梶原屋敷」と記す。

321　岩倉や人の得しらぬ帰リ花　桃隣　誹諧先日（枝うつり）

鎌倉極楽寺

322　口切に千服茶磨沐しけれ　桃隣　陸奥鵆　句集

＊『句集』の前書に「鎌倉極楽寺」と記す。

323　口切や聟取当て置頭巾　句集

324　茶の花や乾きつたる昼の色　句集

南宮山に詣て

325　木枯の根にすがり付檜皮かな　桃隣　炭俵　句集

326　凩や横へ突ぬく耳の穴　桃隣　伊達衣

327　凩に光らぬ花や冬牡丹　桃隣　芳里袋下

328　こがらしや藿見る窓に朝の月　句集

隅田川

329　大名のしのび出立も小春哉　句集

石の苔をあらひ塔婆をたて短袖に香花をとりて

330　曲り来る空や小春の旅日和　桃隣　三上吟

芭蕉忌

めぐり来る空や小春の旅日和　江戸桃隣　きれぎれ

331　山茶花や椿に似ても冬三月　桃隣　伊達衣

332　山茶花や未だ消安き枝の霜　句集

始て招かれたるかたにて

333 茶の湯にも出合ぬものを枇杷の花　江戸桃隣　寄生

334 寒ぎくや夕日に向ふ硯彫　句集

嵐雪は其角の先に立ん事をおもひ、其角は

335 水仙やいで其時は一風流　桃隣

散紅葉（嵐雪十三回忌）

336 達磨忌に続く仏や十二日　桃隣

芭蕉一周忌（若菜）誹諧翁艸

松が岡

337 葛の葉の落ぬ構や蜘の糸　同（桃隣）陸奥衛　句集

＊『句集』の前書に「松が岡」と記す。

他州の手向種諸国の門弟いとなミ祭りて

338 枯ながら芭蕉よ四百八十寺　桃翁　粟津原

339 碑に名なしかづらも枯野哉　句集

340 茅葺や枯野ゝ口の小商ひ　句集

341 から風の吹からしたる水田哉　句集

342 一凩庫裏へ吹込落葉哉　句集

343 市中や木の葉も落ずふじ颪　桃隣　炭俵　句集

344 菴に来て甲斐なく拾ふ木の葉哉　蕉翁全伝

345 はつしぐれ憂世の輪迄ぬけし事　桃隣

風の上（嵐雪追善）

川崎宿

346 時雨日や塩魚附し戻リ馬　句集

347 袖の海時雨て見たり忘たり　桃隣

風の末（嵐雪三十三回忌）

348 屋根葺のそしらぬ顔や村時雨　桃隣　陸奥衛　句集

十月廿二日興行　故人も多く旅にはつと逆旅過客の

ことハりをおもひよせて

349 俤やなにハを霜のふミおさめ　桃隣　枯尾華

芭蕉三回追悼独吟

350 真直に霜を分ケたり長慶寺　桃隣　陸奥衛　句集

大津尚白亭

351 蘇鉄にも厚手当や霜覆　句集

六郷

352 朝風や霜の手を吹く渡し守　句集

353 薄着して霜もいとはず年木樵　句集

354 物ぐさや松葉敷さす霜柱　句集

美濃の旅僧を泊て

355 埋火に酒あたゝめる霜夜哉　句集

356 初雪や人の機嫌は朝の中　桃隣　其便　有磯海

初雪や人は機嫌は朝の中　続俳家奇人談

357 はつ雪や火燵を去つて竹の杖　桃隣　梅の露

行旅

358 初雪や筆捨山の右左　桃隣　陸奥衛

田毎の日　句集

＊『句集』の前書に「旅行」と記す。

359 初雪の御師のてにはぞ鈴鹿山　桃隣　庭の巻下

360 雪の日やどれがむかしの都鳥　桃隣　己が光

義仲寺に参り亡師の塚のもとに旧来を語らんとす。
そも隠逸の志につかへ一たびハ笈のたすけともなりぬ。
今更に遠里を隔てかゝ〔る〕所の苔の下にむなしき
名のみ聞へけるを

361 月雪に假の菴や七所　桃隣　枯尾華

362 雪あられ旅好（スク）人の夜も寝ず　桃隣　芭蕉翁行状記

鋤立上京餞別の巻、難波園女判にして認登せける詠艸、
愚集の傍に加え侍るは、連中したしみを捨がたきのみ。

363 足本も遠山も見よ雪の松　桃隣　陸奥衛　句集

364 繕はぬ窓や吹込今朝の雪　句集

365 雪積て揚ぬ筏や神田川　句集

366 闇き夜や雪の枯江に汐の音　句集

367 雪の日や唯白更の麦畑　句集

368 市中や泥亀釣す雪の軒　句集

369 たゝかれて明るもつらし雪の門　句集

370 其匂ひ雪よりすゞし水仙花　江戸桃隣　軒伝ひ

371 寒き日や外へ出て見る不二の雪　桃隣　伊達衣

372 雪消て大声あぐる小鳥哉　桃隣　一の木戸下

373 出ることは翌と我家の雪見哉　句集

霜月十六日芭蕉翁三十五日、於義仲寺興行

374 墓近く蓮の香を持ッ氷かな　桃隣　枯尾華

375 薄氷や鶺鴒走る浮芥　句集

376 麦蒔やかるたを捌く手のひねり　桃隣　一の木戸下

十七年の旧功今は立身して上中下品の中に坐し給ハ
んと推はかりて

377 納豆汁いざ曼荼羅の辻子小路　桃翁百拝　粟津原

378 兄弟の若盛也大根引　句集

由比が浜

379 人を鳴鷗を鳴や浜千鳥　同（桃隣）陸奥衛　句集

＊『句集』の前書に「由比ヶ浜」と記す。

380 有明となりて一群千鳥かな　句集

381 衛聞くために二日の旅寐哉　句集

382 物申ハ書出しでなし鴨などを　桃隣　把菅
としのくれに
物申フハ掛取でなし鴨などを　太白堂桃翁　藻塩袋
383 御火焼や風雅と呼る友ほしゝ　句集
384 ひやうたんは手作なるべし鉢たゝき　桃隣　刀奈美山
落柿舎日記　風俗文選犬註解
385 せきぞろぞ糸竹呂律の外を行　太白堂桃翁　百福寿
386 師走ともしらで袂の長さ哉　桃隣　己が光
387 高みから師走笑ふや垂柳　桃隣　きれぎれ
388 石磨に聞や師走の田植歌　桃隣　伊達衣
389 鼻てやる師走人果の古法眼　桃隣
元禄十五壬午歳旦（不角）
390 煤掃やよごるる皃の昼下り　句集
391 餅つくや地黄の甑石の臼　桃隣　壬午歳旦
392 行としも御裳川と連立ぬ　桃隣　初蟬
調和・立志の来る時、隣たる家の豆蒔声しきりなる
もおかしく、各狂句あれば
393 塩からき声もおかしや赤鰯　句集
年内立春
394 年の内の春や夜市の鉢の梅　句集
395 薦槌の世はやるせなや年の暮　句集
396 夜に入て水売来たり年の暮　句集
397 墨絵書く心床しや年のくれ　句集
398 弄玉も箱伝受けし年の軸　桃翁　丁酉之歳旦
399 春を待宿や春日の料理人　桃隣　旅舘日記
一樹　寒梅　白玉條
400 香は室にそれは入道政常歟　桃翁　誰袖　梅の牛

Ⅱ　東都蕉門　太白堂

《太白堂》

1桃隣（天野勘兵衛）―2桃隣（切部作左衛門）―3桃隣（村田政右衛門）―4桃隣（加藤久蔵）―5桃隣（萊石）（藤屋勘右衛門）―6孤月（江口辰之助）―7四夕（高橋宗智）―8呉仙（松平親孝）―9桃年（日比野正方）―10桃月（日比野正之）―11桃旭（日比野正久）―12明月女（宮崎明子）―13篁村（吉沢伊三夫）

天野桃隣を初世とする太白堂は、江戸時代より現在に至るまで連綿と続くものであるが、途中に空白が見られる。それは初世が没してから二世が継承するまでの四十七年間と、二世が没してから三世が継承するまでの七年間である。前者は大練舎桃翁が太白堂の点印を附属し、桃兆とその子の五鹿を経て二世桃隣へと引き継ぐ長期間であり、後者は石河積翠が点印を預かっていた短期間である。以上のような経緯があるので、まず大練舎桃翁から始めて二世、石河積翠、三世より十三世に至るまで順に論述する。

第一章　大練舎桃翁

一　伝記

大練舎桃翁は、瀬尾氏、柳塘（神田川沿いの柳原土手）に住み、元は秀和門で初号は杜格という（『綾錦』）。康昭（『紫微花』自跋）印を用いる。杜格の号は『其袋』に発句三句が入集するのが早い例で、嵐雪門の俳書に散見し、嵐雪の没後に追悼吟「此時の枯菴静に霜のこゑ」（百里編『風の上』）を詠む。

よすがなき恋にしねとや神無月　　杜格　　（嵐雪編『其袋』元禄三年）
いかにして紡錘（ツム）によるらん桜麻　　杜格　　（嵐雪編『其袋』元禄三年）
襌（テテレ）着て朝皃にその恥はなし　　杜格　　（嵐雪編『其袋』元禄三年）

宝永七年冬に刊行した『俳諧姿鏡』に「武陽誹林　松吟堂杜格述」と署名する（宮田正信『雑俳史料解題』青裳堂書店　平成十五年）ので、杜格は雑俳点者であった。元禄期の江戸では「最初から雑俳の前句付・冠付を一般俳諧とは次元を異に」（宮田正信『雑俳史の研究』赤尾照文堂　昭和四十七年）し、「上方の点者は伝統的に各時代の俳壇の上層に位置する第一線の宗匠連を中心としているのに対して、江戸の点者は雑俳発足の当初から、俳諧師としては二流どころの無名に近い面々であることに特色がある」（宮田正信「三都の雑俳について」図録『三都の俳諧』大阪市立博物館　昭和五十七年）という状況であった。江戸では、俳諧師と雑俳点者の棲み分けが見られるという従来の見解とは異なり、雑俳点者であった杜格は、桃隣の点印を譲り受けて俳諧宗匠となった。つまり新しい型の俳人であると指摘できる。杜格が桃翁と改号した具体的な経緯はわからない。次に太白堂の点印を比較する。

桃翁、神慮感・安母成哉・松竹梅・岡玉木・三乎一乎・白宇留里・金魚袋　（龍翁編『いぬ桜』享保三年）

桃翁、香山・香久山・筑波山・備早梅・蜃気楼・神慮感・あもなるや・松竹梅・岡玉木　（聴雨・木子編『作良会佳喜』享保八年）

太白堂印、一種風流推国色・色与香無価・有玉声・神慮感・三乎一乎・白宇留里・長　瀬尾桃翁　（沾凉編『綾錦』享保十七年）

享保八年に「神慮感・あもなるや・松竹梅・岡玉木」を使用した例（『作良会佳喜』）があり『いぬ桜』の点印と一部に一致が見られるので、おそらく襲号と点印はセットになって附属したであろう。

次に引用する句の前書から享保八年春に剃髪し、同じ時期であろうか、移り住んだらしい。

桃翁子剃髪を賀す

着る脱ぐに安し春敞(べ)の丸頭巾　致格　（聴雨・木子編『作良会佳喜』享保八年）

家をうつして

鳩部屋も礼有三枝若楓　桃翁　（聴雨・木子編『作良会佳喜』享保八年）

享保十三年『紫微花(さるすべり)』に顕著であるが、作品は、漢詩文調が目立ち、漢文の出典のある言葉を用い、漢和連句を詠むなど漢文の教養が高いと思われる。

重九楽天ふんぞりし楽を

老菊や九日人のこまがへり　桃翁　（露月編『染ちらし』享保九年）

江南之竹好成籠而令飾師之法体。方国珍辞也。されば丹頂は和歌の浦に遊び、凌宵かつら千林の梢に昇もひとしほに其道をたしみて、佳名広く或は出或処歳時紙墨をそなへて尚楽しき事久し。

目も安し李が下トのぼんのくぼ　　大練舎桃翁　　（貞山編『ひらつゝみ』享保九年）

桃翁は、享保十一年に芭蕉三十三回忌追善集『誹諧檜木がさ』を刊行するのだが、芭蕉の追善に伊賀の猩々斎が編集した『伊賀産湯』に桃隣の句とともに入集する。

谷汲の光とゝのひ冬の花　　二代桃翁　　（猩々斎編『伊賀産湯』享保十二年）

享保九年五月に内藤露沾の古稀を祝い、

杖ハ豊おか姫のミつえよりさゝの杖、国の杖、内外円者天也。飾杖、国に杖つくの年へまいらするの謂を三家礼に伝えて是をたてまつる

馬あそべや川尾のつばき国の杖　　桃翁　　（『露沾俳諧集』）

享保十八年に露沾が亡くなったときに「御追福　覚けらし花ハ木犀本事品」（『錦の山路』）を詠む。

たちもどりからの女やしら桔梗　　桃翁　　（沾凉編『百華実』享保八年）

露沾門の沾凉と親しく交流したようで、享保十二年三月十七日湯島天満宮にて沾凉が万句を興行した際に、賀の句「毫よろづ藤江のはなの拠」を詠み、享保二十一年『鳥山彦』に猿哥の跋を書いている。その他に露月（露沾門）の絵俳書に桃翁の句が継続的に入集し、桃翁は露沾を中心とする俳諧グループに参加していたと考えられる。

いとゞしく脇とり盆やたゞ師走　　桃翁　　（露月編『歳旦』享保十一年）

其時分龍（タツ）のはたらき年の暮　　桃翁　　（露月編『歳旦』享保十二年）

伊勢大輔

さくら見や実いにしへのなら草履（ぞうり）　　桃翁　　（露月編『閏梅絵本ことしの花』享保十二年）

川涼し我を我もの七万里　桃翁　（露月編『閏梅絵本ことしの花』享保十二年）
暮てだに年のねばりの蘭奢待（らんじゃたい）　桃翁　（露月編『歳旦』享保十三年）
　年満
大方の天（ソラ）にはなりぬ絵馬の色　桃翁　（露月編『歳旦』享保十四年）
うつり香の昆蹄駒や富士八市　大練舎桃翁　（露月編『双子山』享保十五年）
　歳抄
存（マツタク）も岡見遂たり星月夜　桃翁　（露月編『亥歳旦』享保十六年）
　師走
しらじらし神の梅間歳暮物　桃翁　（露月編『辰歳旦』元文元年）

大練舎桃翁と桃隣の直接的関係は未詳である。雑俳点者、あるいは嵐雪との繋がりの可能性が推測されるが、大練舎の交流から、内藤露沾に糸筋を手繰れないだろうか。露沾は、芭蕉の旅立ちに際して「時は冬よしのをこめん旅のつと」（『笈の小文』）句を餞ける。彼は、元禄八年に江戸を去り、岩城に隠居するのだが、岩城にて桃隣を迎えて連句に一座し、桃隣編『陸奥衡』と『粟津原』に作品をよせ、芭蕉の没後も変わることなく桃隣と交流する。このような関係を考えると、露沾の周辺に、大練舎と桃隣との接点を見いだす可能性が考えられる。

没年は若海『俳家人物便覧』に「元文二年没」とあり、『俳諧卯月庭訓』（露月編　元文三年）に歳旦吟「松の花隣ぞ年は国に杖」が見えるのを最後に、以後の露月の俳書に桃翁の句が見えないので元文二年末頃に没したと推定できる。句に「国に杖」という言葉が見え杖国は七十歳をいうので、それを新年に控えた六十九歳が享年であろう。

〔寛文九年（一六六九）～元文二年（一七三七）〕

二　作品

1　俳諧姿鏡

宝永七年冬に刊行された杜格撰の雑俳書、横小本一冊、前句付や冠付を集めたものである。未見。

2　冬の日

『綾錦』に書名が伝わる。未見。

3　俳諧阿満安賀利（あまあがり）

享保九年に刊行された。半紙本一冊、挿絵が入る。鐘山による漢文の序、自序、諸家の発句、大練舎による句評、歌仙などの連句を収録する。自序に「玉の中に玉をとり、花の中に花を求て、あまあがりとしか呼ものならし。年ハきのえたつの秋文月十日の日整々たるにぞありける。大練舎」と記す。

花園や松のおもハん干鰯馬（ほしか）　桃翁

このはな咲や湯島の御めぐミ

うろ覚えそこぞ文頤（ツラツエ）ほとゝぎす　桃翁

4　誹諧檜木がさ

享保十一年に刊行された芭蕉の三十三回忌追善集である。半紙本一冊。自序、巻頭に「追福　懐紙まで菊の香残す位牌陰　露沾」を置き、以下諸家の追悼の発句や百韻・歌仙など、末尾に當国の跋を収録する。自序に「年既尊師の三十三回に遇されば金鼓の響ある句々を乞需め号てひの木笠と呼ぶ」と記す。

木葉よな窓のかいくれ猿の尻　　桃翁
笠々や青葉隠れハ浜ちどり　　桃翁

5　紫微花（さるすべり）

享保十三年に刊行された。「紫微花　福」「佐留須辺里　気」「猿滑　財」の大本三冊から成り、挿絵が入る。午寂の漢文の序文、雨橘の漢文の序文、巻頭に「名にめでて廿日の草の冨の縁　露沾」を発句とする和漢歌仙、以下諸家の発句や歌仙など、桃翁の跋を収録する。享保十三年九月付の自跋に「今又はいかいの和句漢句を需めてさちにも。猿すべりと。号く。朱欒の実のとこしなへと。紫微花の盛ひたぶるを。のミしたふ。あし引の山のかけ路のさるすべりそへらるにても世をわたらバや。時ハ享保十三つちのえ申のとし天睢令日　大練舎桃翁述」と記す。

名月や海鹿の伸も松の声　　桃翁
月の色大江の栗の老ぬるや　　桃翁

午寂の序に「凡（ソ）漢-句（ハ）全（ク）漢（ニシテ）而、倭-句（ハ）則倭也（ナリ）。（中略）能味（クフ）レ之（ヲ）者（ハ）桃翁也（ナリ）。」とあり、桃翁は和漢の句をよく味わうという。これについて、前書の文脈（「一色たらぬ」）を漢句（「黄」）で補うという例が見られる。

土佐日記に五色に一色たらぬハ黒崎の松原也。堺の浦五社大明神ハ菅神にておハします

黄梅ノ篝　響(カス)レ廟(ヤシロヲ)　桃翁

「黒崎の松原を経て行く。所の名は黒く、松の色は青く、磯の波は雪のごとくに、貝の色は蘇芳に、五色にいま一色ぞ足らぬ」（『土佐日記』）を踏まえて、五色（青黄赤白黒）の足らない色は黄色である。したがって句に黄色を補い、黄梅の香がふせごの如く社に広がると解する。

第二章　二世桃隣

宝永四年に『つげの枕』を刊行した調和派は、其角と沾徳派をばれ風（今のしゃれ風）と述べて、意味を理解し難い「聞こえぬ句」と批判して以後、江戸俳壇では化鳥風と洒落風が対立する。[1]享保十一年の沾徳の没後、宗匠の組織化は沾洲を中心に進められたと見られ、やがて江戸座が結成される。[2]調和系俳人の中には沾洲に同調する動きが見られる。具体的には、調和門の和推（二世調和）が江戸座宗匠となる例が挙げられる。[3]一方、蕉風の動向は、美濃派の影響を受けた柳居[4]の後、雪門の蓼太[5]が江戸座を批判して以降、江戸蕉門繁栄の兆瑞が現れる。この動きに応じて太白堂が再出発したと考えられる。

『桃三代』宗瑞の序に太白堂嗣号の経緯を詳述するので以下に引用する。芭蕉と同じ「桃地党」の桃隣は深川の芭蕉庵を訪ねて入門し、江戸俳壇で活躍したと述べた後に、

江都ハ蕉門建立の地にして名を争、伯を称する者多しといへども素嵐杉隣の四哲ハ世に江戸の四大家と尊んで、美濃法師が書にも東武の古老に評ぜ（濁ママ）させてなどふかみあへり。それが中に隣翁ハ眉寿老健にして九々の齢をたもち錫を飛せては『陸奥衢』数篇を著し、笏を執れば江都の誹士を席のごとく巻て、故翁没後の変化流行長く此老の標準に出たりしか。

素堂・嵐雪・杉風・桃隣を「江戸の四大家」と尊び、就中桃隣は末長く蕉門を守った。「太白堂桃隣」号を有図が継承した事情について、

又今の有図主人其頃若く壮にして常に此老に随ひ于時正徳二出れば藜杖を扶け、入てハ縄床を共にして桃門に奇秀し一以微笑の奥旨を伝たりといわん。かくて隣翁吟世の後四十余年俳諧力たゆまず、風雅の眼ましろかず客を愛し、士をなづけ、城西に必此人ありといわざらんや。よしさハ祖翁に三代の学脈といへば、天下指をたをすに最も第一の人なるべし。

十七歳の頃より桃隣に学び奥旨を得た有図は四十余年間精進して一廉の俳人となった。彼が古名を継ぎ桃隣と改号した目的は「一ツハ道の興廃、ひとつハ先師への報徳」つまり蕉風が栄えて先師に報いることだと記す。書名の桃三代は芭蕉、桃隣、二世を数える。

注

（1）潁原退蔵「続俳諧論戦史」（『潁原退蔵著作集　第四巻』中央公論社　昭和五十五年）
（2）白石悌三「水間沾徳」（『江戸俳諧史論考』九州大学出版会　平成十三年）
鈴木勝忠「江戸座の位置」（『近世俳諧史の基層』名古屋大学出版会　平成四年）
（3）松尾真知子「享保時代の江戸俳壇―和推（二世調和）の動向―」（神戸大学『国文論叢』第二十一号　平成六年三月）
松尾真知子「和推年譜稿」（『梅花日文論叢』第二号　平成六年三月）
（4）楠元六男「巴人と柳居」（『享保期江戸俳諧攷』新典社　平成五年）
（5）中村俊定「大島蓼太」（『俳句講座　3』明治書院　昭和三十四年）

一　伝記

切部作左衛門は、大久保に住み、武城に務める幕臣という。初号は、枳南舎有図、別号に、五無庵、呉竹軒がある。

編著に、明和五年『桃三代』、安永二年『巳歳旦』がある。

二世桃隣の前号は有図（『桃三代』）というが、当時の俳書にその号を見出すことは難しく、寛保元年（一七四一）に刊行された紀逸編『吾妻舞』に、

生垣を犬の掘りたるあつさ哉　　有図

が見出される程度で、この有図が二世桃隣であるという確証はないが、ここに挙げておく。

初世より伝来した「太白堂附属点印譜」は『桃三代』に、

一種風流推国色　十二点・色与香無価　十点・有玉声　七点・朱　五点・長　三点・衡　一点倍

と記す。その中の「一種風流推国色・色与香無価・有玉声」は『綾錦』に見える太白堂印と一致する。『桃三代』宗瑞の序に、

其代に桃兆子と聞えしは同門の古老にして桃翁の点印を附属せられし高弟なりき。孝子五鹿、的々と其玉を伝て十五城にもかえじとながら今再び桃門の起れるを祝し、終に桃翁自筆の一篇とともに今の桃隣へ譲らる。

と記すので、太白堂の点印は、初世より大練舎桃翁、桃兆、五鹿を経て二世に伝わったものと推測できる。

二世の肖像画は、座像が描かれ「後太白堂桃隣の像積翠六十歳の老筆をとる」［積翠］（［　］中に印文を記入した。以下同じ）と積翠が自署する。

朝ぎりや松からはれて海の面　　後太白堂　三世桃隣謹書［桃］［隣］

と三世桃隣が二世の句を記す。本紙の大きさは、縦八九・四糎、横二七・〇糎である。

安永五年（一七七六）十二月十九日に没し、大久保の専福寺に埋葬された。享年は八十一歳。墓石の正面に「二世太白堂／桃隣墓／安永五丙申年十二月十九日」と刻まれる。

〔元禄九年（一六九六）～安永五年（一七七六）〕

二　作品

宗匠組合のような職業的グループの江戸座に対して、当時の江戸蕉門は、嵐雪門の蓼太（雪中菴）、素堂門の素丸（其日庵）、杉風門流の宗瑞（白兎園）が各社中を形成していた。ここに太白堂が加わり、杉風・素堂・嵐雪・桃隣を「江戸の四大家」と称した。江戸は蕉門が興った地であり、『桃三代』に参加した四派が芭蕉の流れを引くと認識する。

二世は明和三年（一七六六）春に太白堂を嗣号し、その記念として明和五年（一七六八）『桃三代』を刊行した。『桃三代』に宗瑞と絢堂素丸が序を、蓼太が跋を書き、「太白堂桃翁之肖像」「太白堂附属点印譜」、「引尽す菖蒲の跡や田のつもり　太白堂桃隣」を発句とする脇起し歌仙、以下、社中を始めとする諸家の連句と発句が収録される。収録される俳人は初世桃隣を含めて百四十二名である。

　名改の事を告るとて

花の咲種つたへたり桃太郎　　桃隣　（『桃三代』）

散際は闇にかゝるや廿日草　　桃隣　（『桃三代』）

玉川の岸に音ある氷かな　　桃隣　（『桃三代』）

第三章　石河積翠

一　太白堂と石河積翠

1　石河積翠

石河積翠（いしこせきすい）（一七三八〜一八〇三）が著した『芭蕉句選年考』は、芭蕉研究の上で重要視され、高評価を受けている。彼は太白堂二世の門人であり、三世や四世とも交わるなど太白堂と関係が深い。しかし両者の緊密な関係については具体的に論じられてこなかった。よって主に太白堂との関係に的を絞り、彼の事蹟について考察を加える。その方法として、まず積翠の生涯を調査した後に、俳諧の師、太白堂との関係、著書、芭蕉顕彰の場であった品川の泊船寺に分けて各々重点的に述べる。

禄高四千五百石余の旗本の記録は次の通りである。

貞義（さだのり）　幸次郎　右膳　致仕号西山　母は某氏。宝暦八年三月十八日はじめて惇信院殿（家重）に拝謁し、十年九月二十六日家を継、十二年正月二十一日より火事場見廻をつとめ、明和元年四月二十八日定火消となり、十一月十三日布衣を着することをゆるさる。八年七月五日務を辞し、天明五年八月十一日致仕す。時に四十八歳。妻は高木長次郎正信が長女。後妻は正信が二女。

（『新訂寛政重修諸家譜』続群書類従完成会　昭和三十九年）

積翠は元文三年に生まれ、宝暦十年（一七六〇）に家督を相続した後、明和八年（一七七一）に定火消を辞して天明五年（一七八五）に致仕した。

このような旗本としての職務の合間に俳諧を楽しんだと思われるが、その始まりの時期は明和の頃であった。明和初年には二世桃隣に師事してゐた。吟行集寛政九年四月二十二日の條に

千駄ヶ谷瑞圓寺八幡に詣づ昔此ほとりに志夕、東川など風雅の会筵ありて二世桃隣の誘はるるに月毎にまかり侍りしが、はや其の人も各亡キ跡となつて三十年にも成ぬべし

昔見し桜はいづれ夏木立　積翠

（原田種茅「石河積翠に就いて」『石楠』昭和四年九月）

という考証があり、二世桃隣（前号有図）が太白堂を継ぐのが明和三年（一七六六）であるので、おそらくこの頃に交流し始めたらしい。積翠の作品は明和八年（一七七一）燕志編『歳旦』に見えるのが早い例である。

春興

鳥追や女の唄のつよからず　積翠

歳暮

人を追人に追るゝ師走哉　積翠

明和八年に務を辞して余暇ができたであろう彼は積極的に俳諧に関わったと思われる。それ以後生涯にわたって俳諧に親しむのであるが、積翠の俳諧活動は大きく二期に分けられる。すなわち明和頃に俳諧を嗜み始めて句作を楽しんだ前期と、天明五年に致仕した後、芭蕉研究に意を注ぐ著述中心の後期に分けられる。

積翠の発句を見ると、江戸座風の人情を巧みに捉える句よりも叙景句が比較的多い。彼の注釈書には芭蕉作品の成立年を考証したり、芭蕉が使用した語彙について和漢の古典の典拠を適切に引用したり、当時行われた注釈書を比較

検討して的確に作品を解釈するなど綿密でしかも客観的な態度が見受けられる。和漢にわたる教養を注釈や俳論に生かして著述の分野で大成した。

享和三年七月四日に六十六歳で没し松泉寺に葬られた。彼の功績としては、芭蕉研究と顕彰および太白堂の継続に尽力したことが挙げられる。

2　俳諧の師

江戸時代の俳人の略歴等を記した三浦若海編『俳諧人物便覧』に、

積翠　初雨簾　二世桃隣門　初燕志門　石河氏　甲斐守（イ壱岐守）　文化比ノ人

と記され、初め「燕志門」であったが、その後に「二世桃隣門」となったことが認められる。以下に燕志、二世桃隣に分けて積翠との交流を述べる。

2—1　燕志

積翠の句は『歳旦』（燕志編　明和八年）に初出する。その翌年から続いて安永元年（一七七二）、同二年、同四年の燕志の歳旦帳に積翠の句が収録される。おそらく明和から安永期にかけて積翠は燕志に師事したであろう。なお燕志の師は波多野万英で、江戸座宗匠の点式と住所を集めた寛延二年（一七四九）『宗匠点式幷宿所』に「本郷五町目松平加賀守殿表御門の前　万英」と記載され、積翠は「貞徳流の万英伝」（『表問答』）と記すので、万英を「貞徳流」と捉えていた。江戸座宗匠の燕志は、俳人の住所録を記した安永三年（一七七四）『家雅見種』に、

東　燕志
独立　本郷二丁目西側　たばこやと菓子屋のうら　匍匐庵

と記され、天明四年（一七八四）『俳諧觽　七編』に「古例座」と位置付けられる。

人情の機微を得意とする江戸座の作風と蕉門の作風は異なるのであるが、積翠は次に引用するように江戸座の点取風の句の中に、蕉風の「元禄体」を認める。

蕉風と号する輩より点取風とあざける附合の中高点の句

買明点　懸稲の雫とまりてゆふ筑波

鶏口点　行秋の紫蘇は青葉に戻りけり

在転点　山中の一葉も柳一つにて

秀国点　朝涼し若山道の花蜜柑

白頭点　昼顔の道へ出て咲くうつの山

てにをはこそ平句なれ、元禄体の眼の集にて、爰を面白きと思ふは、蕉翁の発句を面白きと思ふべき心の備りてある所也。

（『俳諧或問』第三）

積翠は江戸座の作風中に蕉風「元禄体」との接点を見出していた。

2―2　二世桃隣

職業的俳諧師の燕志と違って、二世桃隣は幕臣であり俳諧を生業としていたわけではない。二世から四世桃隣まで幕臣と伝えられるが、彼らは積翠のような大旗本ではない。初世桃隣も武士の出と伝えられ、積翠は、『葛之松原評注』に、

芭蕉菴桃青ハ桃地党にして藤堂の家につかへたり。天野藤太夫も桃地党にして同じ藩中たり。されば士官を辞して桃隣と号し、ばせを庵に同居して薪水の労をたすけ侍る。

と「天野藤太夫」（桃隣）は芭蕉と同じ桃地党であり、藤堂藩に仕えていたが、武士の勤めをやめて、桃隣と号して、深川の芭蕉庵に同居していたと記す。

本書「Ⅱ―第二章―一　伝記」で述べたように、積翠と二世桃隣を結びつける掛軸がある。さらに、積翠と二世桃隣が一座した三物二巻が『芭蕉句選年考』（文成社　明治四十四年）開題に載る。本書「Ⅱ―第三章―三　積翠年譜・発句集」安永四年12参照。

3　太白堂との関係

3―1　三世桃隣

本書「Ⅱ―第六章―一　伝記」で述べるように、五世桃隣が太白堂の由来を記した掛軸には、二世から三世へ継承された経緯が書かれ、実は二世が亡くなった後、しばらく太白堂を継ぐ者がいなかったので、そのあいだ積翠が旧印を預かっていた。

高弟石河積翠子、旧印を蔵し伝へ、その間六年にして三世の主人出来ぬ。天明癸卯の夏也。

途絶えようとしていた太白堂を天明三年（一七八三）に三世が継いだことが知られる。積翠は太白堂が絶えないように苦心したと思われる。

3―2　四世桃隣

三世から四世への継承は比較的順調に行われたと思われる。なぜなら三世が亡くなる直前に、積翠の推薦を受けて寛政十二年（一八〇〇）に四世が襲号したと伝えるからである。ここにおいても積翠は太白堂の継承に深く関わっている。山口豊山『夢跡集』にその事情が記されている。

四代の主人も東武の御家臣にして三世翁の血縁なり。門人となる事天明の頃にして師が几の左右をはなれず。始桃水と云。又白堂二世の桃雨となる。翠公・漱石など専に風交して師の力を助、庚申の冬、三世の病床にて翠公の進に依て太白堂桃隣となる。三世一周の忌に師追慕の句を輯め一集をあミ、又師の句碑を武州川崎の南、大師河原平閣寺に立て、冬癸亥の年にハ元祖桃翁の墓を再建して百遠忌を取越し品川泊船寺に於ていとなミ、桃隣句選集を梓に載す。

3—3　三化

翠園子世にいまそかりし時かろ〴〵梓にのぼすことはゆるしたまはねど

（『野ざらし紀行翠園抄』五世桃隣〈莱石〉の跋）

と積翠は生前に自著を刊行しなかったが[1]、没後に三化が『野ざらし紀行翠園抄』（文化十年）を刊行した。四世が免判した門人の一人として「享和三年冬　三化坊桃支」（『夢跡集』）と記されるので、三化は四世桃隣門と思われる。五世桃隣が書いた『野ざらし紀行翠園抄』跋に「三化坊」と称される。

三化は東金（とうがね）（千葉県）の善導寺住職で、文政二年（一八一九）四月七日に没し、同寺に埋葬された。墓石の碑面に「おもふ事忘れておれど秋の風　三化」と刻まれる。

4　著書

積翠の著書を成立の推定年代順に排列する。

寛政二年　（一七九〇）『雑談集評』[2]『葛の松原評』

寛政五年　（一七九三）『去来抄評』

寛政六年以前（一七九四）『俳諧或問』『俳諧附合問答』
寛政七年　（一七九五）『表問答』(3)
寛政期か　　『芭蕉句選年考』『野ざらし紀行翠園抄』『俳談抄』(4)
享和元年　（一八〇一）『芭蕉文考』(5)
存疑　　　　『俳諧文体考』（本文中に「翠考るに」と記す）

其角『雑談集』、支考『葛の松原』、去来『去来抄』の三書を積翠は芭蕉の教えを学ぶ上で重要と考えて注釈した。

蕉翁の俳諧の教を知らんと思はゞ雑談集・去来抄・葛の松原を熟読するにしくはならず、蕉門に宇宙第一の書といふべし。（『俳諧或問』第六）

中でも『雑談集』を第一の書と位置付けた。

雑談集の一書は誠に其角が旨を知り蕉門の教をあかす最第一の書なり。（『俳諧或問』第十七）

『表問答』は奥書に「石河積翠老人の著述にして太白堂帳中の秘書也」（『綿屋文庫連歌俳諧書目録　第二』）と記され、太白堂に伝来したらしい。

さて『俳諧或問』の成立を『表問答』よりも以前に位置付けたのは、「先年予俳諧或問と言書をあらハして」（『表問答』）の記述に拠った。傍線部分により『俳諧或問』は『表問答』よりも前に成立したことが認められる。『俳諧或問』の一部（「七部集之事」）が、『俳諧附合問答』の全体と重複するので両書の成立をほぼ同じ頃と推定した。

これら著書の内容の詳細については今後、検討を加えたいと思う。

5　天林山泊船寺

積翠の著書の多くは寛政年間に成立したと思われる。寛政五年は芭蕉百回忌に当たり、俳諧史上、蕉風復興運動の終息期と位置付けられ、全国的規模で芭蕉追善が行われたのであるが、品川鮫洲（さめず）にある泊船寺（臨済宗大徳寺派）にても追善供養が催された。

古泊船堂之記

ことし寛政五年十月十二日芭蕉翁百回の祥忌にあたれり。幸に石河積翠子の厚志に手づから彫刻ありし肖像を給りけれバ古調庵・太白堂をはじめ蓬山子および呉楼・文成等ともにはかり、こゝの泊船寺にゆかりもとめて牛耕庵の旧地をおこすの折から、かの墨画の肖像としへてそこなはれたるを、たゞに捨んもとて、やがて其地中に納め、その上に一宇をいとなみ奉りき。（宇橋編『茗荷』文政五年）

積翠が芭蕉木像を彫刻して奉納し、太白堂たちが牛耕庵の跡地に一宇（芭蕉堂）を再建したという。牛耕庵とは泊船寺住職の宗俊が建てた庵であり、そこに墨画の芭蕉像が掲げられたと伝える。抑、泊船寺と芭蕉の由縁は、宗俊の師の千巌が「桃青に逢て終日笑談倦いろなかりし」と旧記に記されるからであり、芭蕉との縁を積翠は認めていた。

積翠が芭蕉像を彫刻した時に次の句を詠んだ。

祖翁の像を敬彫して

いつかまた此木も朽む秋の風　古人積翠

（梅枝軒・春秋楼編『鮫洲抄』天保十二年）

秋の風が寂しげに吹き、風があらゆる物を凋落させるように、この木像もいつかまた朽ちる時がくるだろう。けれども芭蕉を敬慕する心は永遠に続いてほしいという気持ちが込められている。

『鮫洲抄』によれば、積翠は芭蕉像とともに其角と嵐雪の像を彫って「芭蕉堂」に納め、其角・嵐雪・杉風・桃隣・園女・去来・丈草・正秀・許六・支考の蕉門十哲を秋樹が描いた肖像額に讃をして寺に奉納したという。この肖像額は泊船寺に残っていないが、成蹊筆「蕉門十哲図」額が現存し、その俤が伝わる。以上のように泊船寺における芭蕉百回忌追善を記念する行事に積翠は貢献した。

「芭蕉堂」が建立されて以来、花莚会（三月十二日）と時雨忌（十月十二日）などの俳筵が開催され、それらを契機として俳人が集まり「東都第一の俳道場」（『鮫洲抄』）となった。現在も境内に多くの句碑が林立し往時の名残が偲ばれる。

以上、積翠と太白堂の関係を中心として検討したが、芭蕉によって両者は緊密に結びついた。桃隣が芭蕉の縁者であることも影響して「太白堂」は「東都蕉門」と呼ぶに相応しいと認められた。ここに人が集まり俳諧に興じて切磋琢磨した。「太白堂」は二世から三世に譲られる時に空白期間があり、積翠の助力により断絶の危機を乗り越え、積翠の芭蕉研究の業績は「太白堂」に引き継がれた。時代が下り社会が激動して「東都蕉門」から「東京芭蕉林桃家」（『桃葉集』）と呼称が変わっても、なお社中が団結して、芭蕉を祖とする蕉門の系統が継続している。

注

（1）積翠の没後に『野ざらし紀行翠園抄』および『葛の松原評』が出版された。『葛の松原評』は芝山が編集した『四海句双紙』三編（文化十五年）と五編（文政三年）に収録される。芝山は太白堂の門下ではないが略伝を記すと、淡路洲本の近郊金谷の生まれで、賀集家の出であり、通称は白川景皓（白景皓）といい、俳諧には玉蕉庵を用い、書画や俳諧において一家を成した。安政二年（一八五五）正月二十五日、九十二歳の時に京都で没したと推測する。

（2）『雑談集評』『葛の松原評』『去来抄評』の成立年は『芭蕉俳書三部評』奥書（『松宇文庫俳書目録』）を参照した。

（3）『表問答』に「寛政七卯年十二月」と奥書がある。

（4）『俳談抄』は蕉門俳書の本文を書き抜いて、それについて論評した書である。早苗憲生「法泉寺文庫俳書目録」（『花園大学研究紀要』第九号　昭和五十三年三月）に「俳談抄　半写一冊　石河積翠園著　積翠園蔵書印（蔵印）著者自筆本　頭書」と記載される。

（5）『芭蕉文考』は、芭蕉の俳文の注釈書で、水木家資料の奥書に「積翠子の自書の蔵書」を文政十一年に桐園が写したという内容を記す。従って、積翠の著書であることが判明した（小林孔「『芭蕉文考』所収「幻住庵記」」『雲英文庫を中心にたどる江戸書物の世界』笠間書院　平成二十二年）。桐園について本書「Ⅱ—第七章—二—2　月次句合」を参照されたい。

付記　積翠の蔵書目録

積翠の著書を読むと、和漢に渡る幅広い古典の教養が窺える。そのような古典の読書範囲を探る上で、彼の蔵書目録に注目できる。石崎康子「石井光太郎文庫「翠園蔵書目」」（『横浜開港資料館紀要』第二十八号　平成二十二年三月）に、解説と翻刻が掲載される。「翠園蔵書目」を繙くと、書名と編著者名が記載され、○印や傍線が施される。石崎氏による詳細な分析がされているが、要約すると、積翠の自筆ではなく写本であり、収蔵書目は和漢の古典、仏教関係、地誌、本草に及び、とりわけ俳書が多く含まれ、積翠が生前に収集した俳書を書き上げたものであり、従来知られていなかった蕉門関係書目や積翠の著書も含まれるという。

『翠園蔵書目』（写本）中の俳書の末尾に以下の書名が記載され、これらの書名に積翠の著書が含まれていると推測される。去来抄評、芭蕉句選年考、袖草紙、雑談集評、葛松原評、俳諧或問、しらてよし、笈小文抄、野ざらし紀行抄、鹿島紀行抄、芭蕉句選後拾遺、芭蕉書簡集、芭蕉文集増補、七名八体集、翠園句集、□良　三・四、翠園歌仙集、□□（文樫）、冬の日附合考、曠野・瓢附合考、猿みの附合考、俳談抄、卯辰紀行、俳諧文体考、芭蕉文考、いわてよし、しらてよし□□□、面問答。

二　『俳諧或問』——石河積翠の芭蕉理解について——

序

積翠の芭蕉研究は、客観的方法を用いて優れた成果を収めたと評価されているが、芭蕉の俳文や俳論の研究については、あまり言及されていない。彼の著書を詳細に検討すると、芭蕉の発句、紀行文、俳文、文体、俳論、書簡に関する体系的研究であり、独自の見解が示されていることを了解する。具体的には、彼は作品の成立年を考定した結果、作風の変遷を認識して「元禄体」という観点から論述し、さらに連句について「天地人」の分類による独自の解釈を試みる。すなわち蕉門俳人の文献を渉猟した上で独創的な論理へ発展したと考えられる。以下において、これまでほとんど論じられてこなかった『俳諧或問』を取り上げて積翠の芭蕉理解について考察する。

1　俳諧に古人なし

『俳諧或問』は、四十九の問いに積翠が答えるという問答形式を持つ。四十九の問いとは、本文に記号がほどこされていないが、各設問を一から降順に数えた場合の数である。以下、その順に従い「第一」のように記す。内容は、第一から第十二までは主に芭蕉と門人の言説を引用しながら蕉風俳諧の全般について述べ、第十三以下は連句について述べる。連句は、支考の俳論を参照して論が進められ、細かく分類すると、第十八までは蕉門に特有の付け方を、第十九から第二十一までは芭蕉七部集に言及し、以下、連句論が第四十九まで続く。第十九以下、最後の第四十九までの部分が独立して『俳諧附合問答』として別冊になっている写本もある。このように芭蕉の俳諧を総合的に論じたものが『俳諧或問』であるのだが、冒頭に、芭蕉が語ったと伝えられる「俳諧に古人なし」を置く。

或問、俳諧に古人なしと、蕉翁申されたるよし、如何なる事にや。

答曰、此事『葛の松原』に見えたり。[a] 蕉翁在世の撰なれば真なるべし。許六『滑稽伝』にも、元禄五年支考『葛の松原』を撰すと有り。『詠歌大概』に「和歌無師匠。唯以旧歌為師。染心於古風、習詞於先達」とあるを弁へ、和歌に定家卿の教を学ぶことなく、俳諧に蕉翁の句にならふべし。[b]

この部分は、二つの内容に分けられ、便宜上、本文中にａｂと記入した。まずａ段落では「俳諧に古人なし」について述べる。それは支考が著した俳論『葛の松原』に、俳諧に古人なしといふ事を、ばせを庵の叟、つねになげき申されしか。

とあるのを引用したもので、積翠は「守武・貞徳の風をしたはず、ばせを一風を立たるの意よりかくいふ事むべならずや」（『葛の松原評』）つまり守武[1]や貞徳の俳諧に停滞するのではなくて、芭蕉は蕉風を創始したので、古人の作品を模倣して創作することは難しい。その故に「古人なし」と考えた。蕉門の流行意識は「古人ナシトハ古へ達人ナキノ謂ニ非ズ。然此道古人之姿ニ依テ作シガタシ」（『不玉宛去来論書』）に窺うことができる。

支考は後に「先師、よのつね、俳諧に古人なしとなげき申されしは、むかしの俳諧に誰を師としまなぶべき風流なし、とおもへるなるべし」（『続五論』）と述べて、芭蕉以前の古い時代に学ぶべき師がいないと解した。

b段落では、芭蕉を師として学ぶために芭蕉の作品を手本とするという具体的な方法を提示する。「俳諧に古人なし」について「和歌に師匠なし」を踏まえて「和歌」を「俳諧」、「師匠」を「古人」と言い換えて、和歌に「旧歌」を「師」として学ぶ如く「蕉翁の句」を手本として学ぶ論理を導きだした。

「和歌に師匠なし」は、もとは歌論だが連歌論や俳論にも用いられ、仮名遣いを説いた『一歩』（延宝四年）に「和哥に師匠なし。ふるき哥をもつて師とす」と引用され、一般的に知られた教えである。

積翠は『芭蕉句選』に収録された六七一句について、当時の俳書から芭蕉と門人の言葉を丹念に拾い上げて句の成立年を考証し、また他の注釈書を比較検討した後に「按ずるに」と自己の解釈を示した。そのような実証的に検証する態度は「詞を先達に習」（『詠歌大概』）い、芭蕉の句を元禄時代に回帰して解釈する立場に基づいている。

2　比喩と縁語

「蕉翁の句にならふ」とは、習うべき句の特色を探究することに繋がる。この観点から「蕉翁の句」といえない例として比喩および縁語・云かけを取りあげる。

①　比喩

又問、延宝の風として比喩①・縁語②を捨る如きは如何に侍るべき。比も六義の一つ、縁語も和歌に有る事に侍らずや。

答曰、敢て嫌ふに非ず。蕉翁の句にも元禄の比、

A　眉掃を面影にして紅粉の花

B　八九間空に雨降る柳かな

比喩ながら其優なるを見るべし。又比喩ならぬを分けて云ひならふべき事は『去来抄』に蕉翁の、

C　腫物に柳のさはるしなひかな

此句「さわ(は)る柳のしなひ」と作る時は比喩なり。柳の直にさはりたるなり。比喩にしては、誰々もいはん、直にさはるとはいかで及べきと。

（『俳諧或問』第七）

「比」は中国の経典『詩経』に記される「六義」（風賦比興雅頌）の「比」を指し、俳諧に「八雲云、比はなずらへうた也。物になずらへたる也」（季吟『埋木』）といわれ、物に喩える修辞のことであり「見たて」とも言い換えられる。去来は「賦・比・興は俳諧のみに限らず、吟詠の自然なり」（『去来抄』）と述べ、否定していない。比喩を積翠は「敢て嫌ふに非ず」と言いながらも蕉風として相応しくないと考えていたようだ。

Aは、紅粉の花の形が「婦人の具の眉掃に似た」（『芭蕉句選年考』）形であって、女性が眉の形を整える化粧道具である眉掃に似ると喩えた句であり、Bは、句が詠まれた時に春雨が降っているのかどうかが問題ではなくて、春雨に濡れた柳の風情、すなわち、上から下へと枝が垂れ下がり薄緑色の新芽が朧に霞んで見える状態がまるで春雨が降っているようだと喩え「唯八九間許りの間に雨の降ると云ふ処俳諧也。柳を雨と見たる」（『芭蕉句選年考』）と解する。

Cは、句形について中七文字が「柳のさはる」か「さはる柳」か論議された句であり、腫物にそっと触るように柳の

枝はしなやかに物に触れるという比喩、それとは違い、柳の枝が直に腫物に触るという解釈もあるが、積翠は「此句さわる柳のしなひと作る時は比喩なり。柳の直にさはりたるなり。比喩にしては、誰々もいはん、直にさはるとはいかで及べき」（『去来抄』）を引用して、柳の枝が「直にさはる」と解して、比喩的な解釈に反論して「比喩体の眼前体におとれる」（『去来抄評』）という。

以上のことにより、AやBなど芭蕉の句に比喩があることを認めているが、それは少数であり、言ってみれば例外であって、比喩体よりもCの直に見える風景（眼前体）を表した句が優れていると評する。

②　縁語・云かけ

D　竹の子やおさなき時の絵のすさみ

眉に面、子に稚きとは聞えて耳立ざるは姿情の優なる故なり。此たぐひ蕉翁の句あまたあり。貞徳の比は、

E　あゝたつたひとり立たることとし哉　　貞徳

光陰の止め難きを観する万代不易の句意あふぐべき。ひとり立たるおさな子の云かけ秀句のみに未練の心うごきて句の信のうすくなりぬるなればにや。元禄に至て云かけを賞翫せざりし事は『句兄弟』に、

F　花ひとつたもとにすがる童かな　　立圃

「至愛の心より作者の功をあらはし一つたもとゝ云詞のやすらかなる所、又無き妙句なれば都鄙にわたりて句意曇りなし。されど当時云かけの句を珍賞せずしていたづらに古版の書に埋れ侍る」と見えたり。是元禄七年の編集にて、其角が判辞につまびらかなるにあらずや。（『俳諧或問』第七）

文中の「其角が判辞」は「至愛の（中略）埋れ侍る」の部分で『句兄弟』に収められる。Dはいわゆる縁語の用例であり、Dの「竹の子」の子が「おさなき」、Aの化粧道具「眉掃」の眉が「面」すなわち顔の一部という連想を示す。

EとFは「云かけ」すなわち掛詞の機能を表し、Eは赤ん坊が初めて一人で「立」ったことに暦の上で春になる（立

春）という意が言い掛けられて、Fは着物の一部である「たもと」に物を与える意の「給う」（与えて下さい）意が込められている。積翠は「云かけ」について「元禄に至て云かけを賞翫せざりし事」と述べて、元禄時代になると廃れたと認める。

このように比喩や縁語などを蕉風の秀逸といえないと否定して、

蕉翁の秀逸とする枯枝の吟、古池の句いづれに比喩・縁語ありや。（『俳諧或問』第七）

と述べ、芭蕉の「枯枝に烏のとまりけり秋の暮」と「古池や蛙飛びこむ水の音」に比喩・縁語はないと断る。「枯枝の吟」は秋の夕暮、落葉した枝に烏がとまっている景色、「古池の句」は古池に蛙が飛び込んだ閑寂な情景が詠まれ、「愚案には次韻に眼をひらき、古池の吟に今の俳諧の風姿をはじむとも言はんか」（『芭蕉句選年考』）と評する。すなわち初期の段階では比喩や縁語に頼った作品は指摘できるものの蕉風以前の段階と考えている。

3　姿情

ではどのような句が秀逸なのか。その特色について「姿」を中心として積翠の言葉を引用しよう。

G　時鳥なくや五尺のあやめ草

Gの句は「郭公鳴くや五月のあやめぐさあやめも知らぬ恋もするかな」（『古今和歌集』）の歌の一部を抜き出して「五月」を「五尺」に変えた。元禄五年の作であり、解釈は大きく二つに分けられる。α「時鳥が鳴いているよ。その声はまるで五尺のあやめのように爽やかに聞こえる」、β「空では時鳥が鳴き過ぎていく。地上ではあやめが五尺ほどに伸びて、すっきりと色鮮やかで、まさに夏の景色である」と「五尺のあやめ草」がαでは比喩として働き、βでは眼前の景色と見る。結論からいうと、積翠はこの句は元禄五年に出来た句なので蕉風が確立してから成立し、従って比喩と解するのは適当ではなく、時鳥とあやめが夏の景物として「姿」が眼前に見えるという解を選ぶ。

延宝の頃、檀林などの風調、比喩への句専也。是は其頃の句には非ず。元禄五年の集に出でたれば蕉風の只中也。しかれば姿こそ称すべけれ。喩へたる意を称するは如何あらん。（中略）いかにも比喩は誰々も云ふべし。菖蒲の丈高き風色に時鳥と其風色のさかひたる所、比喩好みの輩の眼の届く所に有るまじきか。（『芭蕉句選年考』）

比喩ではなくて、その句の「姿」が称賛されるべきであり、「姿」を重要と捉えている。「姿」とは「風色」ともいい、「五月の空時鳥天に満ち、菖蒲地に満ちたる景容能くとり合せた」（『粟津原』）景色と言い換えられよう。しかしながら姿を表現することが蕉風に直結するということではなく、表現された姿に情が込められる姿情論を説く。

又問、和歌に姿といへるは一首の調にして、景色器財に至る迄を姿とは支考が申初めたるにや。（『俳諧或問』第九）

という問いに対して、積翠は「支考が物好にはあらず。蕉門に久しき教へなり」と反駁する。次の引用には「句の姿」についての芭蕉の教えが記され、且つ「情」が暗示されている。

H　妻乞ふ雉子の身を細うする

初めは此句「妻乞ふ雉子のうろたへて鳴」と句作りたるを、先師のいまだ句の姿を知らずや。同じ事もかくいへば姿ありとて、今の句に直し給ひけり。支考が風姿と云へるも是なり。（『俳諧或問』第九）

句は、妻を求めて雉子が鳴くという内容であるが、初案の「うろたへて」（戸惑ってうろうろして）に詠み手の主観が表れている。「身を細うする」は雉子が妻を呼ぶ姿を客観的に描写している。その雉子の姿に、妻を恋う切ない感情が込められて読者に訴えかけてくる。このような形象化されたイメージに情が含まれるという作句が蕉風の特色を表すと述べる。

さて「情」について「情は新しきを以て先と為す」（『詠歌大概』）を引用して、

定家卿の情以新為先との玉ひ、染心古風と遊ばされたるを、蕉門にいはゞ翁は句に心をとめ、物に感じては古人の句をからず自ら新に云出る雅情をこそよしといふべけれ。

（『俳諧或問』第五）

と「物」の姿に新たに「雅情」を込める句がよいという。

積翠は『俳諧或問』以後、連句の表八句の作法について独自の説を述べた『表問答』を著す。『表問答』は四十九の問いに積翠が答えるという問答形式で、連歌論書から俳諧伝書に至るまで広く諸説を取りあげて分析し、蕉門において重要な発句・脇・第三について紙幅を費やして「天・地・人」という仕方を覚えるのが望ましいという。同書に発句（「天の位の句」ともいう）に「風景の句」をよしとする記述がある。

本はいかいをするも興あらむがため也。其興に遊ぶハ天地の造化をともにする也。夫故に発句に風景の句をよしとするも此趣意なるべし。（中略）風景の句ハ姿のミを述れバ其心ハ聞人の心々に成りて句の心極りなく自然に心高し。心が高ければ発句の位も高し。

（『表問答』第十）

俳諧を創作することは楽しい。興に遊ぶという境地は、天地が織りなす自然の循環の一部として生きることなのだ。だから発句は風景を詠むのがよい。なぜならば風景の句は、その形象化された姿だけを述べるので、その意は句を解する人の心に任せて、心は限りなく自然の風景と一体となるからである。

風景の句は眼前に見える姿を表す。積翠は「景色の中に余情を含みたらんには何かくるしかるべき」（『俳諧或問』第三）と姿と情は切り離すことができない関係にあると述べる。造化の一部である人の心は、俳諧に興じて自ずから「心が高」くなり、そうすると発句の世界も高尚となる。

4　芭蕉の元禄体

元禄二年の『奥の細道』旅以後の芭蕉の俳風を「元禄体」と名付けて、具体的には姿に情が込められている作品を蕉風と呼ぶ。それは発句にも連句にも見出される。

①　発句

「元禄体」は比喩や縁語などで仕立てた言語遊戯的な句ではなく、素直な表現で「景色の中に余情を含」んだ句という。

貞徳の後、宗因出て、風を変じ次第に媚て、むつかしき句と成たるをやはらかなる風調せはやすとにや。

（『俳諧或問』第二）

貞徳の後に宗因が出現すると俳風が変化して理解し難い句となったのだが、芭蕉が登場して「やはらかなる風調」が流行したと説く。積翠は作風の変化について、貞徳・宗因・芭蕉という潮流を示し、さらに芭蕉において作風が変遷していくのであるが、晩年の作品を「元禄体」と称した。

『芭蕉句選年考』は、芭蕉以外の句が十三句含まれ、それを除いた残りの六五八句について、積翠が分類した成立年代に従うと、延宝時代は九句（1・4％）、天和時代は二十五句（3・8％）、貞享時代は九十八句（14・9％）、元禄時代は三百七十七句（57・3％）、成立年未詳は一百四十九句（22・6％）と計算できる。割合から言えば元禄時代の句は六割近くに上り最も多い。それと比較して延宝と天和は合わせても5・2％しかなく最も少ない。少ない理由の一つに「延宝の集世にとぼし」（『俳諧或問』第四）いことも関係しているのであろう。

いま最も早く俳書に見える芭蕉の発句は、寛文三年に成立した、

月ぞしるべこなたへ入せ旅の宿

（『佐夜中山集』）

と考えられている。それは謡曲「鞍馬天狗」の「花ぞしるべなる。こなたへ入らせ給へや」の詞章を取り、「花」を「月」に変えて、「給へ」を「旅」に言い掛けた手の込んだ句作りであり、言語遊戯を駆使した貞門俳諧の作風を示す。『芭蕉句選年考』に寛文時代の句は見当たらず、積翠は、芭蕉が貞門俳諧から出発したのではなくて、江戸に出てきて以来、延宝時代の談林俳諧から始めたと考えていたようだ。

『芭蕉句選年考』において成立年が記されている中で最初の作は延宝五年の「あら何ともな昨日も過ぎてふくと汁」であり、積翠は「按ずるに、雑談集にいへる、謡は俳諧の源氏とは此頃の事にや」と評して、「あら何ともな」の詞章が謡曲によく見られることを指摘し、延宝時代の特色と捉える。

また「夏の月御油より出でゝ赤坂や」句を「延宝の句は桃青たりとも理窟を逃る事難からん」と評して「理窟」の句であるという。夏の短夜にかかる月が、御油から赤坂までのわずかの距離に空にかかると解し、実際に短い距離を通過したのではなく、その短さの喩えと解する。

延宝の吟は比喩専らなり。其間より『次韻』に眼をひらき、天和の『虚栗』是に次ぐ。『向の岡』の句集、余人は専ら比喩なるに、桃青の句ははや『次韻』天和の風調こもりて見ゆる。（『芭蕉句選年考』）

と芭蕉の俳風の変化を分析する。前述したように積翠は『次韻』で蕉風が芽生えたといい、

俳諧は守武・宗鑑・貞徳の流と云へども、延宝の末『次韻』より芭蕉新風をたて（『芭蕉句選年考』「梅恋ひて卯の花拝むなみだかな」）

貞享三年に成立した「古池や蛙飛びこむ水の音」に「元禄体」の趣が始まると説く。

Ⅰ　菜畠に花見顔なる雀哉

Ⅰは『野ざらし紀行』旅中の貞享二年の吟であり、菜畠にいる雀の顔がまるで花見をしているようだと喩えているが、この句について、

按ずるに、芭蕉の句多く観想也。天和・貞享の頃は別て観想古事古歌謡などの裁入れ多し。到つてやすらかになりたるは『奥の細道』已後と見えたり。（『芭蕉句選年考』）

と貞享時代は「元禄体」の萌芽が見られるものの「やすらかな」風調は『奥の細道』の旅以後に見られるという。

② 連句

①で発句の流行意識を述べたが、連句にも流行があり「延宝より貞享ニ至るまではばせをの俳諧別而古法を破りたるなり」（『表問答』第四十九）という。延宝から貞享時代にかけて別して「古法を破」るとは、『表問答』第二十一に、

鷺の足雉脛長く継添へて　桃青
這句以荘子可見矣　其角
禅骨の力たハヽに成までに　才丸
しばらく風の松におかしき　揚水

脇は和漢の漢句にもあらず漢文也。第三「禅骨」とハ釈教なるべし。

と『次韻』（延宝九年）所収の連句を引用し、桃青の句は『荘子』の「鳧脛短シト雖モ之ヲ続ゲバ則ハチ憂フ。鶴脛長シト雖モ之ヲ断タバ則ハチ悲シ」に拠り、脇句で「這ノ句荘子ヲ以テ見ツベシ」と注記する。其角の脇句は詩ではなく「漢文」であるし、三句目の「禅骨」は釈教を表八句に禁ずるという作法を破ると説明する。

そうすると「元禄体」の付句の仕方とは、奇をてらった難解な付句ではなくて、

貞享の頃は延宝の其語と理屈に附過たるを改るはじめなれば、天和・貞享の附様は元禄の附と違ひ、付たる時至て附き、遠きは亦聞へかね侍るならん。元禄体の一句も立チ附意も面白を見て句案に発句をする如くと云へるにおもひ合すべきにや。　（『俳諧或問』第十三）

四句めハ古より軽くといへども元禄体はすべて軽ければ四句めとて別に軽き仕方もあるべからず。　（『表問答』第四十五）

とあり、付句一句だけでも意味が通り、付け方も面白くて軽い付句と思われる。

支考は『葛の松原』で「世に景気附・こころ附といふ事は侍れど」蕉門においては「走（ハシリ）・響（ヒヾキ）・馨（ニホヒ）」という附方をす

るといい、元禄時代に世間で景気附・心附が流行していたことが知られる。これについて『葛の松原評』に次のように記す。

先に有る所の一句のうへをのミとりて附ざる句を好むかたにハ論ずべきにあらず。今附を好ム方にも此景気附のミを附と心得て心付を知らざるあり。亦心付のミを附と心得て景気附を知らざるあり。心付とハ支考がいへる有心・迎附・起情の類ひ也。是を能知りたる者にハ通ずべくして無左にハ此走・響・馨の事に心得がたかるべし。

積翠は、景気附、心附の一方のみを専らにするのではなく、心附をよく知る人には通じるだろうが、そうでなければ走・響・馨を理解することは難しいと考えている。

結

積翠は、成立年代を考証した上で作風の変遷を論じ、その変遷について「不易流行」説を用いた。「不易流行」は、芭蕉が『奥の細道』の旅後に弟子に説いた考えで「不易を知れば流行知れ、流行を知れば不易は知り侍らむ」(『俳諧或問』第三)と不易と流行は不即不離の関係にあり、

不易流行の教へといふは、俳諧の本体、一時〳〵の変風也とは、おもふに芭蕉俳諧の風を改るに、檀林よりさま〴〵手をこめたるを流行としつ。やすらかにして、感ずべきを不易と云ひそめたるにや。(『俳諧或問』第三)

という。延宝時代にみえる談林の無心所着の作品から、天和時代に蕉風の開眼が見られ、貞享時代に萌芽が成長して、元禄時代に蕉風が完成した。そのような作風の変遷に伴う句が「流行」であり、「元禄体」に普遍的価値を見出して「不易」の句と考えた。

従って「元禄体」は、延宝・天和・貞享と作風が流行してきた後に表れ、修辞的には比喩・縁語・理屈・古事古歌謡曲の詞取りなどによって作句するような段階の後に位置する「やはらかな」作風であり、景色や物といった姿に、

余情とかいかにもありそうな実情が含まれた作品といえる。
以上のことより『俳諧或問』は、積翠が「蕉翁の句」に学んで、蕉風俳諧を総合的に論述した俳論と考えられる。

注

（1）守武の風を句意が理解し難いと積翠は捉えている。このことについて、以下に「よし朝の心に似たり秋の風」解（『野ざらし紀行翠園抄』）を引用して考える。「按るに、守武千句に、月見てや常磐の里へ帰るらんといふ前句に、よし朝殿に似たる秋風と附たり。此附心は月見てやといふに秋風と付、常磐と有によし朝と付たり。月を見て常磐の許へかへるとは義朝也。夫故に今宵の秋風ハよし朝に似たりと付侍るなるべし」とあり、守武千句は「月見てや」に「秋風」、「常磐」に「よし朝」という言葉を付けた附合であり、「予が聞所守武の句ハ前句へ附侍るまでにて、一句の上ハ何れか似たるやきこへず」と守武の付句は言葉を付けた句で、何が似ているのか分からない無心所着の句であり「故にばせをもいづれの所か似たりけんと前書にあるも、一句きこへぬ故に守武の詞をそのまゝにして心と云字を入たるまでにて、よしともの気性の殺気に似たる秋風と作せるなるべし」と述べて「一句きこへぬ」つまり文脈に抜けがあり意味をなさないので、芭蕉は「守武の詞」をそのまま用いて「心」という字を入れて句を作り、義朝の殺気立った気性（心）に秋風が似ていると解釈する。

三　積翠年譜・発句集

凡例

一、積翠の俳諧活動を中心にした年譜である。
一、旗本としての記録に●印を付した。主に『国史大系　徳川実記』九・十を参照した。
一、太白堂に関連する記事に※印を付した。
一、事項、発句の出典を記した。
一、末尾に「積翠園発句抄」二十九句（原田種茅「石河積翠に就いて」『石楠』昭和四年九月号）を引用した。
一、発句の頭に通し記号を付し、巻末に五十音順に配列した「初句索引」を置いて、検索の便宜を図った（250頁）。

元文三年（一七三八）戊午　**一歳**

●石河貞義（幸次郎　右膳　致仕号西山　母は某氏）生まれる。
　別号に寂照庵、積翠、雨簾などがある。

宝暦八年（一七五八）戊寅　**二十一歳**

●三月十八日、はじめて惇信院殿（家重）に拝謁する。

宝暦十年（一七六〇）庚辰　**二十三歳**

●九月二十六日、家督（禄高は四千五百二十九石）を相続する。

宝暦十二年（一七六二）壬午　**二十五歳**

●正月二十一日より火事場見廻を勤める。

明和元年（一七六四）甲申　**二十七歳**

●四月二十八日、定火消役となる。
●十一月十三日、布衣を着することを許される。
　明和頃より吏登門、柳居門、或は宗瑞門、馬光門、寥和門などの俳人に交わり俳諧に親しむ。
　予明和の頃より吏登門、柳居門、或は宗瑞門、馬光門、寥和門などに交り侍る（『俳諧或問』）。

明和三年（一七六六）丙戌　**二十九歳**

※有図が太白堂二世桃隣を継承する。

明和五年（一七六八）戊子　**三十一歳**

※『桃三代』（二世太白堂桃隣編）刊行。

明和八年（一七七一）辛卯　**三十四歳**

●七月五日、勤めを辞する。
　燕志編『歳旦』に発句二句入集する。

春興

1　鳥追や女の唄のつよからず　積翠

歳暮

2　人を追人に追るゝ師走哉　積翠

安永元年（一七七二）壬辰　三十五歳

燕志編『歳旦』に歳旦三物一組、発句二句入集する。

3　深山木も飾れば若し門の松　寂照庵積翠
袖を羽に舞万歳の鶴　燕志
知行の貢数〳〵春満天　東朝

年暮

4　鐘撞のはなさぬうちを今年哉　積翠

春興

5　皆仮名に和らぐ野辺や土筆　積翠

安永二年（一七七三）癸巳　三十六歳

燕志編『歳旦』に歳旦三物一組、発句二句入集する。

6　岸へ打浪の神楽やはつ日の出　寂照庵積翠
清く清きぞみどり立ツ松　燕志
八重続く軒を百千のとり〳〵に　東朝

歳暮

7　翌立る霞作るやかざり藁　積翠

春興

8　紅梅や朝日なら□□□の上　積翠

安永四年（一七七五）乙未　三十八歳

燕志編『福寿草』に歳旦三物一組、発句二句入集する。

※桃隣は『福寿草』に発句一句入集する。

9　初鶏や今羽にはたく去年の塵　寂照庵積翠
若水桶の先向ふ海　燕志
梅香を結ぶ柳のいとゆふに　東朝

春興

10　野の草ハまた墨絵也雉子一つ　積翠

○（歳暮）

11　歯朶刈に鶯とハんとしの谷　積翠

※甲斐が根へ蜆の届く師走哉　桃隣

『俳諧あふむ石』に歳旦三物二組入集する。孔皐子は、明石藩主松平左兵衛直之と思われる。

12　初鶏や今羽にはたく去年の塵　積翠
水若々とうつる明星　桃隣
梅柳をさな育の中能て　有圖（歳旦三物）
門松の風やいなばの峯の音　孔皐子
御供揃にいさむ春駒　桃隣

陽炎に純子の羽織ひからせて　積翠（歳旦三物）

長杣編『松の花』に発句九句入集する。長杣は燕志の娘と思われる。

13　しらうをや競ておどる水の色　積翠
14　草薙の鎌に消たる蕨かな　積翠
15　ひなの日や酒にも白き花くもり　積翠
16　ゆく春やあとなき花の雪の上　積翠
17　森とへバ名のミ老曾の若葉哉　積翠
18　鳥に経よミ尽させてげがき哉　積翠
19　蜩や霧呼立る峯の声　積翠
20　稲舟や汲出すあかを落し水　積翠
21　春へ越埜の塵やとしの市　積翠

安永五年（一七七六）丙申　**三十九歳**

※十二月十九日、二世太白堂桃隣没す。二世の没後、三世が継承するまでの間、太白堂の点印などを預かったと伝える。

天明三年（一七八三）癸卯　**四十六歳**

※太白堂三世桃隣が襲号する。

天明五年（一七八五）乙巳　**四十八歳**

●八月十一日、致仕す。養子悦次郎貞通が家督相続する。貞通は備中岡田藩六代藩主伊東長丘（ながおか）の五男である。

寛政二年（一七九〇）庚戌　**五十三歳**

九月『雑談集評』『葛の松原評』成る。

寛政三年（一七九一）辛亥　**五十四歳**

梅人編の芭蕉百回忌追善集『続ふかゝは集』に発句一句入集する。

22　南風や夜中に起て更衣　積翠

寛政五年（一七九三）癸丑　**五十六歳**

十月『去来抄評』成る。

芭蕉百回忌にあたり泊船寺に自彫の芭蕉像を奉納し（『茗荷』『鮫州抄』）、「祖翁の像を敬彫して　いつかまた此木も朽む秋の風」と詠む（梅枝軒・春秋楼編『鮫洲抄』天保十二年）。

寛政七年（一七九五）乙卯　**五十八歳**

十二月『表問答』成る。

寛政九年（一七九七）丁巳　**六十歳**

※二世桃隣像を描く。

※四月二十二日、千駄ヶ谷瑞円寺八幡に参詣して、

23　昔見し桜はいづれ夏木立

と詠む（原田種茅「石河積翠に就いて」）。

寛政十二年（一八〇〇）庚申　**六十三歳**

※十一月二十三日、三世桃隣没す。冬、四世桃隣が襲号する。

享和元年（一八〇一）辛酉　**六十四歳**

※三世太白堂桃隣像に賛を記す。

享和三年（一八〇三）癸亥　**六十六歳**

七月四日、石河貞義（積翠）卒す。法名「泰玄院殿要道西山大居士」（『鮫洲抄』）

赤坂一ツ木の松泉寺（渋谷区恵比寿南に移転）に葬られる。

『芭蕉句選年考』『野ざらし紀行抄』『葛の松原評』『去来抄評』『雑談集評』『表問答』『俳諧或問』『俳諧附合問答』『俳談抄』『芭蕉文考』を著す。

『面問答』は、積翠の没後、萊石を経て孤月に伝来した。

此面問答一巻ハ石河積翠老人の著述にして太白堂帳中の秘書也。ひとゝせ故人萊石叟に懇求して書写半にして筆をおきぬ。今年その太白堂孤月に乞て書写の功全くなりぬ。

（『綿屋文庫連歌俳諧書目録　第二』昭和二十九年「積翠園雑集」内、「俳諧面問答」文政五年喜游山人の奥書による）

没後

文化十年（一八一三）癸酉

三化が『野ざらし紀行翠園抄』を刊行する。

文化十五年（一八一八）戊寅

芝山編『四海句双紙　三編』に『葛の松原評』の前半が収録される。

文政三年（一八二〇）庚辰

芝山編『四海句双紙　五編』に『葛の松原評』の後半が収録される。

天保十二年（一八四一）辛丑

『鮫洲抄』に発句二句入集。

24　春風やからびついたる杜衡の花　積翠子

祖翁の像を敬彫して

25　いつかまた此木も朽む秋の風　古人積翠

成立年未詳

「積翠園発句抄」

26 笛売のしきりに吹や花の陰
27 初春や田の風かげの芹薺
28 朝霧や間もなく汐さす磯の泡
29 蔓草にぶらさがりけり四十雀
30 鵙鳴や俄日和の杉の先
31 夕顔や蝿のしづまる花の上
32 障子してよい正月の蜑の家
33 夕汐の来て澄む川や秋の風
34 蓮をみてしばしはすずめ小鮒釣
35 足もとにぬるで紅葉や山畑
36 花ながら萩うら枯るる川辺かな
37 陽炎や木の根つみたるおこし畑
38 池澄みて浮草赤し神無月
39 雪やみて遥に青し春の海
40 積石に繁縷（はこべ）花咲く雪間かな
41 槖吾（つわぶき）の花立枯レ折れず春の雪
42 船着や町家崩れて秋の風
43 八朔や山はしづけき仏達
44 花小角豆蔓もうごかず朝曇
45 足もとへ吹かれて来たる蛍哉
46 涼しさや汐をむかへる舟の音
47 満汐や萍上がる道の端
48 栗鼠の子の狂ひ落ちけり山桜
49 李咲や碓作る門の前
50 荷の魚に桜散り込む山路かな
51 春雨や水田にひたす杉丸太
52 冬川やせきれいとまる蜊舟
53 涼しさや藻のふり替る汐かしら
54 夕風や畔に流るる茨のはな

第四章　三世桃隣

一　伝記

村田政右衛門は、大久保に生れて、その後、青山に移り住み、武城に務める幕臣という。初号は、枕流堂漱石、別号に、枳南舎有図、蒼岡、大練舎、桃翁がある。『桃三代』に初号「漱石」の句が入集するので二世の門人であろう。天明三年（一七八三）に積翠から旧名旧印とともに譲られる。

> 始終翠公風雅の力を助て、元祖及二代の句碑、東都の清地に造立せらる。二世の師十七回の忌年にハ、一集をつゞり、親友白堂主桃雨なるものゝ竟化を共に悼む。又蕉翁百遠忌にハ、武品川駅泊船寺へ芭蕉堂を建る。
> （『夢跡集』）

初世の句碑「白桃や雫も落ず水の色　太白堂桃隣」は十二社にあり（高木蒼梧『俳諧史上の人々』俳書堂　昭和七年）、二世の句碑は品川寺にあるらしい。書名が伝わる『むかしの俤』（未見）は二世の十七回忌集であろう。芭蕉百回忌に泊船寺の境内に芭蕉堂を建立し、その詳細は「古泊船堂之記」に記される。本書「Ⅱ—第三章—一—5　天林山泊船寺」参照。

寛政十年に門人の山奴が編集した歳時記『田ごとの日』（享和二年）に序を与えた。同書に太白堂門下を中心とする句が収録され、さらに巻末に「太白堂蔵」と記すので、安定した俳諧活動が窺える。

① 加藤野逸編『其日庵歳旦』寛政十一年（一七九九）

暁の遠山彦や煤はらひ　　桃隣
雉子鳴て春めく年の雨夜哉　　桃雨
藁家にも年の恵みや蕗の薹　　静山（江）

② 横山徳布編『庚申　元除春遊』寛政十二年（一八〇〇）

年木樵やあわれに遠き猿の声　　桃隣
夜起して麦の雁追ふ師走かな　　桃雨
千鳥聞く舞子の浜やとし静　　静江

右の俳書に入集し、桃雨、静山（江）、静江とともに江戸の俳人と交流したことが理解できる。

寛政十二年（一八〇〇）十一月二十三日に没す。享年は六十七歳。四谷の西迎寺に埋葬された。過去帳によると戒名は「正光院大誉覚信士　村田銀蔵父」という。

本書「Ⅱ―第五章―一　伝記」に述べるように川崎大師の境内に四世が建立した「人ハ皆去て声あり花に鳥　三世桃隣」句碑がある。

亡くなった翌年に制作された三世の肖像画（掛軸）があり、本紙の大きさは、縦九二・二糎、横二七・〇糎。人物像に次の賛が記される。

何もなき事面白しかれ野原
右三世太白堂桃隣句　六十四翁　積翠書［印］
辛酉初春　蒼岳斎正忠画［印］

さらに芭蕉一株（植物）を描いた水墨画に句を添えた掛軸もある。

ひと本のばせをに菴かくれけり

落款「桃隣書［太白堂］［桃隣］」があり、掛軸の裏に「三世」と墨書があるので、三世桃隣の作品と推測する。

〔享保十九年（一七三四）～寛政十二年（一八〇〇）〕

二　作品

『田ごとの日』（題簽）は、山奴が太白堂の協力を得て編集した歳時記（小本一冊）で、内容は季語を四季別に分類して、解説と古今の蕉門作者の例句を示す。巻頭句「元日ハ田毎の日こそ恋しけれ　はせを」から始まり「年のうちに遠乗独霞けり　柳居」で締め括る。

寛政十年（一七九八）の採茶庵梅人と三世太白堂の序、如是庵徳布の跋があり、白堂桃雨と松旭舎静江が校合した後、享和二年（一八〇二）に刊行された。刊記に、享和二年夏四月に再校して、東都書林の「江戸大伝馬町二丁目　大和田安兵衛」と「江戸麴町平川貳丁目蛤店　衆星閣甚助」が開板したと記す。全七十四丁（序三丁、春二十丁、夏十九丁、秋十六丁、冬十四丁、跋二丁）ある。

編者の北見山奴は、北総油田の人、別号杜格斎、初め三世桃隣門、後に四世桃隣門となり、白牛禅師と称して泊船寺に寓居し、文政三年（一八二〇）七月二十六日に没した。享年六十七歳。法名如月環山居士。泊船寺に葬られた。同寺に山奴の「漁火に鳥の飛行霜夜哉」句碑が、三世杜格斎景山（大野充香　大井村名主『斗藪雑記』著者）により建立された。同寺に天保十五年に作られた白牛禅師像（木彫乾漆仕上）が伝わるという。

三世太白堂の序の一部を次に引用する。

北総油田の山奴、東武青山に来て云葉の友と遊ぶこと久しければバ、故郷の土産にもと一集を編ミなむことを願ひて、誰かれにさゝやきけるも又やゝありて今年小冊なりぬ。名づけて田毎の日といふ。其日影猶かゞやかんことをねがふ。

鯨とも見へる山あり霧の海　漱石（『桃三代』）

はつ空やよき程に吹く松に颪　三世桃隣（『田ごとの日』）

人しらぬ森に家ありいかのぼり　三世桃隣（『田ごとの日』）

見るうちに四方山暑し今朝の秋　三世桃隣（『田ごとの日』）

昼中のちどりや磯のあれ畠　三世桃隣（『田ごとの日』）

第五章　四世桃隣

一　伝記

加藤久蔵は、青山に住み、後に、赤坂に移り住み、武城に務める幕臣という。初号は、桃水、別号に、白堂桃雨、赤岡、不醒人、大練舎がある。寛政五年（一七九三）に立机して白堂桃雨と号し、寛政十二年冬、積翠の推薦により四世桃隣を襲号した。

享和元年（一八〇一）三世の一周忌に追善集（『花に鳥』未見。書名が伝わる）を編集して、「人ハ皆去て声あり花に鳥　三世桃隣」句碑を川崎大師に建立した。

享和三年、初世の百回忌に墓を新光明寺に再建して、追善を泊船寺にて営み（『夢跡集』）、翌年の文化元年に初世の作品を編集した『桃隣句選』を刊行した。このように初世を追慕する活動を積極的に行い、太白堂の活動を軌道にのせていった。

仮題『千草の錦』は、半紙本一冊（二十一丁）、享和二年（壬戌）秋の桃支の序に、菫山と桃奴が催主となり、奉納した俳額を記念して出版したと述べる。

つはら〳〵のしるし乞うけ、みよし野ゝよしと定見給ふを、額てふものにもの申千早振神の御前に捧たいまつるといへども、また遠つ国のさかひ、まうでかたき人々にも見せまくほりして、浪の穂の板にえりあげ、あさぢふの千草の錦と名のり、その名づけたるかのふたりのまゐ心のほいとげしよろこびに、いなもまためぐりあふ心のふさはしくていと萩の錦の紐のいと御とけそむることになんと

享和三ノ衛といふとしの秋　幽香舎あるじ桃支いふ

法楽

雨の日や井を包ミたる萩のはな　催主　菫山

何の卟（竹の名の）知れず花野の匂ひ哉　仝　桃奴

紫の雫あびる（濁ママ）や萩のむし　桃支

南総の俳人の発句が百八句、そして桃支の句、北総の俳人の句が十九句続く。

その後に東都の俳人の句が三十七句、歌仙一巻、末尾に「額上之外　五評秀逸」として太白堂桃隣、杜格齋山奴、雪神人麟止、江畔亭龍几、四輪舎輪之の判（点数の上位から天地人と判）を収める。

以上のことにより太白堂の活動の一端が知られる。次の俳書に入集することから江戸俳人との交流が窺える。

①完来編『歳旦歳暮』寛政十三年（一八〇一）

鷺の来て踏割春の氷かな　桃隣

雨気付匂ひも深し夜の梅　桃舎

川添の椿かぞへて木の間哉　東河

②関根白芹編『乙丑元除遍覧』文化二年（一八〇五）

降かくす雪に負な若菜摘　舞石

夕東風や日影のはしる汐の上　山奴

藍瓶の泡消兼る春日かな　有図
海苔砧夜深き翌日の日和哉　白尼
鶯や関を越れば枯すゝき　桃支
おさがりの跡春雨と降日かな　夫雪
起々に梅見る家の旭かな　兎明
雛鶏の未だ地に下りず若な哉　桃隣

四世の肖像画の上部に、

四世太白堂桃隣像　通称加藤久蔵（徳川家臣）歿年より今明治廿五年八八十八年ナリ
四代の主人ハ三代桃隣翁の甥にして天明の比より師が几右を離れず俳諧を学ぶ。初桃水といひ、後白堂桃雨二世となる。寛政庚申、師の病床にて太白堂を嗣ぐ。著作多く、はじめ青山に住し、后赤坂ニうつる。赤岡の号あり。年三十四即文化二年三月卒。萬昌院に葬。

とあり、彼は三代の甥で、天明頃より師の几右を離れず俳諧を学び、寛政十二年に太白堂を継いだと記録する。文化二年（一八〇五）三月二十四日に三十四歳の若さで没し、牛込の萬昌院（中野区上高田に移転）に埋葬された。太白堂を継承してから五年間という短い期間であったが、太白堂の興隆に尽くした。

〔安永元年（一七七二）～文化二年（一八〇五）〕

二　作品

『桃隣句選』は、『桃隣句選七巻集』『古太白堂句選』とも呼ばれる。初世の百回忌を記念して初世桃隣の作品を編集したもので、文化元年に刊行された。

若かりしころは士官おほやけのために、長劔を腰にさしはさみ、老てハ山林清泉に游びて、泥亀曳尾のたのしミをなす。天野太白堂ハ本土伊賀の上野にして桃氏也。ことにはせを翁と同家の禄をはみて、後はおなじ風雅の道に入る。よつて師恩のふかきことハあまたの集にも見へたり。齢八十一にして、ついに俳諧の口を閉ぬ。于時享保四己亥十二月九日。ひと日あつて東都浅草新光明精舎に葬す。其ころ門葉はつかのしるし置しが、度々の火災に失ひて、しバらくその跡たへたり。今はた此事をわすれず。桃家に游ぶ友どち、あちこちさゝやきて、再び墓のしるしをおかんとす。されバ元禄の昔に残れる哥仙七巻に、言捨の句々をそへて桜木にちりばみ、百とせの報恩会をとりこす法莚の一切経にもなれかしと、冬夜の燈下に筆を執のミ。

文化きのへ子初冬　　四世太白堂桃隣

と記す四世桃隣の序、舞石の跋があり、歌仙七巻および発句二百五十句（大練舎桃翁と曾良の計四句を除く）を四季別に分類して収録する。

元日や障るものなき岸の波
梅が香や鳴子付たる離れ木戸
行としを惜ミて乱す姿かな　　四世　桃隣
（『俳諧摺　上』須賀川市立博物館　平成十年）

大尾
月に啼放し雀や神の森　　四世太白堂　桃隣
（仮題『千草の錦』）

第六章　五世萊石

一　伝記

文化十年『万家人名録』に萊石の人物像が描かれ、

晩もこのかねつく歟秋のくれ　　萊石

芭蕉翁五世　号太白堂　住于江戸青山御手大工町　俗称藤屋勘右エ門

と紹介される。五世の俗称は藤屋勘右衛門、御手大工町（町家）に住み紺屋を生業とする。四世の「遺命」があったので太白堂を継いだと自ら述べる。

五世の句は『己巳元除遍覧』（錦江編　文化六年）に、

鶯の目細うしたる松葉哉　　桃隣

と入集するのが早い例であり、門人の桃舎、月堂、山奴、三花、兎明、夫雪、陽秋の句が続く。

『旦暮帖』（完来編　文化十一年）に、

松が枝に水をかけてもおぼろ月　　桃隣

と春興の句が入集し、『歳旦歳暮』（完来編　文化十二年）に、

かすミけり枕はづした夜ハ明て　　莱石

と入集する。従って、文化十二年には桃隣から莱石へ改号したことが分かる。莱石より後、太白堂は「桃隣」号を用いず、堂号を継ぐようになる。

初号は、白甫、別号に、桃隣、四夕庵、桃雪、蓬東、莱石、南街、一蓬庵、査魚の号を使用する。彼は、石の収集を趣味とし「蓬莱山」銘の石を持っていたことから莱石と改めたという（『夢跡集』）。

編著に『桃家春帖』、文化十五年『文化戊寅春集』、文化末年『いはひ茶』（未見）などがある。

近藤恒次「『桃家春帖』と渡辺崋山」（『森銑三著作集　六巻』月報　中央公論社　昭和四十八年）に、莱石と崋山の関係を記すので、以下に引用する。

崋山が莱石と相知ったのは何時頃か明らかでないが、『寓画堂日記』文化十二年二月十九日の条に、「午後上太白堂、描扇面唐紙」とあるのが初見である。その後にもしばしば太白堂の名を見るが、文政四年正月十四日莱石没し、門人孤月がその跡を継いで六世を名乗るに至っても、崋山は引続き深交を重ね、太白堂の上梓する定期刊行の句集刷り物には、すべて画をもって援助したのであった。

このように太白堂と渡辺崋山（一七九三～一八四一）の関係は、莱石から始まり、崋山の『寓画堂日記』（文化十二年）や『崋山先生謾録』（文化十三年）には、太白堂のために絵を描き、鈴虫の音を共に聞くというような風流な交際が窺える。

崋山が描いた五世の肖像画は、下に人物像が描かれ「渡邊登拝画［印文］」と落款があり、上に短冊「綿ぬきや旅にやせぬも口をしき　莱石」が貼付される。

莱石は「紅藍・有玉声・色与香無価・一種風流推国色・衙（絵）」の点印を用いる（『俳諧点印譜』青裳堂書店　平成十年）。

太白堂の系譜を、五世が解説した掛軸がある。南街桃隣と署名するので、文化十一年（一八一四）以前に成立と推定する。

世に東都蕉門の四大家と云ハ素嵐杉桃の四哲也。其ひとつ桃家は翁の旧友にして武名天野藤太夫、伊賀上野の人也。蕉門に入る事、延宝己未、東武深川のばせを庵におゐて髪剃りぬ。其時や翁ミづから太白堂桃隣と号られたり。まことに深因の門生といふべし。武江神田に住。翁三回の忌には奥羽に行脚して『むつちどり』の一編を著し、亦十有七回の忌には旧友の句々を乞て一書をあらはす。翁没後、流行長く眉寿老健にして后に桃翁と号す。齢八十一にして享保己亥冬十二月九日世を去り給ひぬ。順世の后、門人桃兆なるもの由縁ありて、旧印伝書蔵し伝へ、亦兆没し后其子五鹿同じく蔵して其間四十有余年を過て二世主人いできぬ。明和丙戌の夏也。武名切部作左衛門、大久保に住し、武城に務む。桃翁老後の門人也。風雅の正脉を伝て十有余年、俳諧に力撓す。安永丙申冬十二月十九日寂す。歯祖桃に同じ。没後、高弟石河積翠子、旧印を蔵し伝へ、其間六年にして三世の主人出来ぬ。天明癸卯の夏也。武名村田政右衛門、務二世に同じ。大久保に生て后青山にうつる。後太白の止風を守て、風調東武に知らる。其間十有余年。后寛政庚申冬病ありて門人族桃雨に旧名を譲り、桃翁と更て、其年冬十一月廿三日卒。年六十七。四世の主人も務同じ。武名加藤久蔵。青山の人也。亦その風調能く嗣で増々栄ふ。桃家に□(虫損)る中功多く明才たり。文化乙丑春三月廿四日卒。年三十四。遺命有て、今五世と続。

応需　南街桃隣書［南街］［桃隣］

五世は文政四年一月十四日に没した。享年は三十九歳。千駄ヶ谷の瑞円寺に埋葬される。墓の正面に「莱石補天居士」右に「天明三癸卯年三月五日生　文政四辛巳歳正月十四日卒」左に「俗称藤屋勘右衛門」と刻まれる。

〔天明三年（一七八三）～文政四年（一八二一）〕

莱石の歳旦帳は文化四年のものがあるようだが、『桃家春帖』は、文化十五年（一八一八）に、渡辺崋山の挿絵を入れるなどして次第に体裁を整えていく。やがて孤月の時代になると、文政五年（一八二二）より引き継がれて、挿絵は崋山、椿山、小崋が描き、文久元年（一八六一）に挿絵はなくなるが、明治三年（一八七〇）まで確認でき、約六十年間にわたり長期間継続して出版された。

二　作品

本文中の所付けに記されている「連」において句が集められたと推測する。「連」の数を比較すると、莱石時代の文化十五年では、五であるが、孤月時代の天保五年では、二十六を数える。すなわち孤月の時代に、「連」が増加して、句数および集句の地域が拡大していったことが指摘できる。

文化十五年『桃家春帖』は、入集作者は二百十七名、入集句数は、三物五組、発句脇句六組、発句四百五十五句を数える。

君子之交淡如水

串柿の並ぶなかこそかざりなれ　太白堂莱石　（『桃家春帖』文化十五年）

春興

日なたにも酔て見に出る柳哉　莱石　（『桃家春帖』文化十五年）

丁丑歳暮

春いそぎするや小浜の舟あそび　一号査魚　（『桃家春帖』文化十五年）

第七章　六世孤月

一　伝記

孤月は、江口辰之助といい、老庭、無物、太向齋、南峯樓、桃翁の別号がある。江戸に生まれ、青山の三筋町のち赤坂の丹後坂に住み、そこが武家地であるので武士階級と思われる。

青山で生まれ育ったことは『桃家春帖』（天保十四年）に孤月が、

窓ハ遠くもあをうミを眺ミ、庭狭けれバ年つむ苔緑なり。その色の正とハ聞とも此元日のそらすぐれて蒼々たれバ、あが親里なる青山てふ谷も思ひ寄られ、老の身に余る春に逢て

谷水のさまさぬ初生湯こゝろ哉　太白堂孤月

と自ら書いていることからわかる。

『万家人名録』（長斎編　文化十年）に肖像（着衣の家紋は三頭左巴）が描かれる。

罔両の遠くにあるや枯柳　孤月

江戸青山権田原三筋町住　江口辰之助

天保七年の頃「赤坂丹後坂上」に住み（惟草編『俳諧人名録』）、丹後坂下「太白堂門人　桃水舎桃水」、麻布永坂「太

白堂門弟　桃三堂呉仙」、浅艸鳥越三筋町「太白堂門弟　紫峯庵夫雪」（『俳諧発句てびき艸』）という門人が、孤月邸の近辺に住んでいた。

渡辺崋山『游相日記』天保二年九月二十日条に、

訪太白堂主人長谷川氏

大塚毅『明治大正俳句史年表大事典』（世界文庫　昭和四十六年）に、

東京の人。初め、比企氏。旗本で食禄三千七百石の大身。一ツ橋家人。

など長谷川氏、比企氏とも記される。

出自について、旗本という説がある。江口家について「青山権田原三筋町住」と「一ツ橋家人」を手がかりとして調べると、一橋斉敦卿の御附衆「御番組頭」に江口熊三郎、「御書院組頭」に江口作左衛門の名前が見える。すなわち、文化元年から文政八年まで『編年江戸武鑑』（柏書房　昭和五十六年〜平成四年）を調べると、文化元年から同十一年まで、一橋「徳川民部卿斉敦卿様御附衆」の御番頭組頭に「江口熊三郎　青山ごんた原」、文化十年からは、御書院組頭に「江口作左衛門　青山ごんたハらいなりまへ」という記載があり、地名の「青山権田原」と名前の「江口」の一致が見られる。

一橋家の家臣という前述の事例により即断するということではないけれども、この江口家と孤月は何かの関係にある可能性が考えられる。天保三年に孤月は、水戸出身の武士の孤中に序を与え（『俳諧返事ついで集』）水戸との縁が窺われる。

さて俳諧活動のあらましは、文化七年（一八一〇）完来の歳旦帳や萊石の月次句合に入集するので、その頃より俳諧を嗜み、太白堂五世萊石に入門し、萊石が文政四年（一八二一）に亡くなると、同年春に太白堂六世を継承した。文政六年『桃家春帖』に「隠遁の身となりければ」と前書があるので、勤めを退き、太白堂の活動に専念したと思われる。一門の運営に長けていたのであろう、人気が高まり、次第に門人の数が増加し、太白堂は江戸俳壇の一角を占めるようになる。

渡辺崋山との交際は萊石の時代から始まり、天保元年（一八三〇）崋山は、絵の染筆料として孤月から贈られた品に礼状を認め、七月に崋山の弟の定意の死を知らせた。天保八年（一八三七）の『桃家春帖』に崋山は、孤月の門戸はそれまでの太白堂の中で最も盛んになり、この春帖に二十年あまり絵を描いてきたと述べる。太白堂の勢いは盛んであった。

天保十年（一八三九）に蛮社の獄が起こり、故郷の田原に蟄居する境遇となった崋山は、天保十一年五月二十九日付椿椿山宛書簡に『桃家春帖』と摺物が手元に届いたと報じた。その翌年に彼は死亡したのだが、その後も『桃家春帖』の挿絵を弟子の椿椿山、崋山の次男の小崋が描いた。

萊石の時代より『桃家春帖』に畔李（八戸藩主南部信房）が句を寄せて以降、彼が亡くなる天保六年まで歳旦吟を寄せている。畔李が亡くなった後も八戸藩士の星霜庵畔烏が『桃家春帖』に入集し、密接に交流する。

孤月は、萊石から受け継いだ『桃家春帖』を毎年刊行した。その他『華陰稿』『月下稿』について、春は花、秋は月を詠んだ句集で、文政五、六年頃から始まり、明治の九世桃年の頃まで続刊されていたらしい。

孤月は月次句合の判者として膨大な数の発句を選定した。文化文政以後に爆発的に流行した月次句合は、月例の句会というような意味で、一般的な形態は催主が判者に依頼し、ちらしによって句を募り、連（社中）というグループを通じて、取次所に入花料を添えて投句する。集められた投句を判者は開巻日に参会者の前で選句する。選句した後に、それらの勝句を印刷して「返草」と称して作者に配る。天地人に選ばれた者の若干名に景品を出したらしい。月次句合には、月例だけではなく特別な句合があり、奉灯・奉額など神社仏閣に奉納するもの、掛額、追悼、相撲、四季などの様々な形態が生み出された。このように組織的なしくみの中で俳諧を楽しむということが流行した。

全国に数多の芭蕉塚や句碑が建つ。建立することにより芭蕉への敬慕を末長く記念に残そうとし、そこに人が訪れ、寄り集う。記念となる日に句碑に俳人たちが集まり、句を吟じるという事例が見られる。

孤月は、安政六年（一八五九）三月、東高野山長命寺に「父母のしきりにこひし雉の声　芭蕉」句碑を建立した。芭蕉の菩提寺は真言宗で本山は高野山にあり、同じ宗派の寺に句碑を建て芭蕉顕彰をした。太白堂が芭蕉顕彰をしたのは、神格化して芭蕉を祀るという行為ではなく、桃隣が芭蕉を慕う姿勢に倣い、芭蕉を理想として優れた作品を創作したいという思いを寄せたからだと考える。

門人が孤月の句碑を建立し、稲城市大丸にある但馬稲荷社に「玉川やかすミの先に又見ゆる　太白堂孤月」句碑が残る。

以上のように孤月は、太白堂の宗家として一門をまとめて、月次句合に力を入れて、五十年以上の長期間、江戸屈指の俳諧宗匠として指導した。幕末の激動期を生き、明治三年（一八七〇）雉髪後に太白堂別家五世桃翁と改号し、四夕に太白堂を譲った。

明治五年（一八七二）八十四歳という長寿を保ち七月十九日に生涯を終えた。青山の玉窓寺（港区南青山）に葬られた。墓の正面に「六世太白堂　桃翁孤月墓」、裏に「明治五申初穐十九日寄附一列」として門人十八名が連なり末尾に「八世太白堂呉仙」と刻まれる。

〔寛政元年（一七八九）～明治五年（一八七二）〕

二　作品

青柳の上に吹れつ鳶一羽

罔両の遠くにあるや枯柳

風を受けた一羽の鳶が青柳の上方へ吹かれた、枯れた柳が罔両の遠くに見えるという風景を描写する。空間の中に対象を見定めて的確に叙する。

明る夜に霜一枚の野山哉

冬の寒い夜明け、だんだんと日が昇ると白い霜が一面に降りている。「霜一枚の野山」という表現が巧みである。

たゝかれず明たる門や華の春

若草を見ぬふりするや峯の雪

さミだれは晴間もあれど秋の雨

年が明けた朝、誰にも叩かれないのに門を開ける、峰に積もる雪は白く、若草が萌え出ても見ないふりをする、五月雨は晴間もあるけれども、それに比べて秋の雨はずっと降り続く。逆接的ひねりが句に表れている。

はつ月や腰掛て来両どなり

素がへりの有のもたのしきのこがり

初月を眺めていると両隣に月見の客が腰掛けてくる、秋の茸狩りに行ったのだが全く採れずに帰るのもまた楽しい。月見や茸狩りという季節の行事を、人と共に楽しむという句を詠み、そこに人との関係を大切に思う孤月の性格が表れ、多くの人々を孤月の周辺に集めたのではないだろうか。

三朝とハ菜にさへ飽けどわかめ汁　孤月

右の短冊は「小石川傳通院大黒天永代奉額春混題三句合」に「三朝とハ菜にさへ飽けど和布汁　判者孤月」とあり、月次句合の軸の句である。このように月次句合の句を短冊に書いて人に与えたのであろう。三朝とは正月元日を表す季語で、去年の暮まで食べた汁はいつも同じ菜が入り飽きるけれども、元旦の朝に頂くわかめ汁は格別だと解する。

高邁な世界ではなく、日常生活を営み、なおかつ風流な心を失わずにいようとする世界に孤月は生きていた。

1『桃家春帖』

孤月は文政四年（一八二一）に太白堂を継承してから歳旦帳『桃家春帖』を毎年刊行し、最も年代の新しいものとして明治三年（一八七〇）を確認する。萊石時代を含めると文化十五年から天保十年まで渡辺崋山、天保十一年から弘化四年まで椿椿山、嘉永元年から万延元年まで渡辺小崋が挿絵を描き、文久元年から挿絵はない。

次に天保五年『桃家春帖』の概要を記す。外題「桃家春帖」。丁付は「序一」から「序三十二」、「一」から「九十一」。全百二十三丁。

天保五甲午年

載旦

初春の空ハ青きにかくれけり　　太白堂　孤月」

春興

若草を見ぬふりするや峯の雪　　孤月

癸巳歳暮

草の戸の年ハゆるりと行て来よ　　仝　』序一

東君　　西藍　日精堂

旧年のよごれも見へず今朝の春　　映月

薫りてハゆく梅のさゞなミ　　孤月

宝蔵の根継のどかに奉行して　　夫雪」

芳天

梅の露しづくにするも惜かりぬ　　映月

暦軸

二三度に咄すや年の暮の用　　仝　』序二

巻頭に孤月の発句三句、序二から序二十九の表丁に三物一組、裏丁に発句二句、序三十から序三十二の各半丁に門人の発句と孤月の脇句、発句二句を置く。次に一丁から九十一丁まで歳旦歳暮春興の句を収録する。八十八丁からの「他邦補助連」に春興の句、大尾に一列判者の夫雪・東之・白甫・静江・宇月・兎明・峨丈・有圖・桃江が名を連ねる。「他邦補助連」は、編竹・晴河・六坰・逸芳・碧山・栗笑・兎月・為山・柳雫・吟月・槐市・孤中・其盛・呉石・芳水・雨麦・對山・北元・旦水・黒駱・橘童・粗文・雪鷗・蓁々・楚郷・蓁峨・錦江・蓁阜・冬吏・淇翠・在京　桂露・胡山・芦洲・錦暁・木我・宗瑞・風化・青亀・梅人・魚山・水哉・一鳳・漁文・宗阿・青谷・芁月・月下・霜翠・畔烏・梅夕・桃栗・山峯・蘭渓・舞石・蓬影が入集し、太白堂の交流の広がりが窺われる。

本文の中に「連」が見られ、連を通じて孤月のところに作品が集まった。以下に列記すると、西藍連・蒼園連・南街堂連・枳南舎連・麻生菴連・月松連・松芳軒連・千代田連・武五十子連・武玉川連・武調布連・常土浦連・常笠間連・甲韮崎連・甲春米連・上総竹ヶ岡連・遠浜松連・仙台連・上毛前箱田連・上毛黒岩連・上毛下栗須連・上毛岡之郷連・上毛吉井連・上毛下大類連・上毛厩橋連・上毛矢田連の二十六連が数えられる。

序の丁の表に松の絵、裏に梅の絵が摺られている。本文の六丁から八十三丁まで、崋山による挿絵が描かれる。中に「如山画」六章、「酔夢間自画」「清之女画賛」「栗笑画讃」「露中画讃」と記す挿絵は、崋山以外の者による。

作品は例えば「箸とれバ梅の匂ふや別ざしき」「ほかほかとする日やてふの海を来る」というような日常の一寸した発見に詩情を表す。

2　月次句合

太白堂では、萊石が月次句合や相撲句合を行った例がある。萊石は『桃家春帖』と月次句合を開始して、後に太白堂が隆盛するための基盤を築くという功績を残した。

孤月の月次句合について、先行研究の櫻井武次郎「月並句合について」（図録『三都の俳諧』昭和五十七年）を次に引用する。

化政期から幕末を経て明治にかけての間、月並句合の宗匠で最も勢力を誇ったのは、大坂では八千房（とりわけその一肖・肖年）で、『八千房青陽帖』（仮題）の大部な歳旦集（中略）を寛政末か享和年間ごろから毎年編みつづけて、その市場を中国・四国・九州に拡げていたし、江戸では太白堂（とりわけ孤月）が、『桃家春帖』を毎年編んで関東から東北に市場を持ち、まさしく東西の双璧であった。この月並句合は、明治中期の子規の俳句革新運動のころにいささか形態は変わったらしいが、その後も命脈を保ちつづけた。昭和五年四月六日付の大阪の生田南水の古稀と金婚を祝った『梅やなぎ』がその終末期の代表的なものといえるが、第二次世界大戦で完全な終焉を迎えたといえるであろう。

右記によると、孤月の人気は全国に及び特に関東から東北に勢力を築いたという。

次に、初期のA文政七年（一八二四）、最盛期のB天保十一年（一八四〇）の冒頭部分を例示する。

A　太白堂孤月評月次混題句合五点以上　甲申六月分

天　褒美六　袷着て行きぬ手紙ですむ事も　東都　頂山

きいたよりちかし扇をたゝむ道

外四点順

地　ホ六　出すほどハミなふさがるやすゞミ台　大坂　梅月
　　　　　老ぬれバうちハばかりをちから哉
　　　　　　　仝
人　ホ六　ゆふだちのあとやミ事な月の出る　東都三ノ逸枝
　　　　　向ふから風のふくなりミそぎ川

B太白堂孤月評月次混題句合五点以上　庚子四月分

天　ホ六　ふミ出したまめ證なくすあはせ哉　東都　桃松
　　　　　夕ばれの安日するよ栗の花
地順　ホ六　一声ハ夢かきいたかほとゝぎす　仝　松声
　　　　　袷着て五百羅漢をいく廻り
人　ホ六　松の戸や夜明に秋のちかきこゑ　武字川　桃々
　　　　　袷着た人をにくがるからす哉

巻頭に天地人の句を掲げて、以下「句坐遅来共到来順」の句、巻末に催主と判者の句を置くという形式は、明治時代も踏襲された。このような天地人による段階的評価を行う形式は、太白堂の月刊誌『桃葉集』に引き継がれている。

孤月は月次句合において一大勢力を築いた。孤月と一列判者は、月次句合の計画、募句、選句、返草を印刷して俳諧作者の手元に届けた。生業に精を出す俳人たちは、風雅に関心を寄せて、返草に自分の句と名前があるのを励みにしたであろう。

『桃家春帖』と月次句合の影響関係については、天保時代に、月次句合の一部の句が『桃家春帖』に入集する例が見られる。松尾真知子「太白堂孤月の俳諧活動―今治市河野美術館蔵『冬ざらし』を中心として―」(『梅花日文論叢』第

十二号　平成十六年三月）より、関係事項を要約する。

『冬ざらし』は、天保十一年に刊行（推定）の孤月と桐園の両評による月次句合である。桐園は、萩原図書交久、字は俊山、通称は五郎三郎、桐園・詠帰と号する。上野佐位郡東小保方の人。栗庵似鳩に俳諧を学び、旗本久永氏知行の東小保方村から徳川の御家人株を求め、江戸へ移住した（萩原久利『義厳院記―それからの二百年―』平成九年、萩原久利『義厳院記―補訂―』平成十三年）。天保頃の『桐園月並帖』があり（篠木弘明『上毛古書解題』歴史図書社　昭和五十四年）、郷里にては旗本久永氏陣屋元役人として、江戸に出てからは与力としての勤めの傍ら、俳書・一枚摺・月次句合の刊行、芭蕉句碑建立など幅広く俳諧活動を行い、天保十四年に没した。享年は七十三歳。彼は、積翠の『芭蕉文考』を書写し（本書「Ⅱ―第三章―一―4　著書」注5）、太白堂との関係が窺える。

『冬ざらし』は、集めた句を評価の高い句から順に天地人に分けて記す。孤月は、五印二十六句、六印五句、ホ六印三句の計三十四句、桐園は五印四十八句、七印三十句、十印十句、追加五印六句、追加七印五句、追加十印三句を選んだ。世話人は桃余・無底・泰雲の三名、催主は梅笠（四世春秋庵　文久三年没　享年五十九歳）である。巻末に「翁忌歌仙」として「冬ごもり又より添ん此はしら　翁」を立句とする脇起し連句（二十三句）を収録する。太白堂評の褒美六印の句は次の三句であり、

ホ六印

山門の裏や氷柱の小一丈　　龍斎

継かけて隣のつぎ穂見に行ぬ　　下サ　宗旦

末がれに出代る寺の男かな　　エド　桃伍

この太白堂評のホ（褒美）六印の中に含まれる宗旦の句は、天保十二年『桃家春帖』に入集する。赤松宗旦（一八〇六～六二）は布川に住む医師、地誌『利根川図志』を著したことで有名である。

宗旦を始めとする下総の俳人が『桃家春帖』に入集するのは天保十一年からである。同書に下総長中桃李亭松景・北方可松庵清斎・布川宗旦・上曾根手玉庵桃兄・下曾根一晴・横須賀官知・布川東川の七名が数えられる。宗旦の句は次の通りである。

　　鶯の啼やとなりもおとしミそ　　仝布川　宗旦

天保十二年『桃家春帖』に下総俳人は、以兄・清斎・弗壊・桃兄・紅夕・古川・官知・道緒・松景・文伸・宗旦が入集する。

　　接かけて隣のつぎほ見にゆきぬ　　仝布川　宗旦

宗旦の句は、季題「つぎほ」、春に接木をしようとする途中、その作業が終わらない内に、隣の接ぎ穂が気になって見に行くという日常生活を詠んだ。歳旦帖は前年の年末迄に編集されるので「接かけて」句は、天保十一年の年末に孤月の手中にあったであろう。以上、月次句合に高点を得た句が『桃家春帖』に収録されたことを示す具体例を挙げた。

3　俳諧一枚摺

孤月が関係した俳諧一枚摺は十四点確認する。以下に、成立年、任意の題名、絵師名、入集俳人の順に整理した。天保期の作品が多く、八点は崋山、五点は椿山が挿絵を描く。

文政四年　（一八二一）「嗣号披露一枚摺」（無挿絵）
天保五年　（一八三四）「金漣舎一瀬歳旦」崋山画　一瀬・孤月
　　　　　　　　　　　「花明斎夜舟歳旦」崋山画　夜舟・孤月

天保六年　　　　　　　　「富樹亭麗遊歳旦」崋山画　麗遊・孤月
天保六年（一八三五）「太寛舎鷺栖歳旦」崋山画　鷺栖・孤月
　　　　　　　　　　「源泉亭鷺睡歳旦」崋山画　鷺睡・鷺栖・孤月
天保八年（一八三七）「太甫堂松衣歳旦」崋山画　松衣・孤月
天保九年（一八三八）「歩月歳旦」崋山画　阿彦・連志・月人・其隣
　　　　　　　　　　翠雨・槐市・八有・桃朝・露月・歩月・孤月
天保十年（一八三九）「玉花園尚古歳旦」崋山画　尚古・孤月
天保十一年（一八四〇）「金漣舎一瀬歳旦」椿山画　一瀬・孤月
　　　　　　　　　　「大岡堂柳松歳旦」椿山画　柳松・孤月
天保十二年（一八四一）「金漣舎一瀬歳旦」椿山画　一瀬・孤月
　　　　　　　　　　「大岡堂柳松丑歳旦」椿山画　柳松・孤月
嘉永四年（一八五一）「青梅扇松垣守風春興」椿山画　守風・孤月

三　細山の俳人たち

孤月の門人は、江戸を中心にしてその近郊に多い。明治になってからも太白堂の門人が活動する地域に、細山（神奈川県川崎市麻生区）がある。以下に述べる如く、細山では際立った特色が見られる。

『多摩市史　資料編二　近世　文化・寺社』（平成八年）に、

文化十一年（一八一四）の星布没後の市域俳壇は、南の山沿いには太白堂系が、北の多摩川べりには宝雪庵系の二大勢力がはいってきた。太白堂は諸国に地盤をもつ江戸屈指の宗匠で、宝雪庵も江戸周辺を地盤とする有力な宗匠であった。

と記し、幕末から明治にかけて進出した太白堂は、多摩市の南の山沿いに門人を抱えていたという。

細山の俳句の起源は、天保とも弘化時代ともいわれ、細山土曜会『ほそやま俳句』（平成五年）に、

桃家が最も隆盛をきわめた幕末、弘化のころからこの辺りでも俳句は盛んになり、片平の葎窓喜月は近在の多数の門弟をひきつれ六世孤月の門をたたいた

と記す。調査の結果、安政三年『桃家春帖』に僖月の句が入集する（左記「梅折な」句参照）ので、前号は「松風堂喜月」と号した僖月は、これ以前に太白堂に入門したものと推測される。

梅折な月が夜毎に来る枝ハ　武片平　松風堂喜月更　僖月

箸紙に取や花見の重の物　武片平　僖月

（『華陰稿』安政三年）

やがて片平村の隣の細山村にも俳諧が流入し、白井東月（清絹）が太白堂に入門した。

元治元年（一八六四）細山村坂東に寺子屋、真川堂を開いた白井清三郎は俳号を東月といい、明治十九年（一八八六）に八世太白堂呉仙より四世玉花園の嗣号立机を許された（『ほそやま俳句』平成五年）。

《玉花園》

1尚古――2四夕（高橋宗智）――3呉仙（松平親孝）――4東月（白井清三郎）――5誠之（箕輪浅右ヱ門）――6詠月（箕輪栄作）――7仙月（岡本智順）――8一夢（岡本重辰）

「玉花園」は、太白堂七世四夕と八世呉仙が、太白堂を継承する前に与えられた号である。東月が呉仙より与えられた「玉花園」は、細山の俳人に継承され、五世箕輪誠之、六世箕輪詠月、七世岡本仙月が嗣号した。以上の三者を柱として、細山とその近隣の人々の協力を得て、大正九年（一九二〇）に細山土曜会が結成された。当初の細山土曜会には、細山・高石・平尾・坂浜・稲城・調布・王禅寺・黒川・登戸・生田・五反田・菅・稲田・柿生・鶴川・長沼など各地から俳人が参加した。

第二次世界大戦後の混乱期を経て、五無庵一夢宗匠（玉花園八世）を中心として細山土曜会が甦り、今日に至る。その拠点となっている細山郷土資料館（昭和五十五年設立）には江戸時代以来の俳諧史料を蔵し、活動の詳細を記録した『ほそやま俳句』（平成五年、平成十七年）と併せてその俳諧史を辿ることができる。

以上述べてきたように、細山の俳壇は太白堂と密接な関係を維持してきた点に特色が見られる。

四　孤月年譜・発句集

凡例

一、孤月の俳諧活動を中心にした年譜である。彼の俳諧活動の期間は長く、その交流は関東を中心として全国に及ぶ。幕末の著名な俳人であるにも関わらず、あまり論じられてこなかった孤月の年譜を詳細に作成した。

一、年譜の中で、太白堂に関連する記事に※印を付した。

一、事項・発句の出典を記し、以下の記号を用いた。

ⅰ　孤月の作品が俳書に入集する場合○印を付した。

ⅱ　月次句合に入集する作品に◎を付し、干支に従い成立年を推定した。

ⅲ　俳諧一枚摺かつ成立年を推定した作品に▽を付した。

一、孤月は文政五年から『桃家春帖』を毎年刊行したと推定するが、未見のものは記さず、確認できた作品を記した。なお孤月が一座する連句（三物）は省略した。

一、孤月は文政五年頃から毎年、春に『華陰稿』、秋に『月下稿』を刊行したと推定するが、確認できた作品を記した。
一、発句の頭に通し記号を付し、巻末に五十音順に配列した「初句索引」を置いて、検索の便宜を図った（251頁）。

寛政元年（一七八九）己酉　一歳

青山に生まれる〈享年より逆算した『新選俳諧年表』他〉。江口辰之助。孤月、老庭、無物、太向齋、南峯楼、桃翁の号がある。青山権田原三筋町、のち赤坂丹後坂上に住む。旗本という説がある。

享和二年（一八〇二）壬戌　十四歳

○山奴編『田ごとの日』（寛政十年序）に発句一句入集。

1 香に匂ふたでの青ミや鉢肴　孤月

文化元年（一八〇四）甲子　十六歳

※太白堂四世桃隣編『桃隣句選』刊。

文化二年（一八〇五）乙丑　十七歳

※四世桃隣没。三十四歳。万昌院に葬る。

文化七年（一八一〇）庚午　二十二歳

○完来編『歳旦歳暮』に発句三句入集。

2 初空や汐うつりして星ひとつ　孤月
3 青柳の上に吹れつ鳶一羽　〃
4 舜に見る師走の月は静なり　〃

◎莱石「太白堂評月次三題句合　催主　卯月菴」二月三月に発句二句入集。補助に孤月の名あり。

午二月分
5 凧一ツ見へて火ともし時分哉　青山二ノ　孤月
午三月分
6 赤へ土潰して行ぬつくし売　あヲ山二ノ　孤月

文化八年（一八一一）辛未　二十三歳

○莱石編『桃家春帖』に三物一組と発句二句入集。

青陽
7 今朝春よい程家に木影哉　南峯楼孤月
初日に直る庭の雪癖　桃隣
一霞手のひらたつる山もなし　桃舎
韶光
8 春の日の光にあたる小魚哉　孤月
弟月
9 すゝはきや客に隣のかりらるゝ　仝

◎菜石「太白堂判　四時相撲　甲章　卯月菴輯」春夏冬に発句七句入集。補助に孤月の名あり。

未春集

10　六　太秦で迎ひに逢ふや春の月　孤月

11　ホ六　月の外に春も友なき高野かな　孤月

未夏集

12　小結　褒六　志賀の湖に口そゝぎけり夏月　仝　孤月

13　さし荷ふ網のもどりや夏の月　孤月

未冬集

14　西大関　六　木枯や根こそげ見ゆる山の家　仝　孤月

15　口切や垣のあちらハすみだ川

16　寒月や嚏をしても蔦のちる

〈注〉所付の「仝」は「江戸」を指す。

文化九年（一八一二）壬申　二十四歳

文化十年（一八一三）癸酉　二十五歳

○石河積翠注、三化編『野ざらし紀行翠園抄』に発句一句入集。

17　きのふまで犇見しか納豆汁　孤月

○長斎編『万家人名録』に発句一句入集し、名前と住所を記す。

18　罔両の遠くにあるや枯柳　孤月

江戸青山権田原三筋町住　江口辰之助

文化十一年（一八一四）甲戌　二十六歳

文化十二年（一八一五）乙亥　二十七歳

○三化編『ざこくらべ』に発句一句入集。

19　鴈なくや木間の空のふへてより　孤月

文化十三年（一八一六）丙子　二十八歳

文化十四年（一八一七）丁丑　二十九歳

文政元年（一八一八）戊寅　三十歳

○菜石編『桃家春帖』に三物一組（太向齋孤月・菜石・三化）発句二句入集。崋山の挿絵が六図あり、崋山は天保十年まで毎年『桃家春帖』に挿絵を描く。

20　おもふ事ふたつのきけり今朝春　太向齋孤月

21　夜の空柳ばかりは見はづさず　孤月

22　かくれ家の水のこぼれも春ちかし　仝

○菜石編『文化戊寅春集』に発句一句入集。

23　花の露に袖しぼるまで見たりけり　孤月

文政二年（一八一九）己卯　三十一歳

○菜石編『桃家春帖』に発句一句入集。

24　年はおろかいつそハ家も忘れたし　孤月

○六草庵編『抱鹿句巣』に発句二句入集。

25 陽炎に影あらばその人や似む　孤月

26 半分は竃なりけり露の家　孤月

文政三年（一八二〇）庚辰　三十二歳

○三世寥和編『俳諧しがらみ』に発句一句入集。

27 かくれ家の天上日よ華の雲　孤月

文政四年（一八二一）辛巳　三十三歳

※一月、五世萊石没。三十九歳。千駄ヶ谷瑞円寺に葬る。

三月十四日、太白堂六世を嗣号する。嗣号を知らせる一枚摺があり、萊石の追善と嗣号披露を山王境内において興行するという旨を記す。

萊石居士追善之法筵幷嗣号披露
三月十四日於山王境内別紙之席
興行仕候間、諸君子御句披掛
貴意御来駕偏奉希候。
附　判者披露　呉竹軒白甫
兼題　花　二句　会主評
天地人呈文台
席上　百韵十巻
発句十題　当日披露
右出席判者方乞即評各天地人
呈景物
辛巳三月　会主　六世太白堂孤月
補助　一列判者

八戸藩七代藩主南部信房公（俳号畔李）は太白堂嗣号に祝賀の句を寄せる。

六世太白堂孤月賀筵に　『五梅庵句集』
時を得て接穂の桜咲にけり

○秋『月下稿』（十丁）に発句一句入集。見返しに雀一羽が描かれ「崋山」と署名する。

28 瘦顔の寄りも寄たり月の皺　孤月

文政五年（一八二二）壬午　三十四歳

○正月『桃家春帖』を刊行し、以後毎年刊行する。

（本の体裁について蒔田稔「文政五年刊『桃家春帖』調書・詠者一覧」より引用する。「縦二一・八糎×横一五・六糎。全六十二丁。入集者数三二一名。入集句数七三二句。挿絵有」）

『桃家春帖』に発句三句入集。

載旦

29 蓑むしは相住しても花の春　太白堂孤月

春興

30 うぐひすの鳴なり声にかられてハ　孤月
　　辛巳歳暮
31 木をも震ふばかりぞ年の市の声　仝
○宇橋編『茗荷』に発句一句入集。
32 人中へ山の出てあるはる辺かな　孤月

文政六年（一八二三）癸未　三十五歳

○『桃家春帖』に発句三句入集。
　　文政六癸未載旦
　　隠遁の身となりければ
33 木に競べ草にくらべてきそはじめ　太白堂孤月
　　春興
34 江に添ふて春に成けり山の形　孤月
　　壬午
35 松売や我見ても十八九年　仝
◎「太白堂孤月評月次混題句合五点以上　癸未」に発句八句入集。催主は桃渓・文石。六月以後（39〜43）の催主は文石。
36 てふてふのものすごくなる夏野哉　判者　孤月（四月分）
37 きのふより又日の長しせみの声　判者　孤月（五月分）
38 すゞしさや石の雫の樹にも垂る　判者　孤月（六月分）
　　催主は文石
39 啼て蚊の来たり柚味噌の蓋のうへ　判者　孤月（六月分）
40 一日のかたすミに咲くむくげかな　判者　孤月（八月分）
41 谷越して影あり種を拾ふ人　判者　孤月（九月分）
42 寒かりし宿や麓へ出ても見え　判者　孤月（十月分）
43 ゆきの宿往来をなにと見て居るか　判者　孤月（十一月分）

文政七年（一八二四）甲申　三十六歳

○『桃家春帖』に発句三句入集。
　　載旦
44 たゝかれず明たる門や華の春　太白堂孤月
　　春興
45 道中の大工道具や梅の花　孤月
　　癸未歳暮
46 すゝはきは日高に済ミぬ蚊の遊ぶ　仝
○『花陰稿』（十五丁）に発句一句入集。
47 ひとつひとつ身をうつばかり散桜　孤月
◎「太白堂孤月評月次混題句合五点以上　甲申」に発句四句入集。催主は文石。
48 草木より人に近しや春の月　判者　孤月（三月分）
49 江の雲が着せて帰るや単物　判者　孤月（五月分）
50 宵の□家にハ杖をまたせける　判者　孤月（六月分）

51 はつ鳫の落す雲なくミゆるなり　　判者 孤月（八月分）

八月九日に没した崋山の父の霊前に孤月は追悼句を手向けた。

52 きのふよりけふのしたはし露の萩

文政八年（一八二五）乙酉　三十七歳

○春『花陰稿』（十七丁）に発句一句入集。見返しに「登並画」と署名する。

53 心身に戻らす花の日ハ立てと　　孤月

文政九年（一八二六）丙戌　三十八歳

○『桃家春帖』に発句三句入集。

載旦

54 魚ハ岸へ鳥は梢に今朝の春　　太白堂孤月

春興

55 降雨に移りてミゆる柳哉　　孤月

乙酉歳暮

56 日はいりぬ大晦日の人の中　　仝

文政十年（一八二七）丁亥　三十九歳

文政十一年（一八二八）戊子　四十歳

○『桃家春帖』に発句三句入集。

載旦

57 初東風や何所も武蔵は平なる　　太白堂孤月

春興

58 はな紙の角が折れるや梅花　　孤月

丁亥歳暮

59 張もせで古くして置暦哉　　仝

正月、太白堂孤月門の番付「発句相撲立」

○秋『月下稿』（十五丁　崋山画）に発句一句入集。

60 后の月有一輪と成にけり　　孤月

文政十二年（一八二九）己丑　四十一歳

◎七月「四季句合」興行のちらしに、行司は東「太白堂孤月、夜雨亭孤松、桃長堂絲盛」西「寶雪庵蘭山、弥生庵草宇、宝莚齋草月」差添「宝實庵赤山、青山ノ葦路」勧進元「大観亭玄鶴、北堂左明」末尾に「句員凡五千余章」、大関、関脇、小結、前頭などに分類した俳号を記す。

天保元年（一八三〇）庚寅　四十二歳

○『桃家春帖』に発句三句入集。

載旦

年と地の暖かなるにや圃の菊の花色のまゝ残たれば

61 いざ汲んあさぢハきくの若水と　　太白堂孤月

春興

62 日の遅く烏の通ふ小嶋かな　　孤月

己丑歳暮

63 かぞへ日を下手に漕るゝ渡哉　　仝

○春『花陰稿』（十七丁）に発句一句入集。

64 花見とや生てゐる身を持て来て　　孤月

六月十七日付華陰（孤月）宛崋山書翰

華陰兄

拝復

拝読、愈御安和之由奉慰候。然バ拙筆一揮仕候ニ付、為潤筆松魚鋪一壺酒被為懸御心頭、尚奉多謝候。且御丁寧被仰下痛心仕候。先様宜御頼可被下候。何れ御来臨のよし、其時御謝可申候。頓首

六月十七日

まつりやら、主人出立やらにて甚多冗、何卒これらかたづき、御はなし待入候。たちハ十九日也。

書翰の内容は、孤月から絵の執筆料として贈られた鰹と酒に対する礼状である。

七月二十八日付華陰（孤月）宛崋山書翰

華陰様　　登

拝読、昨日上堂之後他へ罷出居候。弟不礼（例）之処、病死致候旨申来、依只今より右治葬に取掛次第に存候。此段為御意申上候。頓首

七月二十八日

崋山の弟の定意の死が熊谷より知らされ、葬儀の準備にかかることを孤月に知らせた。

◎文政十三年八月分「豊嶋天満社月次奉燈」太白堂孤月評

天保二年（一八三一）辛卯　四十三歳

○『春帖』（星霜庵畔鳥編）に発句一句入集。

65 又折ると思ふて退く鶫梅の鳥　　孤月

三月二十八日、渡辺崋山は孤月のために絵を描く。『全楽堂日録』に「午後為太白写四紙又画帖」と記す。

五月十二日「為太白堂画屏」同十五日「為太白堂画六折屏」同十七日「太白堂来托屏画」と記す。

九月二十日、渡辺崋山は相模へ旅立つに際して孤月を訪ねる。『游相日記』に「訪太白堂主人長谷川氏」と記す。また旅の途中で、孤月の門人の琴松や兎来を訪ねる。

崋山『毛武游記』に「太白堂を訪ひ、毛武諸人への手簡を乞ひ、これを道引とし行んとするなり」と記す。

天保三年（一八三二）壬辰　四十四歳

○『桃家春帖』に発句三句入集。

載旦

66 居直れバ柴のとぼその春ハ来ぬ　太白堂孤月

春興

67 西北の野の吹つけやうめの花　孤月

辛卯歳暮

68 年しばし忘れによらん柳陰　仝

○『華陰稿』（十五丁）に発句一句入集。

69 綻をよせて出立はな見哉　孤月

○孤中編『俳諧返事ついで集』に孤月は発句二十一句、歌仙二巻に一座する。孤中は水戸の武士で、故郷の親戚に求められて編集したものを元にして出版した旨を孤月の序に記す。奥付に「天保三歳次壬辰七月廿八日　選者六世太白堂門人太向斎孤中」と記す。

返事ついで序

稲早氏孤中ハ水府に生れ東都に住めり。士官の人なり。退食のいとま花鳥に情を労する事年あり。古さとのうがらやからの便あつて都のミやびを聞かせよとあればとて厨子のも棚のもえらび出しつゝ一とぢとし贈りけるとぞ。されど其労の徒にならむことをうれひ、なほわれひとが近き吟を加へ返事序となづけ、おのれにこれをたゞさんことを乞ふ。此集や名匠の発句ども打まじれば、かの楽天が老嫗の耳たのめるたぐひにしもあるべし。

天保三年夏月　太白堂孤月

70 かさだかや起行音を初からす　孤月

71 初花とミれバ折られて梅ありぬ　孤月

72 酒かけてのばし過すな春の艸　孤月

73 帰らぬ子ありてや蜂の人を追　孤月

74 花に行額にふるや明の星　孤月

75 人の折さくら身骨に響きける　仝

76 親里や覆盆子にそみし紙草履　孤月

77 その下ハ千尋の谷ぞかたつぶり　孤月

78 夕顔の棚に残るや家の形　孤月

79 大いなるものなり露ハ地の限り　孤月

80 一日のかたすミにさく木槿哉　孤月

81 出てミれバそれだけ先よ荻の声　孤月

82 柴一把丸で買たる月見哉　孤月

83 空あれて道ばたになく鶉哉　孤月

84 栄螺より蓋のとりよき柚味噌かな　孤月

85 朝寒の隣や御嶽をがむ声　孤月

86 草の戸をかきりに来か初時雨　孤月

87　生れ居てけさも帰るやあじろ守　孤月
88　衞聞てしられよ菰のあたゝかみ　仝
89　青空のそつくりあるや冬至の夜　孤月
90　算へ日を下手に漕るゝわたしかな　孤月
歌仙1「91　梅ばかり日のあたる木と思ひけり　孤月」以下、孤中・峨丈・山峰・白甫・兎明・有図・呉石・一志・其盛・芳水・宇月・蓬影・半流・執筆一座。
歌仙2「桐の葉をかゝへて鳴や秋の蟬　白甫」以下、静江・孤月・孤中・有図・其盛・峨丈・呉石・風雪・兎明・芳水・桃秀・古笠・蓬影・一志・曙雪・丸人・鷺船一座。

天保四年（一八三三）癸巳　四十五歳

○『桃家春帖』に発句三句入集。

載旦
92　年々や試ミぬうち筆を取　太白堂孤月

春興
93　鶯の出てゆく方や鶏も啼　孤月

壬辰歳暮
94　人に夜のかたよる年の街かな　仝

天保五年（一八三四）甲午　四十六歳

○『桃家春帖』に発句三句入集。

載旦
95　初春の空ハ青きにかくれけり　太白堂孤月

春興
96　若草を見ぬふりするや峯の雪　孤月

癸巳歳暮
97　草の戸の年ハゆるりと行て来よ　仝

▽「金漣舎一瀬歳旦　崋山画亀戸の初卯参り図」
どつちらがはやうしらむぞ月と梅　金漣舎一瀬
誰がかいた絵をくらべても春の山

甲午春正朔卯
98　雲を出て来て地にまがる柳かな　太白堂

▽「花明斎夜舟歳旦　崋山画梅花・海老図」
吹ならふ春風見ゆる汀かな　花明斎夜舟

午首春
99　梅さかで日の出る日はなくなりぬ　孤月

▽「富樹亭麗遊歳旦　崋山画竹下駄図」
出て見れば春の三日月木がくれぬ　富樹亭麗遊

甲午春
100　海山の香をふりわけぬかすむ袖　太白堂

天保六年（一八三五）乙未　四十七歳

○『桃家春帖』に発句三句入集。

　載旦

101 門松や有と知られぬ儲にも　　太白堂孤月

　春興

102 四五輪が骨の折れるか梅花　　孤月

　甲午歳暮

103 鶏の碁石を鳴らす師走哉　　仝

▽「太寛舎鷺栖歳旦　崋山画根曳松図」

其色の物にうつらぬ柳かな

水とくとく長閑がりてや澄に来　　太寛舎鷺栖

104 入物に駕をして行霞哉　　太白堂孤月

　未春

▽「源泉亭鷺睡歳旦　崋山画香包図」

ちぎれては霞になりぬ山の雲　　源泉亭鷺睡

笹垣や鶯鳴に暮てよる　　鷺栖

105 残る柴かふて舟借る梅見哉　　孤月

　乙未春

天保七年（一八三六）丙申　　四十八歳

○『桃家春帖』に発句三句入集。

　載旦

106 是ほどの春よ今朝迄何所に居し　　太白堂孤月

　春興

107 鶯の出来や一声一声に　　孤月

　乙未歳暮

108 なま柴と見せで売行師走哉　　仝

○惟草編『俳諧人名録』に「太白堂孤月」発句五句入集。

109 散る色の障子をとほす椿哉

110 出てよほど過矢影あり夏の月

111 さミだれは晴間もあれど秋の雨

112 時雨ぬ日なくてしぐれはまれに来ぬ

113 落て来る音さへ聞ゆ夏の雨

◎「武蔵国二宮大明神永代奉額四季混題」ちらしに「雪中菴對山　太白堂孤月評」、催主は「田蛙舎古宮」と「翫月菴暗牛」と記す。

天保八年（一八三七）丁酉　　四十九歳

○『桃家春帖』に発句三句入集。

　載旦

114 四五本の竹やつくゐの初日影　　太白堂孤月

　春興

115 散色の障子をとほす椿哉　　孤月

丙申歳暮

116 年の市出ぬけてしばし詠めけり　仝

この『桃家春帖』に崋山は回顧して、孤月の一門が盛んであり『桃家春帖』に二十有余年間、絵を描いたと記す。

太白堂之主人従桃隣子至孤月君凡六世其門戸之盛莫於君矣。而予画此帖者已二十有余年前後亦無聞。然則桃也崋也所以煥赤于世也。崋山拝史

▽「太甫堂松衣歳旦　崋山画茶托・貝合図」

元日や見ぬふりしたる人のくせ　太甫堂松衣

117 蛤をよけよけあるく春辺かな　太白堂孤月

丁酉春月

◎「団子坂紫泉亭稲荷奉燈相撲句合」雪中庵対山・太白堂孤月他評（天保八年正月二月、以下毎年二月初午に興行）

○『華陰稿』に発句一句入集。

118 きのふにも似て似ず花ハ匂さへ　孤月

天保九年（一八三八）戊戌　五十歳

○『桃家春帖』に発句三句入集。

載旦

119 麦畑を出て居鴈やはつ霞　太白堂孤月

春興

120 莟にも盛のあるぞ梅花　孤月

丁酉歳暮

121 華さかぬ日とてハないが大晦日　仝

▽「歩月歳旦　崋山画節季候図」に発句一句。

てふ飛や折々川になるところ　阿彦

散にけりさくらに水のよどむほど　連志

鍋すゝのつく正月の小袖哉　月人

うめ折て落してゆくや小風呂敷　其隣

春の日のあたらぬ木々はなかりけり　翠雨

げに花の外にはかなのなかりけり　槐市

わか草の中にこぼれしとらふかな　八有

春長し小松のめぐるかくれざと　桃朝

ながき日や筵ひきするうらの中　露月

行春のうしろへまはる湖水哉　歩月

122 楳白し一木一木にいろありて　孤月

戌春

◎「太白堂孤月評月次混題句合五点以上　戊戌五月分」に発句一句入集。催主は桃余。

123 けふハ往ぬ翌ハ未だ来ず蚊帳の中　判者 孤月

◎八月「武州日野宿百観音奉額」に発句一句入集。太白堂評、

催主は一壽・貞月・笑艸。

124 むしに心いくつに分て聞取ん　判者 孤月

戊戌仲秋上梓

天保十年（一八三九）己亥　五十一歳

○『桃家春帖』に発句三句入集。

載旦

125 御降ハ晴るも朝の間かな　太白堂孤月

春興

126 横雲の引にもなびく柳哉　孤月

戊戌歳暮

127 ふり出して盛になりぬ冬の市　仝

▽「玉花園尚古歳旦　崋山画遊女図」

128 むかし絵の松の間や春の海　孤月

鶯や人に聞せに来た様子　玉花園尚古

己亥春　崋山人

〈注〉玉花園尚古は、後の太白堂七世四夕である。

◎「太白堂孤月評月次混題句合五点以上　己亥十一月分」に発句一句入集。催主は桃余。

129 又葱をにるとおもふか壁の情　判者 孤月

天保十一年（一八四〇）庚子　五十二歳

○『桃家春帖』に発句三句入集。この年より弘化四年まで椿山が挿絵を描く。

載旦

130 蓬萊の片より見えぬ雨の音　太白堂孤月

春興

131 春の夜の隣迄来て泊りけり　孤月

己亥歳暮

132 けふハ年が暮るぞ隅田の渡守　仝

五月二十九日、椿椿山宛渡辺崋山書簡に、田原に蟄居していた崋山の手元に『桃家春帖』と摺物が届いたと認める。長年に渡り挿絵を描いた春帖を手にして感慨深かったであろう。摺物がどのような作品であるか不明である。

一、太白春帖並ニスリ物難有。

はじめありおはりありとはしりながら

けふこの帳をこゝに見んとは

スリ物はま弓の色ざし感心、ねづミよし、白鼠の眼紫ハ如何や、あるものカめづらし。

○秋『月下稿』（十一丁　柳峯画）に発句一句入集。

133 待宵を忘れ居わすれ居て明ぬ　孤月

▽「金漣舎一瀬歳旦　椿山画胡禄図」

人遠く来る日を春む柳かな

客つれてのぼる日もありはるの山　金漣舎一瀬

134 降かためふきかためる欸梅花　孤月

庚子のはる董斎書

▽「大岡堂柳松歳旦　椿山画風炉図」

鞘はづす筆のさきなり春の山　大岡堂柳松

135 梅さいた音がするなり田の氷　孤月

庚子春造椿山人

◎孤月評と桐園（一七七一～一八四三　詠帰　萩原五郎三郎）評『冬ざらし』刊（推定）。孤月評の発句は三十四句、桐園評の発句は一百二句あり、世話人は桃余・無底・泰雲、催主は梅笠である。孤月は発句一句入集する。本書「Ⅱ―第七章―二―2　月次句合」参照。

136 しぐれぬ日なくて時雨ハまれに来ぬ　太白堂孤月

◎「太白堂孤月評月次混題句合五点以上　庚子」に発句十句入集。催主は桃余。

137 鶯や木のゆれやうもきのふとハ　判者　孤月（二月分）

138 三月に見て死たいといふた皃　判者　孤月（三月分）

139 雲が皆跡に成らうぞ時鳥　判者　孤月（四月分）

140 早苗から影身に添ふか蜻蛉飛　判者　孤月（五月分）

141 土用芽を休ミてハする庭木哉　判者　孤月（六月分）

142 行灯のきえぬ迄吹小萩哉　判者　孤月（七月分）

143 秋ハ何のかのとて闇のなかりけり　判者　孤月（八月分）

144 有明の近所の山に来ていりぬ　判者　孤月（九月分）

145 もるほどのかへ間もなくて時雨の日　判者　孤月（十月分）

146 炭残し遣りぬ有切買うた内　判者　孤月（十一月分）

◎「年籠春混題句合」に発句一句入集。

147 春の夜の隣迄来て泊りけり　判者　孤月

◎「亀戸天満宮奉額四季混題角力句合　立評秀逸額上」に発句一句入集。催主は茬連一瀬。

148 三度目も莟がちなる梅見かな　判者　孤月

◎「七種扱冬春混題三句合」に発句一句入集。

149 三度目も莟がちなる梅見哉　判者　孤月

◎「四季混題二句吐」に発句一句入集。

150 早苗から影身に添ふか蜻蛉飛　判者　孤月（五月上木）

◎「駿州富士高村源太夫神前永代額面」に発句一句入集。

151 木のくせの木へうつり行残暑哉　判者　孤月

◎「四季乱題句合」に発句一句入集。催主は千夢。

152 立捨て秋のちかさよ沖のさゝ　判者　孤月

◎「八評四季交題句合」に発句一句入集。

153 鶯に道かへさすな冬がまへ　判者 孤月

天保十二年（一八四一）辛丑　五十三歳

○『桃家春帖』に発句三句入集。

載旦

154 元日のそら元日になく思ふ　太白堂孤月

春興

155 春の雪折々白く成にけり　孤月

庚子歳暮

156 されバこそおほきな日也大晦日　仝

○梅枝軒・春秋楼編『鮫洲集』に発句一句入集。

157 行ならむ雁の足跡深くなる　太白堂孤月

▽「金漣舎一瀬歳旦」椿山画羽子板図」

わらふ気で波もよせるや春の海

はるの山高し一朝々々に　金漣舎一瀬

158 春の海何所まで鳥の脛丈に　孤月

辛丑春

▽「大岡堂柳松丑歳旦」椿山画漁網図」

人の気につれて并ぶや春の山　大岡堂柳松

159 はるの海何所迄鳥の脛丈に　孤月

丑春

◎「太白堂孤月評月次混題句合五点以上　辛丑二月分」催主は桃余。

〈注〉一句あるも折り目に重なり句の判読が困難。

判者 孤月

◎「平川天満宮奉額句合」に発句一句入集。太白堂評、催主は里川・柴立・笠人・簾子・柳鳥。

160 二日降れバもうさミだれといはるゝよ　判者 孤月

丑の夏

◎「水天宮奉納額面」に発句一句入集。太白堂評、催主は桃野。

161 帆といふ帆へ入たる浦やほとゝぎす　判者 孤月

◎「四季交題句合各秀逸之部」に発句一句入集。太白堂評、催主は秀和。

162 埋火をくぼめぬ中の人のこゑ　判者 孤月

天保十三年（一八四二）壬寅　五十四歳

○『桃家春帖』に発句三句入集。

載旦

163 老ハ貰ふ年だまらしくなき物を　太白堂孤月

春興

164 こぼれしハ垣根に戻す薺哉　孤月

辛丑歳暮

165 たゝかれる心地してきぬ餅の音　仝

天保十四年（一八四三）癸卯　五十五歳

○『桃家春帖』に発句三句入集。

歳旦

窓ハ遠くもあをうミを眺ミ、庭狭けれバ年つむ苔緑なり。その色の正とハ聞とも此元日のそらすぐれて蒼々たれバ、あが親里なる青山てふ谷も思ひ寄られ、老の身に余る春に逢て

166 谷水のさまさぬ初生湯こゝろ哉　太白堂孤月

春興

167 見えて来ぬほどをいつ見ん若緑　孤月

壬寅歳暮

168 夽売や見掛た事もない親志　仝

弘化元年（一八四四）甲辰　五十六歳

○『桃家春帖』に発句三句入集。

歳旦

169 初東風や鳥の胸毛をひとつづゝ　太白堂孤月

春興

170 降物を仕ふて降や春の雪　孤月

癸卯歳暮

171 山里や昼□こしつ年の行　仝

弘化二年（一八四五）乙巳　五十七歳

○『桃家春帖』に発句三句入集。

歳旦

172 初霞夜はそのゝちに明にけり　太白堂孤月

春興

173 田一枚水しミ出すや梅花　孤月

甲辰歳暮

174 大晦日よりいふてゐて大卅日　仝

弘化三年（一八四六）丙午　五十八歳

○『桃家春帖』に発句三句入集。

歳旦

175 初東風や庭木の老をなでる迄　太白堂孤月

春興

176 よこくもを取て置てや春の雲　孤月

乙巳歳暮

177 音ふたつなし三臼程つく餅も　仝

◎「赤坂一ツ木町不動尊奉灯」に発句一句入集。太白堂評、企は古遊・一鼠・都石。

178 木瓜咲や笠居敷程へだちてハ　判者　孤月

弘化四年（一八四七）丁未　五十九歳

○『桃家春帖』に発句三句入集。

載旦

179 初鶏や万の国のあはす祥　太白堂孤月

春興

180 結目迄を垣際付て春の雨　孤月

丙午歳暮

181 未だ煤の有中へ出す机哉　仝

○『華陰稿』（十五丁）に発句一句入集。

182 散花や四五足ついて行てミる　孤月

◎三月「武小山田準提観世音奉額句合　各秀逸之部」に発句一句入集。太白堂評、催主は翠柳・翠藤・翠松。

183 雪消る幹のけむりやめざましき　判者 孤月

春色脳心不得眠

夜ハ人の魂花を見歩行か　文巡

未三月上梓

嘉永元年（一八四八）戊申　六十歳

○『桃家春帖』に発句三句入集。万延元年まで崋山の次男の小崋が挿絵を描く。

載旦

184 やうやうと来たゞけ有て今日の春　太白堂孤月

春興

185 鶯の道ハうぐひす通る也　孤月

丁未歳暮

186 年の日の伸たか苔の塵早き　仝

嘉永二年（一八四九）己酉　六十一歳

○『桃家春帖』に発句三句入集。

載旦

187 はつそらや出来た日を今もて来ても　太白堂孤月

春興

188 明る夜を一枝おくる柳哉　孤月

戊申歳暮

189 臼はづむ餅見ゆ垣のすりはらひ　仝

嘉永三年（一八五〇）庚戌　六十二歳

○『桃家春帖』に発句三句入集。

載旦

190 雨漏にたる輪飾の青ミかな　太白堂孤月

春興

191 うらゝかや魚とあひ間に遊ぶ岸　孤月

己酉歳暮

還暦も過行なれバ

192　いとゞ愚にかへりて年の惜まるゝ　仝

◎「太白堂孤月評月次混題句合五点以上　庚戌」に発句五句入集。催主は桃二。

193　鳥影を順におぼえて今朝の秋　評者　孤月（七月分）

194　心にハ一日休めて落し水　評者　孤月（八月分）

195　足るほどや鳥のもて来ておく木の実　評者　孤月（九月分）

196　冬の日の御近しくして下されぬ　評者　孤月（十月分）

197　づつふりとしづミて寐たり客布団　評者　孤月（十一月分）

嘉永四年（一八五一）辛亥　六十三歳

○『桃家春帖』に発句三句入集。

載旦

198　立空に立たのなれと初霞　太白堂孤月

春興

199　梅に花なき日指折ばかりかな　孤月

庚戌歳暮

200　鳥の觜拭ふ音あり年の奥　仝

▽「青梅扇松垣守風春興　椿山画富士山図」

春興

方違へなどして出るむづかしさ日をも撰まで咲し花見に　青梅扇松垣守風

西行はいかゞ見るらん朧月　仝

201　春の雪地に付き音を聞かせけり　孤月

辛亥春

嘉永五年（一八五二）壬子　六十四歳

○『桃家春帖』に発句三句入集。

載旦

202　乳に足るかかうて有たよ雑煮腹　太白堂孤月

春興

203　莟ミたを一先梅の揃へけり　孤月

辛亥歳暮

204　年暮ぬ寐伸寐伸の楽しさに　仝

嘉永六年（一八五三）癸丑　六十五歳

○『桃家春帖』に発句三句入集。

載旦

205　別に来てもらはないでも今朝の春　太白堂孤月

春興

206　梅おそし一日丈ハ見せ見せも　孤月

壬子歳暮

207 戸のあとを立て月ミる師走哉　仝

安政元年（一八五四）甲寅　六十六歳

○『桃家春帖』に発句三句入集。

載旦

208 初鶏の一年中に聞えけり　太白堂孤月

春興

209 流れゆく影さす水のぬるミかな　孤月

癸丑歳暮

210 今朝からのうへにもあるや大晦日　仝

安政二年（一八五五）乙卯　六十七歳

○『桃家春帖』に発句三句入集。

載旦

松根によりて腰をなづれバ
千年のミどり手にミつるとや

211 生過ん門々夽になでらるゝ　太白堂孤月

春興

212 白魚のとらぬハ水にもどるべし　孤月

甲寅歳暮

213 ゆく年も片山さとの日永哉　仝

○『月下稿』に発句一句入集。

214 帰るなら一くべ焚かん月の客　孤月

安政三年（一八五六）丙辰　六十八歳

○『桃家春帖』に発句三句入集。

載旦

215 かち栗のくだけもひとつつがひかな　太白堂孤月

春興

216 遠くして遠くして見る柳哉　孤月

乙卯歳暮

217 大年や待たる人も来てしまひ　仝

○『華陰稿』に発句一句入集。

218 木の透た方に落つく花見哉　孤月

安政四年（一八五七）丁巳　六十九歳

○『桃家春帖』に発句三句入集。

載旦

219 朔日も初めてながら今朝のそら　太白堂孤月

春興

220 片舞の氷の形や鳥並ぶ　孤月

丙辰歳暮

221 つまるのかしるゝ夜のあり年の暮　仝

安政五年（一八五八）戊午　七十歳

○『桃家春帖』に発句三句入集。

　載旦

222 有のミの門にも松は二本哉　太白堂孤月

　春興

223 久うてあまだり聞や春の宵　孤月

　丁巳歳暮

224 人丈ハよけてさしたき柊哉　仝

安政六年（一八五九）己未　七十一歳

○『桃家春帖』に発句三句入集。

　載旦

225 其中の中に又あり小殿原　太白堂孤月

　春興

226 撫て来ん鶯初音したる枝　孤月

　戊午歳暮

227 来ぬ春の見えたる形ぞ雲に鳥　仝

三月、東高野山長命寺に「父母のしきりにこひし雉の声　芭蕉　太白堂孤月書」句碑を建立した。

◎「太白堂孤月評月次混題句合五点以上　己未」に発句五句入集。催主は桃二。

228 水下もまたかて過ん種ひたす　評者　孤月（二月分）

229 鳥巣を持しか今朝ハ待て鳴　評者　孤月（三月分）

230 一年の四月は人の四十哉　評者　孤月（四月分）

231 入たのも知れぬくらゐや夏の月　評者　孤月（五月分）

232 生りし香のたしかや花の中の瓜　評者　孤月（六月分）

◎「太白堂定会抜萃」に発句五句入集。

233 木ばかりの時から待てうめの花　孤月（二月）

234 春風に今日行丈も海辺哉　孤月（三月）

235 聞夢を見た夢見ても子規　孤月（四月）

236 木の中へわざわざ行てことし竹　孤月（五月）

237 夕蟬の鳴さましけりせミの声　孤月（六月）

◎「別会花鳥月次句合六点以上」に発句五句入集。

238 鶯の道や木ごミに見て通る　評者　孤月（二月分）

239 おそろしきこぶを出て来て藤の花　評者　孤月（三月分）

240 聞夢を見た夢見てもほとゝぎす　評者　孤月（四月分）

241 蚤のあと汀の魚を馴させぬ　判者　孤月（五月分）

242 くひなきく客や一人の夜の馳走　評者　孤月（六月分）

◎「別会月次句合」に発句三句入集。

243 飛跡の木のゆすふれや枝蛙　判者　孤月（未四月）

244 蚤のあと汀の魚を馴させぬ　評者　孤月（五月分）

245 蝶かろし石も暑さにくだくるに　評者　孤月（六月分）

万延元年（一八六〇）庚申　七十二歳

○『桃家春帖』に発句三句入集。

載旦

246　何所へも先に来にけり今朝の春　太白堂孤月

春興

247　さうかとて痩た枝なき柳哉　孤月

己未

248　おそく入気に日ハ見えて大晦日　仝

文久元年（一八六一）辛酉　七十三歳

○『桃家春帖』に発句三句入集。この年から以後、挿絵は見あたらない。

載旦

249　蓬莱や飾りてひとつ向いて置　太白堂孤月

春興

250　根を鳥の踏もたのしきさし木哉　孤月

庚申

251　餅つきの田にして行し戸口かな　仝

文久二年（一八六二）壬戌　七十四歳

○『桃家春帖』巻頭句

載旦

252　わさとても立ねハ夽の光哉　太白堂孤月

文久三年（一八六三）癸亥　七十五歳

◎（前半欠）「月次句合」に発句一句入集。判者、金陵・孤月。

さながらに明るい空を天川　判者 金陵

253　濡色もさらに頼まぬ桔梗哉　孤月

文久三癸亥秋

元治元年（一八六四）甲子　七十六歳

○『桃家春帖』に発句三句入集。

載旦

254　初東風の前迄は来て行木哉　太白堂孤月

春興

255　人あしを好くはうてある柳哉　孤月

癸亥歳暮

256　春近し鳥ゆすつるゝ岸の杭　仝

○『華陰稿』に発句一句入集。

257　一なく散てもはなの薫哉　孤月

◎「太白堂評連月句合抜萃　甲子」に発句八句入集。催主は三玉。

258　投餅に人の駈ゆく柳哉　評者 孤月（三月分）

259　往来のよけよく成し卯月哉　評者 孤月（四月分）

260 蛍見や門に出て居てさそハるゝ　評者 孤月（五月分）
261 行けるだけ浅く清水のゆきにけり　評者 孤月（六月分）
262 夜半よりも夕のすごきかゝしかな　評者 孤月（七月分）
263 来てハ立人あり峯の月一夜　評者 孤月（八月分）
264 土べたの明るく返す時雨哉　判者 孤月（十月分）
265 土高うむぐらのあける冬至哉　評者 孤月（十一月分）

慶応元年（一八六五）乙丑　七十七歳

○『桃家春帖』に発句三句入集。催主は三玉。

　　載旦

266 初鶏やすゝめられての声ならず　太白堂孤月

　　春興

267 一輪の考へゐるや梅華　孤月

　　甲子歳暮

268 行年の人にも逢ぬ山路哉　仝

◎「太白堂定会抜萃」に発句一句入集。

269 遠き谷出鶯の遠音哉　孤月

◎「太白堂評連月句合抜萃　乙丑」に発句十句入集。催主は三玉。

270 春風や見れバ家にも人のゐる　判者 孤月（三月分）
271 待ぬ物ひとつなく見ゆ子規　評者 孤月（四月分）
272 もらはれてしまふてハ竹植にけり　評者 孤月（五月分）
273 ひとつ事して居てひとり居て涼し　評者 孤月（閏五月分）
274 心にも見てや過□ん田艸とり　評者 孤月（六月分）
275 寐支度ハ萩をおし出すばかりかな　評者 孤月（七月分）
276 花に葉の埃きはだつ木槿哉　評者 孤月（八月分）
277 下る間に足元くらき紅葉哉　評者 孤月（九月分）
278 近頃や脊か知てから冬の来　評者 孤月（十月分）
279 人下りて暮ると知りぬ谷の雪　評者 孤月（十一月分）

◎「改号改名披露句合　催主故鳳」に発句一句入集。

280 古道やくらくないほど月のさす　判者 孤月

慶応二年（一八六六）丙寅　七十八歳

○『桃家春帖』に発句三句入集。

281 一筆は氷りもあへず初硯　太白堂孤月
282 有ほどが皆みなもとや春の水　仝
283 見て置た花も未あり大晦日　仝

◎「太白堂評連月句合抜萃　丙寅」に発句九句入集。催主は三玉。

284 傘に空の色透く二月哉　評者 孤月（二月分）
285 杖出して置て来た日の霞哉　評者 孤月（三月分）
286 明く川へ川へ来かゝる四月哉　評者 孤月（四月分）

287 がを折た事してゐるよ蝿の足　評者 孤月（五月分）
288 隠れ居れバ暑さもかまひつけぬ也　評者 孤月（六月分）
289 止らずに蝶の行葉やけさの秋　評者 孤月（七月分）
290 こほろぎのはひかた音や硯箱　評者 孤月（八月分）
291 峯遠く来て人に逢月夜哉　評者 孤月（九月分）
292 一□□□とにせてたつ衞哉　評者 孤月（十月分）

慶応三年（一八六七）丁卯　七十九歳

○『桃家春帖』に発句三句入集。

載旦

293 拝ミたるあひだの知るゝ初日哉　太白堂孤月

春興

294 木裏からてつかりとして春の雨　仝

丙寅歳暮

295 川へだちても見ゆもちの釜の爐　仝

明治元年（一八六八）戊辰　八十歳

○『桃家春帖』に発句三句入集。

慶応四戊辰年載旦

296 初々し八十逢た春ですら　太白堂孤月

春興

297 うぐひすや留守にも来たる跡のある　仝

丁卯歳暮

298 済際に出て来て見ても年の市　仝

明治二年（一八六九）己巳　八十一歳

明治三年（一八七〇）庚午　八十二歳

雉髪後、太白堂別家五世桃翁と改号する。

○『桃家春帖』巻頭に発句三句入集。

明治三庚午年　載旦

299 戸とそらを一しよに明て今朝の春　太白堂更桃翁

春興　八十二齢 孤月

300 梅が香のじきする木綿着物哉　仝

己巳　歳暮

301 池の魚うかせておくやすゝのあと　仝

己何のまねびも満ざるに二たび七世の嗣号せしハ木もて竹に接し諺に似たれバ

蓋取てしバらく置やはつすゞり　玉花園尚古更

太白堂　四夕

※四夕が太白堂七世を嗣号する。

明治四年（一八七一）辛未　八十三歳

302 大きさよ人を餌になく蚊のこゝろ　八十三齢孤月

※八月、四夕没。六十一歳。四谷安禅寺に葬られる。
十月「南街堂文巡七回忌」他のちらしが刷られる。

四季乱題三句吐
桃翁孤月宗匠撰　天上傘一本　地湯呑十口　人半切二百
枚
番外十客先生直筆五明一本ツ、（以下
略）

明治五年（一八七二）壬申　八十四歳

303 冬がれや小一里先の川覗く　八十四齢　孤月
飛鳥山

「冬がれや」句は、孤月晩年の肖像画（掛軸）の上部に添付された短冊に記される。像容は丁髷を切った髪型の座像である。

七月十九日、孤月没す。享年は八十四歳。青山玉窓寺（東京都港区南青山二－七－八）に葬られる。墓碑に刻まれた文字を次に記す。碑面が地面に埋まって見えにくい所もあり、推測した文字に〔　〕を付した。

（正面）　六世太白堂
桃翁孤月墓
（裏）　明治五申初穐十九日

奇附　一列
五無菴萊居
枕流堂潄石　太温堂連
瓢齋　古麗
旭山舎五嶺　洞源窟毫
太丘堂桃玉　桃真舎練
松笠菴桃守
老月庭桃和　白堂桃〔雨〕
太嶺堂桃川
半艸舎燕石　桃栄舎郁
白圭堂舞石　八世太白堂呉仙
侃斉　慶月
桃水舎其扇

成立年未詳

〈短冊〉

304 はつ月や腰掛て来両どなり　孤月

305 素がへりの有のもたのしきのこがり　孤月

306 亡きと読泪や文にこぼる音　孤月

307 明る夜に霜一枚の野山哉　孤月

308 鶯の力からして聞えけり　孤月

先紫峯菴慈明忌

309 水無月の力や香をひねるのミ　孤月

310 三朝とハ菜にさへ飽けどわかめ汁　孤月

311 食積を向けぬわすれた人のかた　孤月

312 うぐひすのミへず啼なり二三日　孤月

〈掛軸〉

雪

313 初深雪草木のこらず見ごとなり　孤月

（『泊船寺縁起　俳聖芭蕉翁』に「広重の肉筆画、雪月花　三幅の軸に、雪　初深雪草木のこらず見ごとなり　孤月　［太白堂］広重百年祭の時に嬉しく見ることをえた」と記す）

〈句碑〉

314 玉川やかすミの先に又見ゆる　太白堂孤月

〈月次句合〉

◎「自亭稲荷社二午奉春季混題三句合」に発句一句入集。太白堂評・卓朗居評・喬木庵評。

315 白魚の取らぬハ水にもどるべし　判者 孤月

卯二月上木

◎「豊嶋天満社月次奉燈　太白堂評六点以上」に発句一句入集。催主は仕候・鶏時。

316 出て見れば夫だけさきよ荻の声　判者 孤月

寅ノ八月分

◎「小石川傳通院大黒天永代奉額春混題三句合」に発句一句入集。太白堂判・萊月居湖石判、企は萊志、付評は明丈・桃趣・里川。

317 三朝とハ菜にさへ飽けど和布汁　判者 孤月

◎「太白堂撰　各秀逸之部　天真堂撰・太慶堂撰・松山宇代寿鳳園評」に発句一句入集。后見、喜代志・青柳。企、萬造・青柳。花評、蕉扇・仙寿。評者、孤月・金陵。

318 何所へなどのせぬかとしの行筏　評者 孤月

◎「萊山亭湖水追福幷武本町田久住山祖師堂永代奉額句合」太白堂評・天真堂評（後半欠）

◎「太白堂評」に発句一句入集。催主は青峨・黒峨（文政期か）。

319 海士が芥子皆垣こしに散にけり　判者 孤月

◎「平河天満宮奉納額月次句合　丑正月分」に発句一句入集。

320 是ほどにせかれるものを梅の花　判者 孤月

◎「阿喜富遊乱題三句合　企華川連中」に発句二句入集。

321 華配り最うしてありぬ冬の梅　判者一号無物

322 莟ミたを一ト先梅の揃ひけり　孤月

〈その他〉

323 安日ハないのがたのし蕗のたう　孤月

324 春の海何処まで鳥の脛丈に　孤月

（『俳句講座　一巻』改造社　昭和八年）

325 栄螺よりふたのとりよきゆみそかな　太白道人孤月

（相見香雨「崋山と太白堂」）

326 梅ばかり日のあたる木とおもひけり　太白堂

327 ほとゝぎす空青過る日なりけり　太白堂

328 毎日ハないのがたのし蕗のたう　孤月

第八章　明治時代以後の太白堂

一　七世四夕

〔文化八年（一八一一）～明治四年（一八七一）〕

高橋宗智は孤月の門人で、別号に芳水、桃三堂支石、玉花園尚古などがあり、明治三年に七世を嗣号する。幕府の家人という（大塚毅『明治大正俳句史年表大事典』世界文庫　昭和四十六年）。

天保六年（一八三五）『桃家春帖』に、

鶯や啼かれてミれば兒見たき　　桃三堂　芳水更　支石

天保九年（一八三八）『桃家春帖』に、

玉花園尚古は桃門の古号なるを旧年二世の主せよと附与せられたりけれバ

今年からことしの春と思はれぬ　　玉花園　支石更　尚古

とあるので、桃三堂芳水から支石、玉花園支石から玉花園尚古と改号した。

明治四年八月十二日に没す。享年六十一歳。四谷の安禅寺に葬られる。

月のある道々なれし十万堂　　四夕

二　八世呉仙

松平親孝は文政十年二月六日に麻布永坂の邸内に生まれ、領地のある上野国に育ち、旗本の父家に嫡子がなかったので家督を相続した（大塚毅『明治大正俳句史年表大事典』世界文庫　昭和四十六年）。孤月に入門し、初号桃鶏、別号に太寿堂桃修、田畑舎、桃三堂などがある。天保十四年（一八四三）『桃家春帖』に「江の魚も梅さく比がうれしいか　太寿堂桃鶏」句が初出し、弘化元年（一八四四）に「太寿堂桃修」と改号し、嘉永四年（一八五一）に、

　去年師より故ある名を附属せられ、玉花叟より八、から人が書ける額字をもそへて、桃三堂の号をおくられける悦に

　夕節や祝ふた上も祝ひたき　　太寿堂桃修更　桃三堂呉仙

と「桃三堂」号を与えられた悦びを詠んでいる（『桃家春帖』）。

明治七年四月に月の本為山を中心に著名宗匠が集まって設立した俳諧教林盟社に幹部として加わった。当時「四谷右京町九十六番地」（『皇国銘誉人名録』明治十年）に住む。

呉仙は「船製造場　袷着て見て来し舟の器械哉」（西谷富水編『俳諧開化集』明治十四年）と造船という新題を詠み文明開化の新時代に応じる一方、旧態の月次俳諧も続ける。『山の花』は桃水舎桃鬼、其角堂機一、寶の家月彦、香楠居ミき雄、花の本塵外、月の本素水、白斎桃仙、雪中庵梅年、太白堂呉仙の九名の判者が評をした月次俳諧であり、判者の末に「三年出る姿ぞ冬を眠る山　太白堂呉仙」を据え、巻末に「明治廿年十二月四日開莚　集句八千五百余章」と記す（岸野未到『俳諧系図と桃家』昭和五十八年）。

明治二十四年十月二十六日に没す。享年六十五歳。青山霊園に葬られる。墓は正面に「太白堂呉仙翁之墓」右に「通

称松平親孝」左に「明治二十四年十月二十六日」と刻まれる。

〔文政十年（一八二七）～明治二十四年（一八九一）〕

三　九世桃年

日比野正方は京都で数学の教師をしていたが、陸軍富山学校の数学の教官となり東京に居住することとなり、九世を継いだ。光明寺（台東区元浅草）にある初代の墓「桃翁墓」の台石を修繕するなど熱心に活動した。

明治二十五年四月二十六日に内務省から出版許可を受けて発刊した『桃葉集』は月刊誌で、番付が載り、門人が兼題について句を詠み、宗匠が点をつける月次俳諧の形式を踏襲する句集である。奇しくも明治二十五年は、正岡子規が俳句革新の第一声を新聞『日本』に掲載した年であり、翌年に子規は『獺祭書屋俳話』を刊行した。

明治三十二年六月に「芭蕉新聞」が創刊され、旧派宗匠の選者の一人に太白堂桃年が参加する。

明治四十三年『明治俳人名鑑』に九世の作品が記載される。

桃年　原町二丁目三十番地、日比野桃年、嘉永三年七月九日生、太白堂

　ふり上た時に聞えつ遠きぬた

踊にも男女別あり松か崎

取放す心の駒や望の月

秋風の吹尖らしぬ馬の耳

　朝寒や寐ては居れども起てゐる

大正四年八月三十一日に没す。享年六十六歳。多摩霊園に葬られる。

〔嘉永三年（一八五〇）～大正四年（一九一五）〕

四　十世桃月

日比野正之は九世の長男で、大正五年に十世を継いだ。十世は、日露戦争のときに陸軍中尉として任務につき、明治三十七年四月二十三日大阪を出港してから、翌年十二月十五日、神戸和田岬に凱旋するまで従軍日記をつづった。その折の従軍にまつわる句碑を靖国神社に建立した。

　　長男正之遼陽の激戦に陣没せりとの官報を得て

今日待ちて打散らしたる花火哉

　やがてその恙なきを知りて

砕けたと見たれば丸し水の月　　九世太白堂桃年

　大正癸亥八月末日　従五位日比野正之書〔太白堂〕

両句には時間的経過があり、職業軍人として従軍していた十世が遼陽で戦死したという一報が入り、それを聞いた父親が名誉なことだと「今日待ちて打散らしたる花火哉」句を詠んだ。しかし、その数カ月後に、戦死という知らせは誤報であることがわかり「砕けたと見たれば丸し水の月」句を詠んだという経緯があり、親の暖かさに感謝して建立したという。

昭和三年五月に初代の墓の改葬に立ち会い「光明寺て祖翁にあひぬ五月はれ」と詠み、昭和四年に富士山頂の浅間神社境内に大蛙を載せた句碑を建立、昭和十八年十月十二日に芭蕉の二百五十回忌を記念して深川の芭蕉記念館に石堂（庵を象る）を建立、昭和二十六年秋、明治神宮に句額を奉納し「何事も出直さんかな御代の秋」と巻頭の句を詠む（岸野未到『俳諧系図と桃家』昭和五十八年）など多彩な活動をして、太白堂の宗家として一門を率いた。句集に『匂ひ袋　第三集』（池袋桃林会　平成十六年）などがある。

昭和三十二年一月五日に没す。享年八十二歳。多摩霊園に葬られる。

事あらば箙にささん園の梅　　（陣場高原の句碑）

登山者のかぶり付たる清水哉　　（身延山別院の句碑）

国独立一門三千喜寿之秋　　（浅間神社の句碑）

外国の人も仰ぐや雪の不二

〔明治九年（一八七六）～昭和三十二年（一九五七）〕

五　十一世桃旭

日比野正久は十世の長男で、昭和三十二年二月に十一世を継いだ。公務のかたわら四十三年間、桃家の家元を守り、平成十二年六月二十四日に没す。享年八十九歳。多摩霊園に葬られる。

此の土に親子三代鍬はじめ

緑濃しうすしはるかに山幾重

秋の声座禅の肌に感じけり

すでに葉を散らし欅は空を掃く

（『十一世太白堂桃旭宗匠追善句集』）

〔明治四十四年（一九一一）～平成十二年（二〇〇〇）〕

六　十二世明月女

宮崎明子は十一世の妹で、平成十二年一月九日に十二世を襲号した。『桃葉集』は平成十四年一月号で第壹千壹百壹拾参号を数え、発刊百年記念号を刊行し、同年十一月に『十一世太白堂桃旭宗匠追善句集』を刊行する。句集『こゝろの糧』（平成十三年）。

伝統をうけつぐ重さ年新た
俳聖の句は永久にあり蛙鳴く
蕎麦の花一茶ゆかりの地を旅す
年の火の奥に潜みし過去の声

（『桃葉集』）
〔大正十一年（一九二二）〜〕

七　十三世篁村

吉沢伊三夫（いさお）は、平成二十年一月十三日に十二世より太白堂を継承した。

十三世六たび迎ふ初日の出

（『桃葉集』第壱千弐百七拾七号　平成二十六年一月号）
〔昭和五年（一九三〇）〜〕

明治時代以後は旧派に属し、芭蕉堂、句碑の建立などの芭蕉顕彰を熱心に行ってきた太白堂においては、月次の句会、機関誌『桃葉集』の発行、吟行、門下に免許状を授与するといった多彩な俳諧活動が行われている。

Ⅲ　八戸藩主南部畔李公

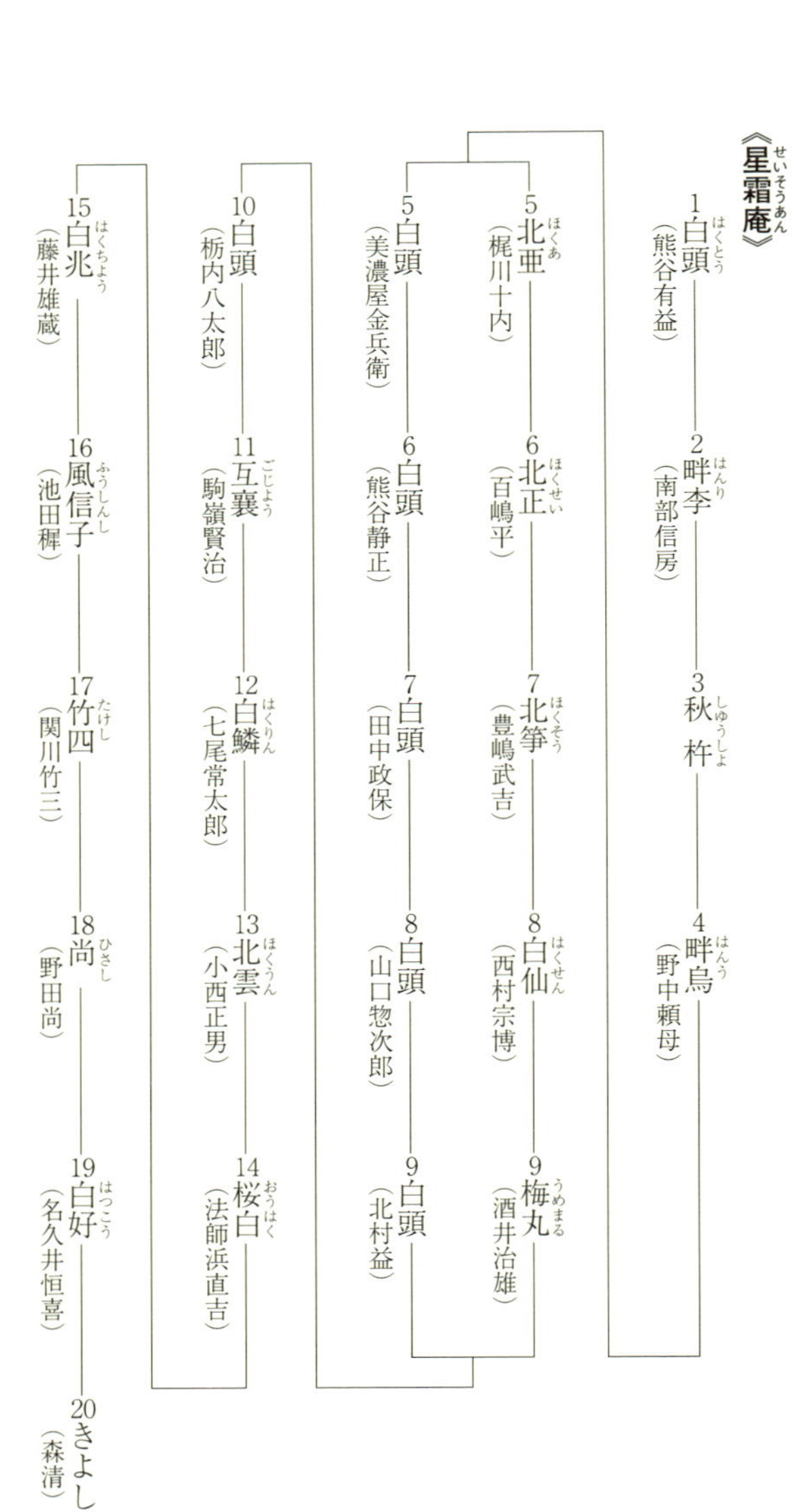
《星霜庵》
1 白頭（熊谷有益）
2 畔李（南部信房）
3 秋杵
4 畔烏（野中頼母）
5 北亜（梶川十内）
6 北正（百嶋平）
7 北箏（豊嶋武吉）
8 白仙（西村宗博）
9 梅丸（酒井治雄）
5 白頭（美濃屋金兵衛）
6 白頭（熊谷静正）
7 白頭（田中政保）
8 白頭（山口惣次郎）
9 白頭（北村益）
10 白頭（栃内八太郎）
11 互襄（駒嶺賢治）
12 白鱗（七尾常太郎）
13 北雲（小西正男）
14 桜白（法師浜直吉）
15 白兆（藤井雄蔵）
16 風信子（池田稗）
17 竹四（関川竹三）
18 尚（野田尚）
19 白好（名久井恒喜）
20 きよし（森清）

第一章　伝記

序

八戸藩主という立場にあった南部信房（俳号「畔李」）は俳諧に秀で、多くの作品を残した。俳諧活動は主に江戸で行われたが、八戸領内の人々とも関わりを持った。後世、彼を敬慕して顕彰が行われている。八戸には、南部家文書を始めとして膨大な史料が保存され、藩政期の研究が進展している。そのような成果を踏まえて研究を進めた。

大名が俳諧に親しむという事例は多く見られるが、畔李について詳細に検討すると、他に類を見ない特質が窺える。それを探求すべく、以下に俳号の変遷により、互扇楼、花咲亭、五梅庵の三期に分けて考察する。

一　互扇楼時代

1　初号「互扇」

明和二年（一七六五）六月十五日に八戸藩六代藩主南部信依の長男として江戸に生まれた南部信房は、天明元年（一七八一）二月十四日に家督を継ぎ八戸藩七代藩主となった。その後、天明三年一月十五日に、八戸藩士の窪田半右衛門（俳号「楓台互来」）に師事し、互扇楼畔李と称したと伝えられる（前田利見『八戸俳諧史』昭和八年）。天明二年十二月十八日に従五位下内蔵頭に叙任せられた時の感慨を詠んだ作品が次の俳諧一枚摺である。

五位の列につらなりて
千代むすぶ懸緒初や明の春
歳尾
葵咲岡見ぞとしの人通り
春興
葛西女や梅にことたる鶯菜
右　　互扇

この「互扇」と署名する作品が文献に見える最も早いものである。俳号について多様な名付け方があるが、一般的に師から弟子へ一字を与えるという仕方が挙げられる。そこで楓台互来の俳号に含まれる「互」字に注目すると、畔李は「互扇」と称し「互」字を含む。弟の依晴は「互連」という。八戸の俳人の中で「互」字を持つ俳人について時代を遡ると、八戸藩士の船越三蔵（一七七八年没。享年六十六歳）が挙げられる。『俳諧風雅帖』に肖像とともに「君が春四方に五つの道ひろき　恭康　通称船越三蔵　号牛言堂　互山先生」と載る。彼は「互山」の他に「棹佐」「穎月堂」とも号し、門下に北田棹雪、山崎棹之などの八戸藩士がいる。畔李の初号「互扇」は、このような八戸藩士由来の可能性が指摘できる。

2　雪中庵との関係

大島蓼太（雪中庵三世）は江戸の蕉門として有力な宗匠である。八戸に伝来するもので、蓼太との関係を示すものとしては文台および『五梅庵公句稿』がある。

蓼太の署名がある文台は、二台現存する。天明五年（一七八五）三月二十七日に、雪中庵三世蓼太七十賀莚桜花宴興行の折に「巻中三句の秀逸」を得た作者に贈られた文台（秋杵作「二見文台」）に「雪中庵」と署名があり、その他、秋杵作「吉野文台」に「七十翁桑国蓼太」と署名がある。

『五梅庵公句稿』は、秋が二百句、冬が百句、合計三百句所収する句稿で、裏表紙に「雪中菴蓼太点之句」と墨書がある。

蓼太の没後は、雪中庵四世の完来と交流する。文化五年（一八〇八）完来編『歳旦歳暮』に三物一組と発句二句が入集する。

三始

芦原やあしの浪間の初日影　互扇楼畔李

人のおもても青陽の空　完来

大凧の百枚張に風もなし　蚊牛

春興

砧打て見たき宵あり月の梅　　　　畔李

年尾

青筵しくや備のすて心　　　　同

文政元年（一八一八）、畔李は完来の一周忌に追悼句「一周桜は同じ眺かな」と詠んだ。

3　星霜庵白頭の嗣号

寛政三年（一七九一）頃に畔李は、江戸座の星霜庵白頭を襲号した（二世）。幕末頃成立の三浦若海『俳諧人物便覧』に、

白頭　星霜菴　初畔李　百万門　初亀成門　後建百万坐　江戸熊谷氏

と記し、初め畔李と称した白頭は、江戸座存義側の百万（旨原）に入門して百万坐を建てたという。星霜庵の『星門系図』によると、白頭こと熊谷有益は、江戸の麹町に住む医師、雲洲松江藩主松平出羽守様（松平治郷）に抱えられ、寛政三年九月二日に逝去した。

畔李は、寛政頃に星霜庵を秋杵に継がせた。三世星霜庵秋杵は江戸芝田町に住む指物師、文化八年九月二十五日に逝去し、麻布山寺中に葬られた（『星門系図』）。秋杵の三回忌に追悼句を詠んだ。

二夕めぐり三めぐり露の紅葉から　　　　（『五梅庵句集』）

4　江戸座宗匠との交流

①　寛美

「畔李」号が確認できる作品は、江戸座の寛美が判者をする連句である。寛政二年（一七九〇）十二月に百韻三巻が

成り、翌年一月に寛美が開点をした。本書「Ⅲ—第二章—二　連句」参照。

②平砂

寛政三年十二月に成立の「梅の文机」は、畔李所持と伝えられる狩野洞琳筆の梅の浮彫が装飾された文机である。巻頭に「梅に積る雪のかたちや福禄寿　互扇楼畔李」を置き、梅の発句が続き、軸に「梅早き梢にゆきの匂ひかな　万葉菴平砂」を彫り込んだ（計三十五句）。連衆は、互連（畔李の弟）、畔和（畔李の弟　八代藩主）、互来、扇風、越雪、瓢馬（神山氏）、白騎、畔社、白画（野中頼母）、白郷（北田與右衛門）、牛呑、双鳬、陸馬（平砂門）、東湖などであり、彼らは八戸藩士を中心としたグループと考えられる。

③湖十

寛政九年（一七九七）閏七月吉日に江戸座宗匠の九窗湖十から『俳諧葛藤抄下之巻』を伝授された。巻末に「晋派俳諧之伝書」と記す。九窗は、其角門五世湖十である。

④石鯨

畔李が作成した俳諧一枚摺に、享和三年（一八〇三）正月の狩野洞琳筆「旭日破魔弓図」があり、畔李は発句三句を収める。軸は「啼ばこそ猫も名ハたて朧月　石鯨」である。

亥歳旦

破魔弓の弦はりかえて女かな

春興

山笑ふ梅も醫や日の匂ひ
　戊歳暮
神の灯は妹まかせやとしの奥　　互扇樓畔李
以上より畔李は江戸座の白頭、寛美、平砂、湖十、石鯨と交流したことが判明する。

5　芭蕉百回忌追善

①八戸
寛政五年十月十二日は、芭蕉の百回忌であり、追善の行事が全国的に催された。八戸においても「初時雨猿も小簑をほしげなり」句碑が建立された。

北村益『五梅庵句集』（昭和九年）に、その経緯を記す。石は階上山より撰出し、碑の文字は藩士栃内金左衛門（俳号「春宵軒東洲」）が君命を蒙り揮毫し、建立世話人は町家の家文、乙因、仏平の三人であったと記す。

②江戸
江戸では俳諧一枚摺が作成された（八戸市史編纂室・御前神社文書『新編八戸市史　通史編Ⅱ　近世』八戸市史編纂室編平成二十五年）。
初しぐれ猿も小簑をほしげ也　芭蕉翁
　　　豊広画
芭蕉翁百回遠忌
うつセミの簑よりたるゝ時雨哉　　互扇楼畔李

芭蕉忌や笠に宿かるきりぎりす　観濤亭　女菊人
ばせを忌やいづれ小簑も片時雨　蓮寿亭　女蘭籬
　　〻
古事を感ずる袖の時雨哉　沾兆
芭蕉忌や筆に時雨る硯水　百丈軒　互連
枯るゝとも其名尊き芭蕉哉　畔和
　　〻
合掌にその俤や枯尾花　催主　瓢馬
　　〻
面影の夢おもハるゝ時雨かな　文暁
掌を蒲団にかゆる木魚哉　互来
ばせをきの山も松吹しぐれ哉　畔社

この俳諧一枚摺に、歌川豊広（一八三〇年没。歌川豊春門）が句碑の絵を描き、畔李、正室の菊人、弟の互連と畔和、八戸藩士の神山瓢馬（催主）、互来、畔社、文暁（白梅舎家文門）などが連なる。芭蕉の百回忌に八戸と江戸において行事が盛大に行われた。

二　花咲亭時代

1　「花咲亭」号

畔李は、文化六年（一八〇九）に松永貞居より『花下伝書』を授けられて以後、文化十二年まで「花咲亭」を名乗る。文化六年に星霜庵秋杵編『旦暮』に入集する「俳諧宗匠権輿柿園　七世花下松永貞居」は、貞徳門流を自称する大阪の俳人（文化十二年以前に没した）である。文化六年の俳諧一枚摺「旭日波飛鶴図」に「洛花下貞居」「浪花桃岳」「星霜庵秋杵」、文化八年の俳諧一枚摺「旭日波飛鶴図」に「洛花下貞居」「浪花桃岳」「東都花下秋杵」の句が収められる。

貞居は畔李に「花咲亭」号を奉った経緯を次のように説明する。

畔李君天晴誹諧に目出給ひ諸先達をあつめ道を励ミ玉ふ事年有り。そが中秋杵てふ老人有。直に正雅を談ず。先師の因に遠きを近しと両歳予召させ玉ふ。予宗祖の直指華を拈す。とくに微笑し玉ふハ未聞の俳聖故に代々の遺書をさゝげ花咲の古号を奉り江都の花下たゝむを仰ぐ。その右に居るハ秋老こも遺号を伝へともに七世の血脈なりと七沙三證の頌をうとふ。

文台に華あり月もすゝしけり　　洛柿園七世花下貞居
華さくと思へバすゝし若葉山　　花下七世華咲亭畔李
咲ミのる道接得たり柿わかば　　花下七世逍遊軒秋杵

文化巳とし

秋杵を介して畔李に召された貞居は、文化六年に「花咲」号および秘伝書を捧げて、畔李と秋杵に花下七世を奉った。つまり花下七世は三名いる。

貞居の没後、畔李は貞璵（貞居の子、初号桃岳）と交流する。貞璵は大阪の「本町八百屋町北へ入」（『梅のしるべ』文化十一年）に住み、天保五年「浪速俳諧系譜」に貞徳霊神を祖とする系譜に連なる「初名有無庵桃岳　柿園芦丸家八世」と記され、天保期に活躍した俳人である。

2　花下伝書

花下伝書は、貞徳を祖とする花下宗匠の伝書である。以下に、松尾真知子「江戸後期の大阪俳人松永貞居・貞璵―『花下伝書』の検討―」（『梅花日文論叢』第十三号　平成十七年）を踏まえて述べる。

花下宗匠の系図は次の通りである。継承順序を算用数字で記入した。

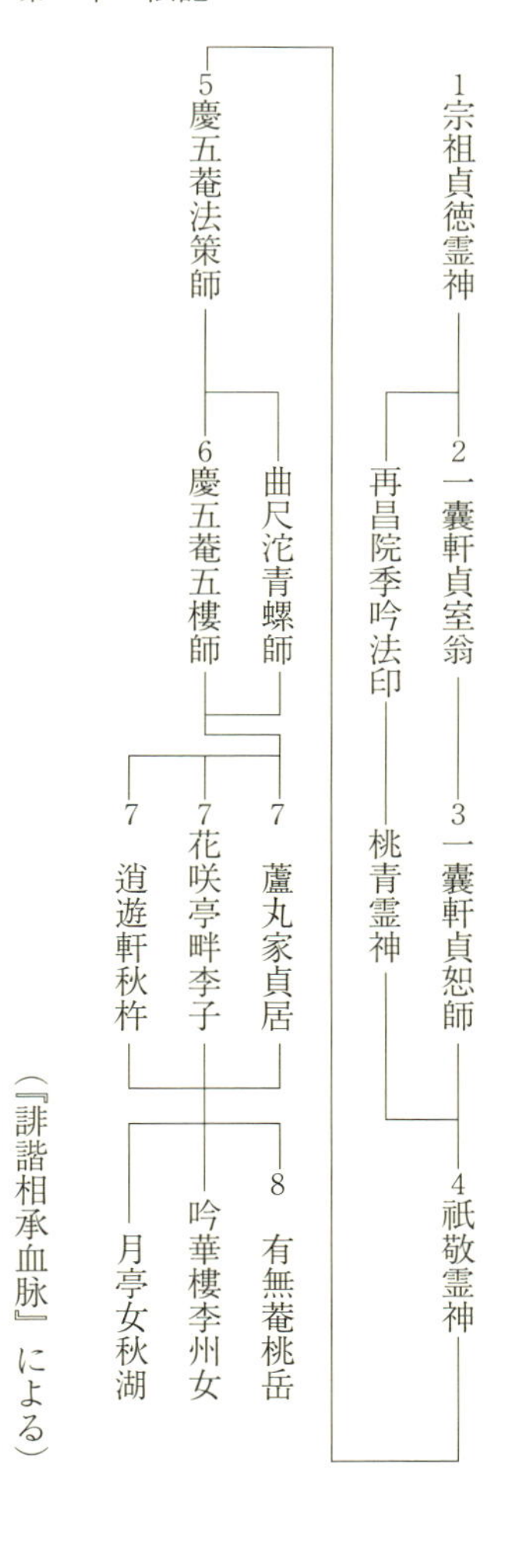

（『誹諧相承血脉』による）

『花下伝書』は十一種の写本から成る。

一『会席正儀伝　連衆之部』　二「席上正儀伝執筆心得之部」　三『誹諧宗祖伝』　四「呈上／宗祖伝出来」　五『誹諧華下血脉相承伝』　六『正雅伝講尺』　七『華大概追考』　八『親句疎句之秘巻』　九『俳諧良薬集』　十『本式連歌』　十一『会席正儀伝　亭主之部』（『会席正儀伝　亭主之部』『会席正儀伝　連衆心得之部』）

『会席正儀伝　連衆心得之部』の奥書を以下に記す。

右席上正儀伝連衆心得之部者、宗祖徳居士・貞室翁・貞恕師代々伝来秘決、又貞徳翁・季吟法印・蕉翁・敬翁相伝秘書に梅翁聞書加へ一巻となす。我家之秘蔵、年来深望之段固辞すといへども難捨伝受を免ず。誓約之通堅く他見有間敷也。柿園七世花下貞居　判

貞居は、松永家の遠孫という立場から貞徳を顕彰した。蕉風を拠として二条家俳諧を創始し、花本宗匠をつとめた暁台に比較すると、貞居は、俳諧の祖に回帰する、つまり貞門という観点から花下宗匠の系譜を創出した。三世までは貞徳門だが、祇敬霊神（稲津祇空）、法策、青螺、五樓、貞居、桃岳は大阪の俳人である。

『花下伝書』に関連する伝書として、八戸市立図書館百仙洞文庫所蔵の『会席正儀伝』（写本六冊）があり、次に便宜上ⅰからⅵまでの記号を付して一覧する。

	書名	奥書の署名
ⅰ	『会席正儀伝　諸会之部全』	五梅庵畔李
ⅱ	『会席正儀伝　諸会之部全』	柿園七世花下貞居判
ⅲ	『会席正儀伝　会頭之部』	星霜庵北正（四世畔鳥）
ⅳ	『会席正儀伝　会頭及亭主部』	柿園七世華下貞居　六世星霜庵北正
ⅴ	『会席正儀伝　執筆之部』	（無記）
ⅵ	『会席正儀伝　諸会之部全』	五梅庵畔李

内容について、『花下伝書』十一『会席正儀伝　亭主之部』が、百仙洞文庫ⅳ『会席正儀伝　会頭及亭主部』と一部重複する（『亭主之部』）。ⅱⅳ貞居、ⅰⅵ五梅庵畔李、ⅲ星霜庵北正が奥書に署名する。ⅲの末尾に「右跋文の通堅秘蔵すべきものなり。星霜庵北正」とあり、『花下伝書』の一部が星霜庵に伝えられたことがわかる。

前述の湖十の伝書『俳諧葛藤抄下之巻』は、『二弟準縄』（安永二年）の「雪中菴嵐雪伝」と部分的に記述が重複し、付合の意味を解説した内容であるのに比べて、『会席正儀伝』は、連句を興行する作法を記した実践的内容である。

なお貞居の「花下」は、京都の二条邸に俳人が召されて俳諧を興行する二条家俳諧に関係する「花の本」宗匠とは別の系統である。二条家俳諧に関する研究は、富田志津子『二条家俳諧―資料と研究―』（和泉書院　平成十一年）に論述される。

3　月次句合の判者

畔李は伝を受けた後、月次句合に着手する。伝を受けて「花咲亭」となったことと月次句合に相関関係があるのか不明である。おおよその体裁は、天地人、句座到来順、秀逸の印、催主、判者の順に発句が並ぶ。地名は、陸奥と江戸に大別され、江戸には藩の名前を含めた。八戸藩の上屋敷は麻布市兵衛町、中屋敷が上屋敷の向かいの同じ町内にあり、下屋敷が麻布新町、蔵屋敷は深川富岡町、抱え屋敷は白金・今里にあった。地名を分析すると、主に江戸の八戸藩邸を中心とする地域および八戸領内から句が寄せられたと見られる。おそらく国元からの飛脚便を用いたのであろう（普通便が八日振）。作者名に「花咲亭下」とあるのは、門人を注記したものと推測される。「花咲亭下」から「五梅庵下」「花月堂下」へ移動した者、新しく「五梅庵下」となった者など、門人の増加が読み取れる（次頁【表1・表2・表3】参照）。

表1　月次句合

年月	天	地	人	点印　句数	同上	催主	判者		総句数
文化十一年七月	杵月	畔竜	冠秀	秀逸六印一七	—	白翠・畔烏・白虎	花咲亭畔李	吟花楼李州	一五一
文化十三年七月	白桂	友山	白翫	正五印　六	六印　六	畔烏	五梅庵畔李	花月堂李州	九五
文化十三年八月	李州	一丸	白翫	丹頂　六	六印　九	梅巣畔烏	五梅庵畔李	花月堂李州	一〇一
文化十三年閏八月	石山	畔竜	白帆	丹頂　八	六印　五	梅巣畔烏	五梅庵畔李	花月堂李州	一〇五

表2　花咲亭下　五梅菴下　花月堂下　【表1】による。

花咲亭下	—	右笠	其柳	幸々	司考				四
花咲亭下	**五梅菴下**	栄之	白珠	畔竜	妙達尼	李常女	白斗		六
—	**五梅菴下**	白翠	川風	白翫	月低	白旭	蘭谷	白錦	二七
		白帆	白鯉	狐舌	白智	白村	白舟	白英	
		馬来	蘭窓	白碇	白橘	李有女	白光	白調	
		白芦	白言	白枝	白鹿	白井	白理		
花咲亭下	**花月堂下**	雨月女	雨遊女						二
—	**花月堂下**	吐雲	金川女	雪花女	雨桂女	波燕女	糸永女	雨勝女	七
								計	四六

表3　地名（□印は判読困難）【表1】による。

藩	伊予小松	ときわ
	アサノ	雪光
	クルメ	雪雫
	クルメ	一竹
	クルメ	楚葉
	クルメ	雨翠
	クルメ	斤富
	サツハン	閑水
	ニホンマツ	其滝
	丸ガメ	子粋
	高トリ	子雄
	小田ハラ	朝水
	小田ハラ	賤志
	小田原	川風
	相シウ	雪江
	八戸	白翫
	八戸	白旭
	八戸	白智
	八戸	白村
	八戸	冠秀
	肥シウ	都遠
	本庄	雅長
江戸1 ※注1	アタゴ下	喜雪
	イヽクラ	石山
	カワラケ丁	葵朝
	サクラ川	芦舟
	芝	松隣
	芝	山美
	芝	豊薪
	芝	三ツ木
	芝	壹薪
	芝神明前	露月
	シンホリ	振□
	シンホリ	心雅
	西ノクボ	白芦
	西ノクボ	白渓
	西ノクボ	白舟
江戸2 ※注2	アザブ	白光
	アザブ	銀麓
	アザブ	四孝
	アザブ	大狐
	アザブ	白圃
	ヒロヲ	金婦
	ヒロヲ	雪我
	ヒロヲ	一道
	カウカイ	竜亭／龍亭
	谷丁	白英
	谷丁	山雫

江戸2	日ケクホ	桂雨
江戸3 ※注3	高ナワ	楽山
	高ナワ	左右
	田町	月低
	三田	月低
	三田	杵月
	サンコ	有麦
江戸4 ※注4	ヨツヤ	其戎
	一ケ谷	燕石
	下ヤ	花雲
	外サクラ田	興風
	カンダ	山燕
	カンダ	万笑
	雀ハシ	錦暁

江戸4	雀ハシ	野雪
	大井	景川
	谷中	友山
	日本バシ	可川
	本所	一丸
	本所石原	白鹿
江戸周辺以外	カヅサ	瀬石
	荏田	如水
	白リ	雪心
	白リ	處明
陸奥	ヲク	白言
	ヲク	白枝
	ヲク	理明
	ヲク	白虎

陸奥	奥	白帆
	ヲク久慈	三志
	ヲク玉川	波衢
	玉川	漣枝
	ヲク八戸	馬来
	ヲク野田	交社
	ヲク野田	馬琴
	奥八戸	白碇
	奥八戸	月歩
	奥八戸	馬民
	奥八戸	白桂
その他	赤水ハン	楚遊
	□□川	卜花
	□□川	夕言

※注1　上中屋敷（麻布市兵衛町）辺　※注2　下屋敷（麻布広尾）辺　※注3　抱屋敷（白金）辺　※注4　上記以外の江戸周辺

指導力のある大名俳人が、依頼された俳諧に点印をつける所謂、点取俳諧の事例は、米翁（郡山藩主　柳沢信鴻）、菊貫（松代藩主　真田幸弘）、華裡雨（熊本藩主　細川重賢）などに見られるが、畔李は、門人を率いて運営する月次句合の判者として選判した。この転換により新しい局面が切り開かれたと考えられる。その契機を探ってみようと思う。

文化八年（一八一一）二月十一日に、江戸の上屋敷が類焼した。同年六月四日に、畔李は剃髪して「伊勢入道」と称した。文化十一年十月九日に、下屋敷が類焼した。度重なる上・下屋敷の焼失を受け、畔李は弘華院日五（日蓮宗僧侶）に依頼して「十界勧請曼荼羅」による火伏祈念の加持祈禱を実施したものと考えられる。文化十三年八月に、池上本門寺の第四十三世日摂上人（一七三八〜一八二一）が授与した曼荼羅本尊に「梅妙院殿蘭秀斎畔李花芳日長上人」と法名が記される。法名の前に「逆修」とあるので生前供養のために授けられた。なお法名の中の「蘭秀斎畔李」は畔李の俳号である。以上の藤田俊雄「〈資料紹介〉日蓮宗と南部信房との関わりから」（『八戸市博物館研究紀要』第二十二号　平成二十年三月）の成果を踏まえて、以下に推察を加える。

畔李が日蓮宗に帰依した理由および火事が俳諧活動に影響を及ぼしたのかどうかわからない。しかし、畔李が月次句合を導入した前後に、被災により環境が激変したことを指摘できる。火事の前に既に月次句合が計画されていた可能性も否定できないが、文化時代、それまでの俳諧活動を変えていこうとしたのであろう。

三　五梅庵時代

1　「五梅庵」号

「五梅庵」は、文化十二年（一八一五）三月「李州判者披露一枚摺」に見える号で、以後晩年まで使用された。「五梅庵」という号について、陶淵明の号「五柳先生」と菅原道真が愛した梅に因むという（『八戸俳諧史』）。

花に雪に世はやすからめ永からめ　　五梅菴畔李

（「李州判者披露一枚摺」）

「畔李評発句合」（写本。全三丁）は、「合歓」二十五句、「水馬」二十八句、判読困難三句が記されたもので「五梅庵畔李」と署名があり、天「大関畔烏」、地「白翠」、人「栄之」、以下に「雨遊女　雨静　白珠　幸々　白村　白調　李常　妙達尼　雨月　白錦　白虎」と俳人名が続き、末尾に「文化十二亥年六月八日夜　御景物　躬恒形　硯　二」と記される。畔烏と栄之（畔烏門人）はともに八戸藩士、白翠は「五梅菴畔李評月次句合」のちらしに補助として名前が載るので畔李の門人であろう。畔李の句会の様子が窺える資料である。「名月発句寄書」には力士の句が見える。

文政八年（一八二五）に還暦を迎えた畔李は、判者から退く意を表明する。五千句もの撰を乞われるような指導する立場であったが、星霜庵を畔烏に継がせ、その活動が順調に進んでいたのであろう。

予年久しく春の日若葉落葉にこゝろをゆだね、おこなれど、蕉翁の流れにひたり、兎烏のいとま、硯乃海の深くも此道をしたへど、これといふ花もなし、それとおもふ実もなし。いづれかはや鶯をきく耳も霞に曇り、青柳のくばるめもうとくなりぬれバ、撰判乃よしあしもおろそかになり侍れバ、ひき墨もかたく断なんとおもふ折に、こたびある人のもとより五千句の撰を乞るゝに黙しがたく、是ぞしほに点をとゞむるときならめとものしぬるに、机上の臂に年浪の労を覚ゆれば、筆乃命毛ながき齢こそ風流の種ふくべと只ふらふら世の芸にそまず、わがまゝなる童にかへるこゝろこそたのしからんとかくなん

月花の筆やしばらく眼を休む　　　五梅菴畔李

2　江戸の俳人たち

①　星霜庵

文政六年（一八二三）七月、畔李は、梅巣畔烏に四世「星霜庵」号と点式を与えた。次に「四世星霜庵襲号記念一枚摺」を引用する。

こたび襲号及点印批点をゆるされけるに、余此道に入りてよりわづかの春秋を累けるに玉を□ゆはすといへども其器にあらずしていまだ宝を捜得ず。鼻しろむわざなれどいなミがたきことこそ有りて今や師の命にしたがふ事とはなりぬ。猶四方の君子のはぢしるべを冀。

月の明りに笑はれん青ひさご　四世　星霜庵畔烏

年久しく師の星霜庵をつぎ来りしをとゝせ余り古秋杵老人へゆづりしにこたび又梅巣畔烏、此道にかしこければ四世の号、点式ともにあたへ俳判を許す。予がひさしき好き事をとゝのへければ

種と成る瓢も出来て世の安し　五梅庵畔李

文政六未癸之秋

畔烏（北正）の通称は、野中頼母、八戸藩士、江戸詰の後、晩年に帰郷し、慶応元年閏五月二十四日に逝去、八戸の本寿寺（日蓮宗）に葬られた。享年七十五歳（『星門系図』）。彼は、月次句合の判者をつとめ『良夜帖』『春帖』を刊行した。星霜庵の入門帳『入門列』は、天保四年に起稿され、文化十一年入門の星養軒栄之を筆頭に四世から十六世風信子までの門弟が六百十七名記される（関川竹四『星霜庵入門列』平成六年）。畔烏の門人は元治二年入門の星楫亭北舲までの三百五十七名を数える。藩士、旗本、御家人などの武士が八割を占めるが、二割に僧侶、町人、女性、その他が含まれる。

② 太白堂

畔李の作品の中に、著名な江戸俳人が登場するが、特に太白堂と長期間交誼を結ぶ。太白堂は、芭蕉の類縁の天野桃隣を初世とする俳系である。五世から開始した月次句合は六世の代に隆盛を極めた。畔李は、五世萊石と六世孤月の二代にわたり交流し、継続的に太白堂の歳旦帖『桃家春帖』に句を寄せた。文政四年（一八二一）に五世が亡くな

った時に追悼句を詠み、孤月が六世を襲号した時に祝賀の句を贈る。

五世太白堂追悼
友一人失せて桜も淋しがり　（『五梅庵句集』）

六世太白堂孤月賀筵に
時を得て接穂の桜咲きにけり　（『五梅庵句集』）

③　大名家

文政五年十一月二十七日、因幡国若桜藩主池田定常（冠山）の息女露姫は、疱瘡（天然痘）のためわずか六歳で病没した。畔李は露姫を追悼して句を詠んだ。

勤しうちははらからの身とひとしうせし冠山主の童女、世を早ふし給ひし集を催すとて予にもホ句せよとこわれけれバおろかなるふんでをとりて
世を霜と即補陀洛の身成けり　畔李（南部伊勢入道）

八戸の俳諧の隆盛を物語る『俳諧風雅帖』（嘉永四年）に冠山を含む貴顕の句が収録される。この入集俳人の中で俳号の下に「子」がつく者を次に挙げる。（　）の中に推定事項を入れた。

仏子四山子（雲州母里侯　鳳朗門）・甘棠子（今治藩　松平定温）・屠龍子（姫路藩　酒井抱一）・雪川子（松江藩　松平衍親）・蘭州子・雀翁子・凡我子・田平子・其川子・其浜子・聊原子・一左子・時鶏子・去留子（因幡新田藩主　池田定常　冠山）・芦吹子・白亀子・亀仙子・狸腸子・野瑟子・井砂子・松雅子・鬼子子（白石城主　片倉村典）・鬼孫子（鬼子の息　片倉景貞）・錦繍子（白石）・玄喬子。

以上のような大名家の人々と交際があったのではないかと推測する。

3　八戸の俳人たち

三峰館寛兆と寿川亭常丸が編集した『俳諧風雅帖』は、嘉永四年（一八五一）に刊行されたもので、乾坤の二巻からなる。乾巻には畔李をはじめとする八戸の俳人を肖像および発句とともに紹介し、坤巻にはその他の俳人の肖像と発句、連句、諸家の発句を収録する。刊記はないが、星霜庵北正（畔烏）の跋文に寛兆が「東府に昇、さくら木にのせて」と記すので、江戸で出版したものと推測される。

『俳諧風雅帖』に収録された八戸の俳人について、当時の身分を分類した一覧（図録『八戸の俳諧』）を見ると、俳諧が領内の武士・僧侶・農民・町人に広がったことが窺える。編者の寛兆（一七七七〜一八五五）は、七崎屋半兵衛の長男として生まれ、後に藩士となったが、文政四年に七崎屋が闕所改易となり追放された。通称は松橋宇助。巣兆門。季寄『俳諧多根惟智山』（嘉永三年）、『俳諧風雅帖』『磯の寄藻』「八戸浦図」「道中双六」など多数の著作がある。巣兆子に寿川亭常丸がいる。

瓦鏡は、法光寺二十五世をつとめた不磷定石で、別号に杓子定木がある。南部信房に迎えられて、仙寿寺に仮住し、禅源寺住職を兼務した。

金子乙因は、江戸の生まれで八戸の美濃屋支店に勤めた。乙二門。

白梅舎家文は、上野伊右衛門という町人で、町家の子弟に漢籍を教え、風儀をよくしたという廉で南部信房から扶持を賜った。

馬来は、久慈の人、医師、中野綱庵、梅星軒と称し、久慈を中心として周辺の大野村や野田村の俳壇の指導者となる。畔李を治療した折に「白露やこぼるる露もみな白し」句を奉ったという。馬来が関係する俳諧献額は、久慈の長福寺、諏訪神社、金比羅神社、大野村明戸の大日霊女神社に奉納された。

仙夢は、寺下観音の別当、桑原久右衛門である。寺下観音は奥州南部糠部三十三所巡礼一番札所である。

四　畔李没後の顕彰

畔李は、天保六年（一八三五）五月十二日、江戸にて卒去した。享年七十一歳。芝の金地禅院に埋葬された。法名は「仙渓院殿前勢州大守仁道宗寿大居士」。

没後、次の顕彰が行われた。嘉永四年（一八五一）『俳諧風雅帖』巻頭に肖像と「花の春何にたとへん匂ひかな」句が掲載された。

明治十九年（一八八六）に、長者山新羅神社境内に、国光碑「国の光皆此山の春風ぞ　五梅庵畔李」が建立された。明治三十六年に八戸俳諧倶楽部が創立した。

昭和五年（一九三〇）に、北村益氏が句碑（五梅塔）を建立し、表に畔李が致仕した時の句「世を永うほろ打雉子の籠抜かな　五梅庵畔李」、裏面に「とはに此恵つきせじ岩清水　百仙洞古心」と刻む。昭和十年五月十二日、八戸俳諧倶楽部主催の「五梅菴畔李大宗匠一百年祭俳諧乃連歌」を興行して御辞世「一生の舌打ひゞく清水哉」を発句とする脇起歌仙一巻（脇句は古心）が成る。英鳳筆「梅に春蘭」画に同歌仙を刻んだ献額を作り、三八城神社に奉納した。昭和十年は、畔李の百年忌であり、江戸と八戸の二系統に分かれていた星霜庵がまとめられた年である。昭和十三年、北村古心（北村益）が類家の芭蕉堂に筆塚を建立して八戸俳諧倶楽部創立及び星霜庵統一の略記を誌した。

畔李の忌日は「梅香会」と呼ばれて、八戸俳諧倶楽部では、彼を偲んで連句が興行されている。

結

畔李は、八戸藩士の互来に師事して後、江戸蕉門の蓼太、江戸座の星霜庵白頭、松永貞居より教えを受けた。彼の作品は、風格のある作風であり、言葉を自在に操り、語の使用にひねりを効かす理知的な面が見受けられる。

多くの大名俳人がそうであったように、畔李は江戸藩邸を中心に俳諧に興じていた。しかし、松永貞居から花下伝書を伝授されて「花咲亭」を称して後、月次句合に着手した。この組織的運営により江戸と八戸を接続する広範な交流が促されて、活動の範囲が拡大していった。一方で後進を育て、八戸藩士を軸とする星霜庵の運営は軌道に乗った。

俳諧に精通した畔李は社交性を発揮し、江戸では著名俳人、武士、僧侶、絵師、相撲取りと広く交わった。八戸領内においても文化を高めるための努力の足跡が見られる。地元の知識人の働きかけで俳諧の裾野が広がり、その隆盛は現在に至る。つまり、畔李の指導で江戸の洗練された俳諧が藩士に広まり、八戸では俳諧を楽しむ層が厚く育まれたと考えられる。現在も星霜庵、百丈軒、花月堂が継承されて俳諧活動が行われている。畔李の下に多くの人々が集まり八戸の俳諧は発展を遂げた。

第二章　作品

一　発句

北村益『五梅庵句集』および本書「Ⅲ―第三章　畔李発句集」から発句を引用する。

1　古典を踏まえた句

a　行雁の涙か花に降る小雨

花に降る小雨は、花を見ないで去って行く雁の涙であろうと解する。「はるがすみたつをみすててゆくかりは花なき里にすみやならへる」(『古今和歌集』)の和歌の世界に詠まれる帰雁と春霞の組合せではなく、小雨を雁の涙と比喩する。

b　しだり尾の山鳥遠き霞哉

「あしひきの山鳥の尾のしだり尾の長々し夜を一人かも寝ん」(『万葉集』)を踏まえて、山鳥のしだり尾のように遠くまで霞む遠景を表現する。次の用例は「山鳥の尾」を樹木の枝の長さや春の日永の時間の比喩として用いる。

　梅しろし山鳥の尾の若枝哉

柳一木山鳥の尾のしだりかな
山鳥の尾より静けし藤の花
山鳥の尾程に花を見る日哉
山鳥の尾の日を見よや春の山

c　蝶二つ三つ四つと日はたけにけり

蝶が二つ、三つ、四つと増えるにつれて日が高く上り春の日射しが明るくなると解する。「二つ三つ四つ」という数の並列について「烏の、寝どころへ行くとて、三つ四つ、二つ、三つなど、飛びいそぐさへ、あはれなり」（『枕草子』）を踏まえる。

卯月末のひとつの日、白納帰国せしに賀す

d　かゝなべて行けよ夏山なつ河原

旅の無事を祈り、夏の山河を幾つも越えて日を指折り数えながら行きなさいと解する。「かゝなべて」は連歌の起源といわれる日本武尊と秉燭者の片歌問答「新治筑波を過ぎて幾夜か寝つる」「日日並べて夜には九夜日には十日を」（『日本書紀』）を踏まえる。

e　玉の盃に底なき人も月見かな

恋の情趣を解さない無粋な人も月見をしていると解する。「盃に底なき」は「よろづにいみじくとも、色好まざらん男は、いとさうざうしく、玉の巵の当なきここちぞすべき」（『徒然草』）を踏まえる。さらに漢文「玉の巵の当無きは、宝といへども用にあらず」（『文選』「三都賦序」）に典拠を求めることができる。

f　待侘びる鶉は鳴かず女郎花

女郎花が咲く秋野で鶉の鳴き声を待ちわびていたのに鳴かなかったと解する。深草に住んでいた女が男に詠んだ歌

「野とならば鶉となりて鳴きをらんかりにだにやは君は来ざらむ」(『伊勢物語』)を踏まえる。和歌では女は鶉となって男を待つのだが、句では鶉は鳴かないために落胆する。

g　寒月や犬は南へ吼て行く

寒月が冬の凍てつく空に上り、犬は南へ吠えて行くと解する。『老子』や「桃花源記」以来、鶏犬が吠えることは平和の象徴とされる。『蘇東坡集』には「闕月初めて昇つて犬雲に吠ゆ」とある。

以上の句は、比較的周知の古典を取り入れる傾向が見える。素直に踏まえる例がある一方afでは古典の文脈をひねる趣向が見受けられる。

2　諺や慣用句などに関係する句

a　氏はそだちの源ぞ雛祭

氏は子供の成長の源だ。無事に育つように願い雛祭を祝うと解する。諺「うぢよりそだち」(『毛吹草』)は血統より教育を重んずる意として用いる。

b　身を替へし雀を拾ふ汐干哉

潮干狩りの折に、雀が変身した蛤を拾うと解する。俗信「雀蛤となる」(『増山井』)、諺「雀海中に入って蛤となる」を踏まえる。

c　苦は楽の始なりけり苗代田

苗代田の苗を田に植えて取り入れるまで苦労するが、秋になると収穫の喜びが待っていると解する。慣用句「苦は楽の種」を踏まえる。

d　貧乏の楽こそよけれ花に雨

雨に散る花を見て惜しいと思わない貧乏の気楽さこそ良いものだと解する。諺「かせぐに追付びんぼうなし」(『毛吹草』)は常によく働けば貧乏しない意であり、世俗の世界では否定的に見るべき貧乏を肯定的に捉える。

　六世太白堂孤月賀筵に

e　時を得て接穂の桜咲にけり

よい時機にめぐりあって接ぎ木をした桜が美しく咲いたと解する。好時機にめぐりあって栄える意の慣用句「時を得る」を踏まえる。

f　親の心子知らず巣立雀哉

親が寂しがる心を知らないで雀の子は巣立っていくと解する。慣用句「親の心子しらず」を用いた。

g　楠の石打て見る扇哉

楠の根は年月を経ると石に変わるというが、扇で打って確かめてみようと解する。近世の俗信「楠石になる」を踏まえる。

h　蟷螂が斧に朽ちたる染木かな

かまきりの斧に切られて朽ちた染木であると解する。自己の微力にかかわらず強敵にむかう意の諺「蟷螂が斧を取て龍車に向」(『毛吹草』)、「斧に朽ち」に仙人の碁を見ていた人が気づくと長時間が経っていたという故事を踏まえる。諺と故事成語を複合的に構成した句である。

以上の諺や慣用句を踏まえた句は、元来の意をそのまま用いた句とａｄのように意味を反転した句がある。

3　宗教関係の句

畔李が日蓮宗に傾倒(1)していくことは、本書「Ⅲ—第一章—二—3　月次句合の判者」で述べたが、その宗教的な側面を窺うことのできる作品を以下に記す。

文化十二亥のとし皐月中のいつゝの日、岩本の山主、日称尊師御跡国を見送り奉りて戸塚の宿までまかりけるに、いつとても名残ハ尽ぬ亀なる水にわきてあづまの地を放れぬれば、ひとしほにそのわかれのふかけれバ来小春なる会式にまた尊き御姿を拝し奉ると

冬までとおがミ残して夏の富士　畔李拝

これは畔李が文化十二年（一八一五）に岩本山実相寺（日蓮宗）の日称尊師（文久二年三月二十九日に遷化）を戸塚まで見送り、十月の宗祖御会式の再会を願うという内容の句文である。次に日蓮宗に関する発句を記す。

或人に法華極意を示す

妙の字になりて涼しき世なりけり

煩悩の魂かしこまる会式かな

会式

五百年むかしの花のかをりかな

祖師の日や蓮の糸程引く納豆

高祖大師の霊室を拝して

冬空や涙の雨の窓を打つ

畔李が亡くなった年の十月十二日に八戸の本寿寺へ地形十石金二両と畔李所持の日蓮の木像及び法器仏具等数十種が預けられた。

4　芭蕉理解を表す句

畔李は、芭蕉の百回忌追善を行い、晩年に「蕉翁の流れにひたり」と述べ、芭蕉の肖像（『東奥の書』）を描いた。

　白賢白如等の帰国に際し翁の言の葉を思ひ出て

a　忘れずに払へ寝起の蚤虱

b　名月や今宵盗まば翁の句

a「翁の言の葉」は「蚤虱馬の尿する枕もと」（『奥の細道』）を暗示すると考えられる。『奥の細道』の影響については、「紀行」のところで後述する。

bの名月を詠んだ芭蕉の句は豊富にあり「翁の句」だけで特定することは難しいが、畔李が芭蕉の句を念頭に置いたと推測される。

5　人名を入れた句

連歌において人名を賦す句作は俳諧にも踏襲され、例えば立圃の「花にゐひとまる胡蝶や夢の舞」(2) に人丸を賦す。畔李の「祖師の日や蓮の糸程引く納豆」に「日蓮」が隠されているが、畔李はほとんど直接的に人名を入れる。具体的には浦島、淵明、今李白、舜、太郎冠者、俊寛、為朝が挙げられる。例えば「俊寛が後姿や海月取」というように人名が詠み込まれる。為朝は平安末期の弓術に長じた剛勇な武将である。

　為朝の弓勢斯くぞ大根引

大根を引き抜く勢いがまるで為朝が弓を引く強さだと解する。源為朝の生涯を脚色した曲亭馬琴『椿説弓張月』の挿絵を元にした江戸時代制作の山車人形が「八戸三社祭」に用いられたと伝わる。

6　文政五年『秋冬発句帳』

『秋冬発句帳』は文政五年に成立した畔李自筆の発句帳（全九十一丁）であり、発句数は全九二〇句、内訳は秋四九七句、冬四二三句ある。句の頭尾に〇丶などの記号を付し、加筆訂正されている。本文は最初に季語、次に発句を記すという書式である。表紙に次の墨書がある（／は改行の印）。

文政五壬午年　長／穐冬発句帳／高祖御詠歌　五梅菴／内ニ印／七月朔日

本文中の日付によると、秋の日発句は六月十二日より八月十六日まで、冬の日発句は八月十六日より十月二十五日暁まで、つまり秋の日発句は一日平均七・八句、冬の日発句は一日平均六・一句を詠んだ計算となる。

句帳に収められた「慈眼視衆生秋の日の光り哉」句は「大野村観音へ奉納額」と前書があるので奉納された句であろう。この句帳に「梅巣月並軸」と注記する句が五句、「白叟月並軸」と注記する句が二句数えられる。その中で、月次句合の入集が確認できた句を次に引用する。

〇丶　今朝秋の拭(フキ)立柱涼しけり　梅巣月並軸

母が打ても美しき碪哉　梅巣月並軸

7　新出・五梅庵畔李の句軸の紹介

〈翻刻〉

待宵

待宵とまてば成けりかぜの月

良夜

大空は暦の外よけふの月
持汐に海ハたゝへて月見哉
名月や家のうしろは江の月夜
　十六夜
いざ宵となつて定る天津空
　五梅菴畔李［畔李］

〈解説〉

柏崎順子氏所蔵（『増補松会版書目』編者　青裳堂書店　平成二十一年）。軸装。朱印［畔李］。

末尾に「五梅菴畔李」と署名があり、「五梅菴」を名乗るのは文化十二年からであり、没年に至るまで使用した。従って成立時期は、文化十二年から天保六年と推定される。八月十四日の待宵、仲秋の名月、翌日の十六夜の月を賞した句を並べた作品である。畔李研究の推進に寄与すべく本作品を紹介する。

この秋の月を詠んだ五句について以下に私解を記す。

　待宵とまてば成けりかぜの月
「まてばかんろの日和あり」（『毛吹草』）という諺を暗示し、じっくりと待っていると、良い時機が到来して、風が雲を払い除けて、待宵に月が現れた。

　大空は暦の外よけふの月
『五梅庵句集』に「大空は暦の外ぞ月の雨」という句が収録されるが、下句の「ぞ月の雨」が異なる。今夜は名月が出ているはずなのに、大空は暦の通りにいかないものだなあ。

　持汐に海ハたゝへて月見哉

「持汐」は「望潮」すなわち「陰暦八月十五夜の満ち潮」と解する。字形が異なる同意の「指汐」とも考えられるが、「天の原空行く月のもちしほのみちにけらしな難波江の浦」（『新撰六帖』）などのように和歌に用いられる語を選んだのであろう。海は上げ潮に満ち溢れ、夜空と海面をともに輝かしている月を仰ぎ見る。

名月や家のうしろは江の月夜

皓々とした名月が美しい。その光は、家の後を流れる川面を照らす。

いざ宵となつて定る天津空

ためらっていた月がようやく昇り、天空にはめ込まれた月は、まるで一幅の絵画のように定まっている。

8　季語

発句と季語の関係について『通俗志註解』（写本九冊）を取り上げる。『通俗志註解』の奥書に、

文政十年亥七月／五梅庵先生より御譲／二ノ巻落冊／四世星霜庵畔烏（／は改行の印）

と墨書があり、畔李から畔烏に譲られたことが分かる。同書は、児島胤矩『誹諧通俗志』（享保二年序）の注解である。胤矩（享保十九年没。享年六十二歳）は、大阪の人、椎本才麿門である。内容は、詞寄せ（去嫌）、恋の詞、歳時記、古意・句法（式目）から成り、歳時記は『増山井』と比較して、生活に密着した語が多いと評される。

本書「Ⅲ―第三章　畔李発句集」と『五梅庵句集』に収録された発句の中に見える季語について『通俗志』所載の季語の割合を計算すると、春七十一％（85／120）夏七十八％（58／74）秋七十四％（81／109）冬七十三％（45／62）計七十四％（269／365）となった。（　）中の数字は、季語の数を表す。例えば春だと『通俗志』に掲載される季語数85と春の季語の総数120の百分率を計算して四捨五入した。以上のことより、七割を超える割合で『通俗志』所載の季語が使用されていることが判明した。〈季語一覧〉参照。

〈季語一覧〉

凡例

一、『五梅庵句集』および本書「Ⅲ―第三章　畔李発句集」中の季語を収集して『通俗志』の配列を参照して並べた。
一、1『通俗志』に記載される季語、2『通俗志』に記載されない季語の順で記した。
一、（　）の中に畔李の発句中の表記を記入した。その場合、原則として漢字、かなの異同は省略した。
一、二十一代集に使用される歌語に傍線をほどこした。

春之部

1　初陽（初日）　年始（年の始）　御代の春　花の春　今朝の春　あら玉の年（新玉）　初空　蓬莱祝ふ（蓬莱）　大飾（藁飾）　下萌　鳥追　破魔弓　若餅　立春（春は立）　日の始　初午　二日灸　涅槃会（涅槃）　彼岸　余寒　永き日（永日）　東風　霞　朧月　陽炎　長閑　若菜　人日（人の日）　畑打　山笑　やぶ入　出代　雛祭　曲水　汐干　梅　木の芽　ク丶タチ（茎立）　若草　土筆　蕗薹（蕗の薹）　柳　椿　芹　山葵　苗代　蕨　蒲英（蒲公英）　虎杖　さいたづま　菜大根の花（花大根）　芦の角（芦の若葉・芦の若芽）　草芳キ　接木　李の花（李・花李）　木瓜の花（花木瓜）　辛夷　躑躅　藤　通草の花（木通）　連翹　菫　薊　花盛　桜　鶯　雉（きじ・きぎす）　鸎鳥　鳥囀（囀）　雲雀　燕　雀子　蝶　蜂巣　蚕　猫妻恋（恋猫）　蛙　白魚　小鮎（若鮎・鮎子）　蜆　田螺　春暮て（暮の春）　行春　春を惜　夏を隣

2　明の春　はつはる　雪解　日永　凧　獺　桃　白桃　山吹　花菜（菜の花）　茄子苗　やよひ　花　花の山　帰雁　胡蝶　春　春の日　春日　春の月　春の雪　春雨　春のあめ　春風　春の風　春寒し　春の夜　春の山　春野　春の草　春の海　春の川　春の水　削かけ　花苺

夏之部

1　四月　卯月　灌仏　仏生会　更衣　青簾　麦の秋風（麦の秋）　扇　団（団扇）　汗　暑　涼し　短夜　五月　つゆ（入梅）　幟飾ル（幟）　氷室　葛水　竹婦人　虫干　白雨（夕立）　納涼　清水がもと（清水）　若葉　木の下闇（木下闇）　卯の花　牡丹　杜若　芥子（花芥子）　蓮の浮葉（はちすの葉）　今年竹　若竹　早苗　早乙女　合歓の花（合歓）　百合　苔の花　菖蒲　瓜　茄子　蓮（蓮の花）　郭公　閑古鳥　遣ひ鵜（鵜飼）　水鶏　初鰹　鮎　蝙蝠　鹿の児　水母取（海月取）　蟬の諸声（蟬）　蚤　蚊　蚊屋（蚊帳）　蠅　蝸牛　螢　水馬

2　花御堂　祭　五月晴　氷室守　朝涼　花卯木　鬼百合　白蓮　昼顔　蚊遣　蚊遣火　夏　夏の月　夏の夜　夏山　夏の虫

秋之部

1　今朝の秋　初秋　一葉　星合（星逢）　天の川　迎ひ鐘　迎火　魂棚　踊　生身魂　送火　時正　残暑（残りたる暑）　花火　稲妻　摂待　霧　露　白露　露時雨　身にしむ　小田守　相撲　鹿驚（案山子）　八月　八朔　野分　漸寒　砧　衣打　長夜（夜長）　新酒　重陽（九日）　行秋　柚ミそ（柚子味噌）　待宵　月　名月　月見　けふの月　後の月　乙月　新月　二夜月　萩　蘭　槿（蕣）　女郎花　木槿　薄（花薄）　尾花　芭蕉　梅もどき　薬掘　瓢簞（瓢）　茸（茸狩）　菓（木の実）　椎（椎の実）　野菊　菊　九月　栗　紅葉　蔦　薯蕷　蕎麦の花　稲　鹿　荒鷹　鴫　鶉　雁（かりがね）　木菟　百舌　渋鮎　鯛　蜻蛉　虫　みみず鳴（鳴く蚯蚓）　暮の秋　行秋

2　星今宵　峯入　秋の時雨　夜寒　秋の月　十六夜　十三夜　明月　白菊　珊瑚菜　草の花　鹿笛　稲雀　虫籠　いとど　こおろぎ　蟷螂　秋　秋の日　秋の風　秋雨　秋の夜　秋の山　秋の海　秋の水　秋の草　秋の蟬　秋蜂

冬之部

1 小春　霜（今朝の霜）　御影講（会式・祖師の日）　神楽　初時雨　時雨　凩　雪吹（吹雪）　寒　雪　氷　炭　榾
火燵　火桶　埋火　蒲団　暦売　鉢叩　暖鳥　薬食　節分　除夜　宝船　山茶花　茶の花　帰花　大根（大根引）
枯尾花（枯薄）　枯芦　枯柳　落葉　干菜釣　枯野　水鳥　千鳥　冬野　年の終（年の尾）　年籠　衣配　小晦日
（余りやとし二日）　三十日　岡見する（岡見）　年の暮　冴ル月

2 枯草　今朝の冬　足袋　寒月　師走（年忘れ）　冬籠　冬構　麦蒔　冬草　みそさざい　冬　冬空　冬雨　冬田
冬の日　納鶏　宵かざり

二　連句

畔李が一座した連句は五巻現存する。以下に成立年代順に挙げる。

1 寛政二年（一七九〇）「日の春をさすがに鶴の歩ミ哉　其角」を発句とする脇起百韻。
2 寛政二年（一七九〇）「一筋の霞をおびし塔大工　互連」を発句とする百韻。
3 寛政二年（一七九〇）「乗連て雲雀網持日の麗　冬湖」を発句とする百韻。
4 文化九年（一八一二）「ふりかはる雪の呉竹雪の松　五梅庵畔李公」を発句とする百韻。
5 文化十年（一八一三）「春の日の畔や横むき真向鶴　畔李」を発句とする七十二候。

1から3（写本一冊）の巻末に、次のように記す。

右　獨庵三世　寛美

あしのない持碁盤出す艸の庵　互連
伽羅かミ割てすつと呑む風　野瑟

碓斗嵯峨の物音　　野瑟

甲乙

百七十二点　　百丈軒互連

百六十五点　　野瑟

百五十七点　　白騎

下畧

寛政二庚戌年十二月十三日初会

同　廿一日満巻

寛政三辛亥年正月三日　開点

連中

百五十六点　　白画

百四十七点　　畔李

百十六点　　白郷

九十五点　　冬湖

催主　　畔李

執筆　　白郷

判者　　寛美

この百韻三巻は、寛政二年十二月に成立し、翌年正月に江戸座の独歩庵三世寛美が点を加えた。一座の連衆は畔李・百丈軒互連・野瑟・白騎・白画・白郷・冬湖の七名である。「足のない」句は「日の春を」巻、「伽羅かミ割りて」と

「碓斗」句は「乗連て」巻にある。最高点は互連。催主は畔李、執筆は白郷、判者は寛美である。

4は、文化九年十一月二十九日興行の百韻として前田利見『八戸俳諧史』に紹介される。一座の連衆は、畔李（五）・貞璵（二）・李州（五）・月低（四）・松明（三）・白画（十）・貞祇（三）・畔夕（八）・白翠（七）・白虎（十）・妙達（十一）・雨月（十一）・畔烏（九）・利道（八）・蓬露（四）である。（　）内の数字は句数である。

5は、文化十年二月二十日花咲亭にて興行された。「会初誹諧五十韻」の「五十韻」を消して「七十二候」と訂正する。星霜庵に伝来する作品で、畔李自筆、訂正加筆や墨消がある。脇句以下七句と巻末の四句は作者名がない。連衆は、畔李（八）・畔夕（六）・畔烏（五）・李州（六）・貞璵（六）・白画（六）・畔簔（六）・右笠（六）・月低（六）・白翠（六）である。

三　紀行・俳文

1　紀行

畔李の紀行文として「奥の秋風」と「道の記」（『安藤昌益と八戸の文化史』上杉修遺稿集　八戸文化協会　昭和六十二年）が挙げられる。原本は未見であるが、八戸に伝来する作品であり「奥の秋風」巻末に「互扇楼畔李記之」と署名があり、「道の記」に盛岡城へ立ち寄り、両家の親しみを深めるために「寿」という月毛の馬を贈ったという旨や白川の関のところで南部家ゆかりの「南部姥の茶屋にて」句を詠んだという内容から、八戸藩主の作品であり、俳諧に優れた人物という点より畔李の作品と推定した。成立年について『八戸南部史稿』（八戸市立図書館市史編纂室編　平成十一年）の記事に基づき、「奥の秋風」は寛政元年（一七八九）八月二十七日に江戸を発し、九月十二日に八戸に到着した旅、「道の記」は寛政五年（一七九三）九月二十九日に八戸を発し、十月十四日に江戸に到着した旅を元にした紀行文と推測した。作品は「Ⅲ―第三章　畔李発句集」に引用する。

江戸八戸間は長い旅程であり「道中双六」を読むと道中の様子が判明する。「道中双六」は嘉永年中に寛兆が作成した双六で、江戸から八戸まで百六十九里あり、十六泊十七日かかると記す。

さて紀行文に地名が記されるが、地名（歌枕を含む）を調査した結果、畔李の紀行文について地名における歌枕の割合は十八％（歌枕十一件、地名六十一件）となった。その内訳は「奥の秋風」十四％（歌枕四件、地名二十九件）、「道の記」十九％（歌枕九件、地名四十七件）と計算した。両者が重複する歌枕と地名は一括した。歌枕は、末の松山、船橋、衣川、名取川、岩沼、忍部摺、しのぶ郡、白川の関、那須野、武蔵野、富士山である。

紀行文に登場する人物は、主に、古河の太守、八幡太郎（源義家）、義経、弁慶、秀衡、和泉三郎などの武士である。利根川の末流の房川を渡る時に古河の太守に船を出してもらったと記す。八幡太郎が後三年の役のときに、三堂寺にて水脈を探したという伝説があり、畔李は「御手洗水の底に唱うや百舌の声」と詠む。寛兆「道中双六」に由緒を記す。

八幡太郎義家御懐中ノ観音ナリ、義家後三年ノ軍ニ、此山中ニテ水ニカツシ祈念シ、弓筈ニテ巌石ヲ打、岩サケテ麗水涌出スルト、観音ノみたらしト成て、北上川ノ水上也。

義経伝説ゆかりの地を辿り、衣川では『奥の細道』の「夏草」句を引用する。

高館に来り翁の句に、
「夏草や兵どもが夢のあと」と詠ぜし其古句の力をかり云侍りぬ
秀衡の夢跡成や尾花原
衣川弁慶立往生の事をあわれみて

（「奥の秋風」）

ぬけがらは川の主や秋の果　（「奥の秋風」）

五日、衣川にて、和泉三郎の館を尋て

思ひ出や兜の耳に鐘氷る　（「道の記」）

聞ば尚耳たほ寒し館の風　（「道の記」）

畔李は功名一時の叢となった衣川の古戦場を二度も訪れて、義経たちを偲ぶ。

2　俳文

「風俗菊の弁」は畔李の俳文と推測される。伊藤善隆氏は、星霜庵白頭の初号が畔李であることに関連して「風俗菊の弁」を取り上げている（「畔李の俳諧活動と南部家旧蔵書」国文学研究資料館基幹研究「近世における蔵書形成と文芸享受」研究会　平成二十四年六月八日発表資料）。

頃は九月の半なりしとき、つれづれなる机に寄ておもん見るに、実に〳〵に我が誹師となせしは、夫、存義の座につらなりし百万といへる判者の弟ィ也。抑々畔李といゝしかど、いつの頃にか何某の君より給ハりて、星霜庵白頭となれり。彼の人を誹師と定め、初めて誹力を得、今かく迄に成しも、是我が力にあらずや、皆師の恩也と思ひ、忝なさハ明暮心に絶る事なし。されば、其誹師に過し秋の頃にか離れて、只悄然と我が心斗也と思ふ。（下略）

傍線部aとcにより白頭が没してまもなくの寛政三年九月の成立と推定する。傍線部bによると、我が誹師は、江戸座存義側の宗匠である百万の弟子であり、「畔李」と称した後に「星霜庵白頭」と号した。傍線部cによると、白頭は秋の頃に没して、師が亡くなった悲しみのために悄然としているという内容である。この冒頭に続いて、中国の彭祖（菊の露を飲んで数百歳の齢を重ねた）の故事、菊を愛した陶淵明、『徒然草』に見える白拍子の「亀菊」、元政の野菊など和漢の伝説を書き連ね、「粉糠のかゝれるもいと一興なるべし」と芭蕉の「寒菊や粉糠のかゝる臼の端」句を暗示し、嵐雪の「黄菊白菊外の名はあるも哉な(ママ)」句を記す。後半は、「大白菊は白を見せて降らぬ雪と疑ハせ」というように、菊の名の大白菊、大般若、初見草、契り草、秋な草、弟草、金めつき、猩々菊、禿菊、翁草に関わる文章を記す。

四　俳諧一枚摺

畔李は俳諧一枚摺を作成した。多くは挿絵を伴い、始めは狩野派の絵師（狩野洞春美信や表絵師の狩野洞琳藤原由信〈猿屋町代地狩野分家〉など）が描いたが、次第に歌川豊広、窪俊満、柳々居辰斎（葛飾北斎門）、観雪（喜多川月麿）、北渓、哥山、竹紫など当時の著名な浮世絵師が描くようになった。さらに畔李自身が挿絵を描いたものも含まれる。

以下に畔李の俳諧一枚摺をおおよそ年代順に排列し、成立年、「名称」、絵師名、署名、畔李の句数、発句の上句、備考の順で記す。成立年を推定した作品に▼印を付し、挿絵が無い作品は（挿絵無）と記し、絵師不明の場合は何も記さなかった。便宜上1から降順に記号を付した。

〈俳諧一枚摺一覧〉

天明三年（一七八三）

1　歳旦「旭日松枝図」　浩然斎(狩野洞春美信)　互扇　発句三句　葵咲　千代むすぶ　葛西女や

寛政五年（一七九三）

2　「芭蕉翁百回遠忌」　歌川豊広　互扇楼畔李　発句一句　うつせミの　催主は神山瓢馬（八戸藩士）

享和三年（一八〇三）

3　歳旦「旭日破魔弓図」　狩野洞琳　互扇楼畔李　発句三句　神の灯は　破魔弓の　山笑ふ　軸は石鯨

文化六年（一八〇九）

4　歳旦「旭日波飛鶴図」　狩野洞琳（藤原由信）　互扇楼畔李　発句三句　花の春　鶯や　伊勢海老も　「彫摺工勢登邑」

文化八年（一八一一）

5　歳旦「旭日波飛鶴図」　狩野洞琳（藤原由信）　花咲亭畔李（東都華下）　発句三句　年の香や　松に竹　若餅の　軸は東都花下秋杵

文化十二年（一八一五）

6　歳旦「旭日松竹飛鳥図」　白月斎由信　互扇楼畔李　三物一組（李州・畔李・秋杵）発句一句　今接し

7　「李州判者披露一枚摺」（挿絵無）　五梅菴畔李　発句一句　花に雪に

▼文化十二年（一八一五）から文政三年（一八二〇）

8　「三ひらの内　松・牡丹に孔雀図」　窪俊満　五梅菴畔李　発句一句　春の日を

9　「舞楽図」　窪俊満　五梅菴畔李　発句一句　只春の

10　「源氏物語図」　窪俊満　五梅菴畔李　発句一句　報春鳥の

11　「源氏物語図」　窪俊満　五梅菴　発句一句　うぐひすの

12　「三ひらの内　日輪に烏図」　窪俊満　五梅菴畔李　発句一句　はつ空や

13　「三ひらの内　梅図」　窪俊満　五梅菴　発句一句　めきめきと

▼文化十二年（一八一五）から文政三年（一八二〇）頃

14　「煎茶器図」　辰斎　五梅菴畔李　発句一句　福神の

▼文化十二年（一八一五）から天保六年（一八三五）

15　「梅樹図」　観雪　五梅菴畔李　発句一句　ゆきは山へ

16「花に蝶図」　五梅菴畔李　発句一句　遠近や

文化十三年（一八一六）

17「杵臼に鼠図」　(五)互梅庵畔李　発句一句　梅所々　巻頭は霜廣斎白社

18「束ね土筆図」　洞悦　五梅菴畔李　発句一句　鳥あさる　巻頭は月好亭白珠

19「梅樹に梅花図」　畔李　五梅菴畔李　発句一句　七たびの　巻頭は梅巣畔烏

文化十五年（一八一八）

20 歳旦「梅花散し図」　洞憐　五梅菴畔李　発句三句　節分や　遊ぶ日の　雨音と

文政二年（一八一九）

21「梅花図」　北渓　五梅菴畔李　発句三句　年暮し　日のからす　すゝしさの

22「梅花に蝶図」　北渓　五梅菴　三物一組（李有・李州・畔李）発句一句　雨二日

23「東都吾嬬之森神社所蔵駅路之鈴縮図」　五梅菴　発句一句　風綿に　巻頭は江戸美山

24「四賀峯（よつがみね）音吉図」　観雪斎月麿　五梅菴畔李　発句一句　進ミ来て　相撲絵

文政三年（一八二〇）

25 春興「梅樹図」　畔李　五梅菴　発句一句　若草や　巻頭は雨月

▼文政三年（一八二〇）

26「蕪図」　哥山　五梅菴　発句一句　はるの雨　巻頭は星池軒白翠

文政四年（一八二一）

27 春興「松枝図」　五梅菴畔李　発句一句　凧すこし　巻頭は霜好亭白珠

▼文政四年（一八二一）から文政六年（一八二三）か

28「千年川音杢図」　観雪斎月麿　五梅庵畔李　発句一句　とりあげよ　相撲絵

文政五年（一八二二）

29「梅花に蛤図」　哥山　五梅庵　発句一句　蛙いまだ　巻頭は白仙

文政六年（一八二三）

30「四世星霜庵襲号記念一枚摺」（挿絵無）　五梅庵畔李　発句一句　種と成る

文政七年（一八二四）

31「良夜・后月」　観雪　五梅庵畔李　発句二句　秋津洲の　八月の

文政八年（一八二五）

32「還暦一枚摺」（挿絵無）　五梅菴畔李　発句一句　月花の筆や

33「名月・后月」　観雪　五梅庵　発句二句　杢持る　初風呂を

文政十一年（一八二八）

34　歳旦「梅花図」　五梅庵［畔李］　発句三句　月花の　浦しまが　長閑さは

文政十二年（一八二九）

35「明月・后月」　観雪　五梅庵　発句二句　けふの月　出山の

36　歳旦「梅花図」　五梅菴畔李　発句三句　言ことを　あらたまりけり　鶏の産

天保三年（一八三二）

37「畔李評月次一枚摺」　五梅庵　発句一句　この魚に

▼文化十三年（一八一六）あるいは文政十一年（一八二八）

38　歳旦「梅樹図」　畔李　五梅菴畔李　発句一句　梅さくや　巻頭は星池軒白翠

39 春興	（挿絵無）	五梅庵	発句一句　気の行当る	巻頭は白旭
40 春興「葛屋に柳図」	洞悦	五梅菴畔李	発句一句　鳥飛べば	巻頭は星風坊白虎
▼文政三年（一八二〇）あるいは天保三年（一八三二）				
41 春興「藁苞の中に福寿草図」	竹紫	五梅菴畔李	発句一句　月に朧は	巻頭は白鳩
▼文政四年（一八二一）あるいは天保四年（一八三三）				
42 春興「茅屋梅花図」	北渓	五梅庵	発句一句　日の前の	巻頭は霜雄軒白英
▼文政五年（一八二二）あるいは天保五年（一八三四）				
43 春興「梅花図」		五梅菴	発句一句　明け舟に	巻頭は白如
44「梅樹図」	月麿	五梅菴	発句一句　のどかさや	巻頭は星池軒白翠
▼文政六年（一八二三）あるいは天保六年（一八三五）				
45 春興「富士山図」		五梅庵畔李	発句一句　三日月に	巻頭は霜廣斎白社
46「椿図」	哥山	五梅菴畔李	発句一句　蝶飛や	巻頭は月芳亭蘭村

五　月次句合

畔李の月次句合は、文化より文政年間まで続いたと推測する。本節では1と2を取り上げる。

1　文化十一年（一八一四）七月『花咲亭評月次発句合』　【表1・表2・表3】参照。176〜178頁
2　文化十三年七月分　八月分　閏八月分『御月次発句合』　同右
3　文政五年（一八二二）三月『五梅菴畔李評年籠発句合』

4　成立年未詳『五梅庵御月次発句合』写本「五梅菴畔李評月次　亥二月三月分」と記すので文化十二年あるいは文政十年に成立と推測する。

1の表紙に「花咲亭評　月次発句合　催主」と記す。内題「花咲亭評月並句合　戌七月分」に続き巻頭に天地人の句を置く。

天　余が家に糸くる音や星迎ひ　　三田　杵月
　外六印二句アリ
地○白萩に影をきしらむ銀河かな　　花咲亭下　畔竜
○とんぼうや一すじ長き花すゝき
　外六印一句アリ
人○朝がほや尺八吹僧のうしろ影　　八戸　冠秀
　蜻蛉や芦ふす宿の夕つく日
　外六印一句アリ

次に「句座到来順」として発句百二十四句（チライ一句を含む）を収める。句頭に○印が付いた句は三十五句ある。さらに「秀逸六印之部」十七句が続き、巻末に催主の句、軸、楽斤富評の天地人を置くという構成である。巻末の句を次に引用する。

琵琶撥て居る僧もあり萩の宿　　催　白翠
岨道の一すじ黒き花野かな　　畔烏
米斗る瓢めでたし月の秋　　主　白虎

○

虫の声須磨の葉桜月に散る　　吟花樓　李州女

軸

手のとゞく所に啼や秋の蟬　東都花下花咲亭　畔李

樂斤富評　天　竹総　地　月低　人　古梁

2は内題「五梅菴評／月次発句合／催主　畔烏」と梅花の縁取りの中に三行に分かち書きをする。「五梅菴畔李評月次子閏八月分」には、巻頭に天地人の句を置き「句坐到来順遅来トモ」発句が続いて、「丹頂之部」「六印之部」、催主、軸に花月堂と五梅庵の句を収める。おおむね「花咲亭評月並句合」の体裁を踏襲する。次に末尾の部分を引用する。

丹頂之部

わたり鳥風納て静なり　白翠

渡鳥海に足しなき西日哉　烏一

色鳥や檜原過行風の音　烏朝

露しぐれ間引菜畑の朝ぼらけ　二ノ　白社

末がれや日の残り居る十団子　佳堂

末枯や風のこたゆる木賊原　西ノクボ　白溪

鹿なくや女残して登る山　芝　　㕘隣

筏士の出る道せまし露時雨　白帆

六印之部

柴胡干すむしろ淋しや渡り鳥　石山
色鳥や山根につゞく藍の花　白櫻
錦木の宿乏しけり露しぐれ　白翫
市へ出る野守が妻や露時雨　畔竜
末がるゝ中に皮剝ぐ小家哉　川風

○

天瓜葉のなひ枝に吹れ鳧　梅巣　畔烏

軸

新らしき汐の来て居る月夜哉　花月堂　李州
椎の実を米に替へたる雨間かな　五梅菴　畔李

番外　白調　雨月女　一丸　波燕女　白翠　村里　白英
附花月堂判　天　烏朝　地　佳堂　人　一丸

六　俳諧献額

八戸に伝わる俳諧献額として現存最古のものは、宝暦三年（一七五三）「千風庵百々選評献額」（八戸市指定文化財小田八幡宮(3)）という（図録『八戸の俳諧』）。寺社に俳諧の作品を奉納して、神仏に祈願する俳諧献額について、畔李が関係するものとしては次の三件が挙げられる。

1　文化八年（一八一一）奉納　寺下観音　「光添ふ大慈の影や若葉和　畔李」

2　文政十年（一八二七）奉納　新羅神社　「国の光り皆此山の春風ぞ　畔李」
3　天保三年（一八三二）奉納　金刀比羅神社「としは世のたからの数ぞ雪に梅　畔李」

1　寺下観音

寺下観音（青森県三戸郡階上町（はしかみちょう））は、神亀元年（七二四）に、行基が海潮山応物寺として開山したと伝えられる。海潮山応物寺の跡地に建つ寺下観音は、階上岳（別名種市山（たねいち）　標高七四〇メートル）に鎮座し、藩政前までは檀家を持たない祈禱寺、修験道場であったが、江戸時代になり、八戸藩主の庇護を受け、領内の郷士、豪商、一般の人々、広くは廻船諸国の船頭の尊崇を得た。現在も人々に厚く信仰されている。

俳諧献額[4]の外寸は、縦四十五・五糎、横百九十二・〇糎、内寸は、縦三十七・〇糎、横百八十三・五糎。巻頭に、

　光添ふ大慈の影や若葉和　　貞徳七世東都花下　花咲亭　畔李

と畔李の句を置き、末尾に白虎の句を据える（階上町指定文化財）。

　観念の後に涼し暮の月　　　　願主星風亭　白虎

裏面に「諸願成就　宮守姓源吉（村カ）」と墨書する。すなわち文化八年四月に、星風亭白虎が願主となり、諸願成就のために奉納した献額である。白虎は、文化十一年（一八一四）『花咲亭評月次発句合』に、星池軒白翠と畔烏と共に催主となり、「米斗る瓢めでたし月の秋　白虎」句が入集する。さらに白虎は、五梅莽月次の募集ちらしに名を連ねる。作者は、三十七名を数える。

2　新羅神社

新羅神社（八戸市）は、城下南側の長者山にあり、八戸藩主南部家の墓所である月渓山南宗寺の隣に位置する。献

額の大きさは、縦七十八糎、幅三百四十糎である。文政十年に、八戸藩が同社を建立した際に、白喜が世話役、白□(判読困難)、白翫、白納が願主となり奉納した。(5) 末尾に、畔李の句を置く（八戸市指定文化財）。

裏面に、文政十年九月、稲葉 治 正厚と近藤 近 清健と宮 宗雪 吉淵の三名が奉納し、その節に、三社御普請掛御徒目付の宮弥五右衛門吉忠と北田茂十郎貞寛の二名が付き添った。献額は、鍛冶町彫工の善治と鍛冶町大工の重太郎が制作したという内容が墨書される。

俳諧献額の絵に「素淳謹写」と署名があり、絵の作者が橋本雪蕉という説がある。雪蕉（一八〇二～一八七七）は、東北地方を代表する南画家で、谷文兆や浦上春琴に師事した。

巻頭は「色かへぬ松やますます鶴の宿　星霜庵畔烏」とあり、次に「句座到来順」として「月雪花に山たかし山広し　五梅庵家婦　東都　李有」以下花月堂李州まで七十七句が続き、「軸」に、

国の光り皆此山の春風ぞ　　暦七代伊勢守入道源信房　五梅庵　畔李

を置く。全七十九名の中、所付けを分類すると「東都」二十六名、「下ッ一」三名、「相小田原」一名、「江州山上」六名、「久慈」一名、所付がない句については八戸藩と推測でき、久慈は八戸領内に入れて四十三名が八戸藩の者と数えられる。

3　金刀比羅神社

天保三年、金刀比羅神社（岩手県久慈市湊町）に、八戸領内の白野、白意、嵯忠、魯仙、橘平たちが願主となり奉納した。(6) 巻末に、天保三年壬辰七月、八十歳になる馬来（梅星軒）が敬白すと記す。春五十句、夏三十句、秋十一句、冬八句、文音七句、末尾に、

日は松の上におどつて弥生かな　　五梅庵家婦　李州

何れにかによみておくると冥加御端書ありて
としは世のたからの数ぞ雪に梅　　東都五梅庵　畔李

とあり、全百八句を数える。

馬来（中野綱庵）は、久慈に住む医師で、畔李の治療をした時に、発句のやり取りがあったことが伝わる。天保五年（一八三四）七月二十九日に没した。享年は八十二歳。墓石に「梅星院一透綱菴居士」と刻まれる。長福寺に奉納された俳諧献額（天保十一年）に、寛兆[7]が追善文を記すので、次に一部を引用する。

馬来翁、諸道に遊びて風雅に富みて、その郷にしては神仙の如く仰がれしも、年有八十二齢を一期とし、仏の仲間入して安楽国に赴れぬ。

七　その他

1　漢文

畔李が書いた漢文は二点存し、いずれも掛軸である。
池成明月自然来　　南部信房書
（典拠『普門品聞記』）
樽中酒不空　　伊勢入と筆
（典拠『後漢書』孔融伝）

2　和歌

「東帯天神像」（「喜多川月麿図」）の上部に貼付した色紙と短冊に和歌が各一首記され、「従五位下兼伊勢入道蘭秀斎源信房任臣好謹書之」と署名がある。

心だにまことの道にかなひなばいのらずとても神や守らん　（短冊）

宵のまやミやこの空にすミもせでこゝろづくしの有明の月　（色紙）

天神像は連歌の会で用いられる。両首の歌は菅原道真（天神）の歌と伝わる。

南部家は二条家の和歌を学んだので、以下に二条家歌学について述べる。八戸南部家文書に、連阿（一六七一～一七二九）、亭弁（こうべん）（一六八九～一七五五）が著した二条家に関係する歌書が揃う。

連阿（好古堂）は、備後に生まれ、和歌を武者小路実陰に学んだ。四十歳頃に出家して時宗の藤沢浄光寺の会下（えげ）となった。遊行（ゆぎょう）四十九代一法上人の奥州巡化（正徳二年）に随行した折に、盛岡でのトラブルの責めを負い、一行から離脱して江戸に帰り、その後は麻布に独住した。江戸堂上派武家歌壇の形成に指導者格で寄与した。平安・中世の歌書の書写に努め、門人に亭弁らがいる。

亭弁（こうべん）（習古庵　遁危子）は、麻布の長幸寺の住職（日蓮宗）法住院日義上人である。二条家歌学（烏丸光栄）の門人で、諸藩江戸藩邸に出入して、堂上派歌壇活動の興隆に力を注いだ。八戸南部家の歌書は、五代藩主智信（信興）の代に、亭弁門流の手に成ったものが多い。

松野陽一氏は、亭弁（こうべん）について「堂上歌学を体系的に教授し、詠作指導もできる江戸定住の人物」と評し、南部家所蔵の歌書を「創作的性格」を持つと位置付ける。(8)

3　印章

八戸俳諧倶楽部に、畔李が使用した印章が保存されているので、その印文を次に列挙する。(9)

蘭籬・畔李齋・畔李互扇・兔州之印・白隼・畔李・花笑亭・畔李之印・互扇楼・蘭籬之印・信房・互扇之印・五

某菴・五梅菴・華咲亭・星霜庵・白頭・［宝相華文］・蘭陵美酒鬱淡香・五梅山人・白鶏之印・蘭秀斎之印・白隼之印・五梅菴・白頭之印・［花筏図］満信画・［寿老人図］狩野洞琳画・［鶴笠鋒図］洞琳画・［唐子遊び（郭子儀図］狩野洞琳画・南部・［双鶴図］洞琳画。

注

（1）藤田俊雄「〈資料紹介〉日蓮宗と南部信房との関わりから」（『八戸市博物館研究紀要』第二十二号　平成二十年三月）
（2）松尾真知子「『休息歌仙』の成立」（『連歌俳諧研究』第八十四号　平成五年三月）
（3）関川竹四「千風庵百々評俳諧献額」（『青嶺』「八戸の俳諧・俳句献額について」青嶺俳句会　昭和五十九年）
（4）松尾真知子「寺下観音の俳諧献額」（『はしかみ』第六十一号　階上町教育委員会　平成十七年三月）
松尾真知子「寺下観音仙夢宛常丸書状」（『八戸市博物館研究紀要』第十九号　平成十七年三月）
（5）図録『八戸の俳諧』（八戸市博物館　平成十五年）に写真と翻刻が掲載される。
（6）田村栄一郎『松峰山長福寺』昭和六十三年
（7）田名部柊一『俳人三峰館寛兆―その生涯と作品―』昭和五十三年
（8）松野陽一『江戸堂上派歌人資料　習古庵亨辯著作集』新典社　昭和五十五年
松野陽一『江戸堂上派歌人資料　連阿著作集』新典社　昭和五十六年
（9）蒔田稔『八戸俳諧倶楽部所蔵「印章小篁笥」所収印章一覧』（平成十八年）から引用した。印文については、同字が重複する場合は一括した。文字は（例）蘭籬、象形は（例）［花筏図］満信画というように記した。

第三章　畔李発句集

凡例

一、畔李の発句を集めた書物に北村益『五梅庵句集』（昭和九年）があるが、本句集は新たに探索したものである。
一、排列は年代順とし、句形がおおむね同じ作品は一括して数えた。
一、制作年代を推定した作品は▼印を付して、その年代の所に一括した。
一、『五梅庵句集』に収録された句の中、成立年が推定出来る作品の句尾に*を付した。
一、以下の略記号を用いて出典を記した。
ⅰ 作品の形状などから「句碑　献額　短冊　文机　文台　条幅　一幅　三幅対　寄書　掛軸　巻子　扇面　宗家（宗家文書）」などと記した。
ⅱ 俳諧一枚摺は本書「Ⅲ—第二章—四　俳諧一枚摺」で述べた記号を用いて「摺1」などと記した。
ⅲ 月次発句合は「月次」と記した。
ⅳ 俳書名はその名称を記した。（例）完来『歳旦歳暮』、桃家春帖
ⅴ 畔李自筆の文政三年の作品は「畔李自筆句集」、『秋冬発句帳』は「秋冬」と記した。
ⅵ 上杉修遺稿集『安藤昌益と八戸の文化史』は「安益」、『八戸俳諧史』は「八俳」と記した。
一、発句の頭に通し記号を付し、巻末に五十音順に配列した「初句索引」を置いて、検索の便宜を図った（254頁）。

畔李公略年譜

年	年齢	事項
明和二年	一歳	六月十五日、江戸にて生まれる。幼名は繁松、右近。
天明元年	十七歳	二月十四日、家督を継ぐ。八戸藩七代藩主となる。
天明二年	十八歳	十二月十八日、従五位下内蔵頭に叙任せらる。
天明三年	十九歳	俳諧一枚摺に「互扇」と署名する。
寛政二年	二十六歳	連句に「畔李」と記す（八戸市立図書館所蔵荒木田家文書）。
寛政三年頃	二十七歳	江戸座宗匠の星霜庵を襲号する（『星門系図』）。その後、星霜庵三世を江戸芝田町の秋杵に継がせる（関川竹四『八戸俳壇の歩み』に寛政四年「秋杵に襲がしむ」と記す）。
寛政五年	二十九歳	芭蕉翁百回遠忌に追善句を詠む（俳諧一枚摺）。長者山に「小簔塚」を建立させる。
寛政七年	三十一歳	四月三日、伊勢守と更称する（『八戸南部史稿』）。
寛政八年	三十二歳	二月十三日、致仕して家督を安吉（のち信眞）に譲る。
文化六年	四十五歳	三月、貞居より『花下伝書』を伝授され、以後「花下七世花咲亭畔李」を名乗る。
文化八年	四十七歳	六月四日、剃髪して伊勢入道と称する（『信房公御剃髪御改名一件帳』）。
文化十二年	五十一歳	三月、「五梅菴畔李」と称する（「李州判者披露一枚摺」）。
文政六年	五十九歳	七月、畔烏（后北正　通称野中頼母　八戸藩士）に四世星霜庵を継がせる（『星門系図』）。
文政八年	六十一歳	三月、俳諧の作品に選判することを休む（俳諧一枚摺）。
文政十年	六十三歳	新羅神社社殿及び「桜の馬場」が完成したのを記念して「国の光」句を奉納する。
天保六年	七十一歳	五月十二日、江戸にて卒去。七十一歳。勝林山金地院（臨済宗南禅寺派）に葬られる。

天明二年（一七八二）壬寅　十八歳

歳尾

1 葵咲岡見ぞとしの人通り　摺1

天明三年（一七八三）癸卯　十九歳

五位の列につらなりて

2 千代むすぶ懸緒初や明の春　摺1

春興

3 葛西女や梅にことたる鶯菜　互扇　摺1

寛政三年（一七九一）辛亥　二十七歳

4 梅に積る雪の形や福禄寿　互扇樓畔李　文机

寛政五年（一七九三）癸丑　二十九歳

芭蕉翁百回遠忌

5 うつせミの簑よりたるゝ時雨哉　互扇樓畔李　摺2

寛政八年（一七九六）丙辰　三十二歳

ねがひのまゝに致仕の身となつて

6 世を永うほろ打雉子の籠抜かな　互扇樓畔李　八俳

致仕の身となりて

世を永うほろうつ雉子の籠抜哉*

世を永うほろうつ雉子の籠抜哉　句碑

▼寛政九年（一七九七）丁巳　三十三歳

畔和が旅だちするに馬のはなむけして

7 蓮翹や桜も馬の右左*

▼享和元年（一八〇一）辛酉以前　三十七歳

8 鳥追や日向にハ積鐺の雪　はん李御筆吟　掛軸

享和二年（一八〇二）壬戌　三十八歳

戌歳暮

9 神の灯は妹まかせやとしの奥　互扇楼畔李　摺3

享和三年（一八〇三）癸亥　三十九歳

亥歳旦

10 破魔弓の弦はりかえて女かな　互扇楼畔李　摺3

春興

11 山笑ふ梅も醫や日の匂ひ　摺3

文化四年（一八〇七）丁卯　四十三歳

年尾

12 青筵しくや備のすて心　完来『歳旦歳暮』

文化五年（一八〇八）戊辰　四十四歳

三始

13 芦原やあしの浪間の初日影　互扇楼畔李

芦原やあしの波間の初日影*　完来『歳旦歳暮』

芦原やあしの波間の初日影　条幅

春興

14 砧打て見たき宵あり月の梅　完来『歳旦歳暮』

15 朝影や鏡に梅の削かけ　互扇楼畔李　宗家

戊辰良夜

16 川音の後に更る月見かな　宗家

17 名月や小野には古き蒲サ売　互扇楼畔李　宗家

戊辰十三夜

18 椽先に石蕗のつぼみや後の月　互扇楼畔李　宗家

縁前に石蕗の莟や後の月*

歳暮

19 帆柱をとし徳神や宝船　秋杵『旦暮』

帆柱を歳徳神や宝船*

年内立春

20 かすみけり年の尾上の松に鐘　秋杵『旦暮』

文化六年（一八〇九）己巳　四十五歳

三物

21 春の日や鳥居に並ぶ納鶏　互扇楼畔李　秋杵『旦暮』

春興

22 色も香も見せず余寒の梅椿　秋杵『旦暮』

23 花芹や獺の面出す種俵　秋杵『旦暮』

24 雉の声明日ハ都と寝て語る　秋杵『旦暮』

雉の声明日は都と寝て語る*

己巳歳旦

25 花の春何にたとへん匂ひかな　互扇楼畔李　摺4

花の春何にたとへん匂かな*

春興

花の春何にたとえん匂ひかな　条幅

26 鶯や旭の動く八幡竹　摺4

戊辰歳暮

27 伊勢海老も這出る影ぞ宵かざり　摺4

28 人の日と成ぬこゝろの家さくら　互扇楼畔李　宗家

29 柳から明ゆくこゝゑや納鶏　互扇楼畔李　海隺『旦暮帖』

30 もと船や灯見えて年静　畔李　海隺『旦暮帖』

31 華さくと思へバすゝし青葉山　花下七世花咲亭畔李　宗家

歳暮

32 梅守の翁も来たよとし籠　完来『歳旦歳暮』

▼文化六年（一八〇九）から文化十二年（一八一五）

33 花の留守とへば軒端もはなに鳥　花咲亭畔李筆　条幅

34 梅さくや野守に古き金屏風　花咲亭畔李筆　条幅
梅咲くや野守に古き金屏風*

35 ミじか夜を寐あきて合歓の盛かな　花咲亭畔李　一幅

文化七年（一八一〇）庚午　四十六歳

聖節の夕ぐれなやらふ声のめでたければ

36 鬼の住国こそなけれ御代の春　花下七世花咲亭畔李
完来『歳旦歳暮』

春景

37 本陣とむかひなふたり春の山　完来『歳旦歳暮』

名月

38 春の日のいろや小松にけふの月　宗家

39 名月や草の底にも天津空　華下七世花咲亭畔李　宗家

后の月

40 葱畑に隣りて月の二夜かな　華下　互扇楼　宗家

午歳暮

41 年の香や軒に積たる深山くさ　摺5

文化八年（一八一一）辛未　四十七歳

未歳旦

42 松に竹月雪花のはじめかな　東都華下花咲亭畔李　摺5

春興

43 若餅の莚干日ぞむめの花　摺5
若餅の莚干す日ぞ梅の花*

軸

44 今接し枝に囀る小鳥かな　互扇楼畔李　摺6
今接ぎし枝に囀る小鳥かな*

曙色

45 紫の江戸白魚の夜明哉　華下七世花咲亭畔李　桃家春帖

奉納

46 こゆるぎの磯行人や春の月　花下七世畔李　宗家

47 光添ふ大慈の影や若葉和　貞徳七世東都花下花咲亭畔李　献額

48 落汐や芦の若葉に水の音　花下七世花咲亭畔李　さみだれ集

49 渋団扇夕がほ棚にわすれ梟　さみだれ集

50 稲に露都ハ月の最中かな　さみだれ集

51 茶の花や壁にめでたききりぎりす　さみだれ集

▼文化八年（一八一一）から天保六年（一八三五）

52 寒ひとはいふもの〻扨はるの春　南部伊勢入道蘭秀斎畔李　三幅対

53 永き日の外を長閑き野づら哉　三幅対

54 三人ハならぶ岩あり夏の月　三幅対
55 鶯もたゞの鳥なり梅もどき　三幅対
56 一番の碁ハまだはてず雪五尺　三幅対
一番の碁はまだ果てず雪五尺＊
57 春の雨これも宝のひとつかな　条幅
春の雨これも宝のひとつかな＊
58 山間の田すしあかるしかんこ鳥　条幅
59 はつ秋と成てふミさく帋張(帳)かな　条幅
60 寒月や犬は南へ吼て行　条幅

文化九年（一八一二）壬申　四十八歳

61 ふりかはる雪の呉竹雪の松　五梅庵畔李公　八俳

文化十年（一八一三）癸酉　四十九歳

62 春の日の畔や横むき真向鶴　花咲亭畔李　巻子
秋杵子の三回忌に
63 二夕めぐり三めぐり露の紅葉かな＊

文化十一年（一八一四）甲戌　五十歳

64 手のとゞく所に啼や秋の蟬　東都花下花咲亭畔李　月次
表に春有夏あり年号に冬あり四季に用ゆ。されど秋の季見へず。月の光の裏はおぼへねどかくして八月の裏もあるがごとし。鉢叩ハ冬空に出るものなれどこゝに秋より出しも表に四季のたらざるがゆへか。後人笑ふべからず。
あなかしこ
(畔李画鉢たたきの絵)
65 鉢たゝき行秋しらぬ拍子哉　華下七世畔李　掛軸

文化十二年（一八一五）乙亥　五十一歳

66 玉手箱ひらけば華の日ざし哉　花咲亭畔李　六草庵『歳旦』
玉手箱ひらけば花の日ざし哉　南部伊勢入道蘭秀斎信房畔李　条幅
玉手箱ひらけば花の日ざし哉　花咲亭畔李　条幅
67 人の日と成て都をめぐりけり　花咲亭畔李　六草庵『歳旦』
68 除夜の鐘はるへ響て寿なり　花咲亭畔李　六草庵『歳旦』
吟花楼ハいにしへよりの重き号なれど、こたび判者の列たる事、予が知るところにあらず。是古人貞居・秋杵老人のおもふ事、こゝにあらはれしならんとけふなんそのことをほぎして
69 花に雪に世はやすからめ永からめ　五梅菴畔李　摺7
文化十二亥のとし皐月中のいつゝの日、岩本の山主、

日称尊師御跡国を見送り奉りて戸塚の宿までまかりけるに、いつとても名残ハ尽ぬ亀なる水にわきてあづまの地を放れぬれば、ひとしほにそのわかれのふかけれバ来小春なる会式にまた尊き御姿を拝し奉ると

70 冬までとおがミ残して夏の冨士　畔李拝　短冊

▼文化十二年（一八一五）から文政三年（一八二〇）

71 春の日を二日やすめて降る細雨　五梅菴畔李　摺8
72 只春の月のミまつて日はたけぬ　五梅菴畔李　摺9
73 報春鳥の雲井に近き籬かな　五梅菴畔李　摺10
74 うぐひすの唇あつき余かんかな　五梅菴　摺11
75 はつ空や御伊勢のかたへとぶ烏　五梅菴畔李　摺12
76 めきめきと春雨からの日のゆるみ　五梅菴　摺13

▼文化十二年（一八一五）から文政三年（一八二〇）頃か

77 福神のあそぶ日もあり春の雨　五梅菴畔李　摺14

▼文化十二年（一八一五）から天保六年（一八三五）

78 ゆきは山へもどりて畑の春日かな　五梅菴畔李　摺15
79 遠近や雪からのちのはつはる日　五梅菴畔李　摺16

ふたミ

80 月花のはるや二見の汐がしら　五梅菴畔李　文台
81 永き日やおなじ所を飛胡蝶　五梅菴畔李　条幅
永日や同じ処を飛ぶ胡蝶＊
82 各の二日歟一日歟桃の花　条幅
83 僧にせし子を思ひきやはつがつほ　条幅
84 夏の月舟からほしき家斗　条幅
夏の月舟からほしき家計＊
85 秋雨や留守に寐て居る無二の友　条幅
86 新酒や暦の外の蔵びらき　条幅
87 山いくつ見越して近し冬の富士　条幅
山幾つ見越して近し冬の富士＊

一　酒の肴にとりをつくりて出せしをかんず

88 鶏を納める年の社かな　五梅菴　一幅
89 よしあしは春で済たる若葉哉　五梅庵　短冊
90 朝霧や声かけあふて馬を牽　五梅山人　短冊
91 春雨や日のたつ山を尾長鳥　五梅菴　宗家

待宵

92 待宵とまてば成けりかぜの月　一幅

良夜

93 大空は暦の外よけふの月　一幅
94 持汐に海ハたゝへて月見哉　一幅

95 名月や家のうしろは江の月夜　　一幅
十六夜
96 いざ宵となつて定る天津空　五梅菴畔李　一幅
97 ゆきゆきて春雨からの日のゆるみ　五梅菴　宗家
98 人の日となりけり門の梅みどり　五梅菴　宗家

文化十三年（一八一六）丙子　五十二歳

99 梅所々雪ところ〴〵やはつきゞす　（五）互梅庵畔李　摺17
梅ところ〴〵雪所々や初雉子　畔李　短冊
100 鳥あさる圃なりけり雪若菜　五梅菴畔李　摺18
鳥のあさる圃なりけり雪若菜*
101 七たびの雪もしまふてはる日かな　五梅菴畔李　摺19
七度の雪もしまうて春日哉*
102 鶯もめぐる御慶の門辺かな　五梅菴畔李
六草庵『春興集』
103 しだり尾の山鳥遠き霞哉　六草庵『春興集』
104 待はるのこたつにむめの手紙かな　六草庵『春興集』
歳旦
105 鳥ひとつ海から春は立にけり　六草庵『春興集』
春興
106 玉川をミなつかふ田やはるの艸　一号白頭
六草庵『春興集』
春興
玉川をミなつかふ田やはるの艸　一号白頭
畔烏『春帖』（天保三年）
107 川越せバミよしのみちよきじの声　五梅庵畔李　宗家
108 村雲へ花火一たん二たんかな　五梅菴畔李　月次
109 新月も酒が覚ると只の月　五梅菴畔李　月次
110 椎の実を米に替へたる雨間かな　五梅菴畔李　月次

文化十四年（一八一七）丁丑　五十三歳

丑歳暮
111 節分やうめの火かげも七ところ　摺20

文化十五年（一八一八）戊寅　文政元年と改元　五十四歳

歳旦
112 遊ぶ日のはじめかくあるにほひ哉　五梅菴畔李　摺20
春興
113 雨音と成て晴けり春の雪　摺20
雨音となつて晴れけり春の雪*
114 若竹をかぞへありけば日が蔭　五梅菴畔李　桃家春帖
完来居士の一周忌
115 一周桜は同眺かな*

116　氷室守月の世界へ走るなり　　畔李子　蛍雪集
117　梢分て雪の深さを覗きけり　　蛍雪集
118　朝すゞや人なき舟の岸にうく　　畔李　雪の仏
119　梟の月をあの木にこの木哉　　五梅庵畔李子　露の玉葛

寅歳暮

120　年暮し梅や門田のありきたり　　五梅菴畔李　摺21

文政二年（一八一九）己卯　五十五歳

121　下駄の歯につくものなくて長閑也　　五梅菴畔李　桃家春帖
122　雨二日ふつかのびたる春日哉　　五梅庵　摺22

歳旦

123　日のからす月の兎のはじめ哉　　摺21

春興

124　すゝしさの種かくまでに長閑也　　摺21
125　風綿にもへ残りたるわらび哉　　五梅菴　摺23
126　見ぬ人の夢やはちすの葉に光る　　畔李子　六草庵『抱鹿句巣』
127　進ミ来て春日に峰のふとりかな　　五梅菴畔李　摺24

文政三年（一八二〇）庚辰　五十六歳

128　若草やはじめて魚の空に浮　　五梅菴　摺25
129　重着の山又山や更衣　　畔李自筆句集
　　重着をする山あるに更衣＊
130　灌仏や米の中にも裸虫　　畔李自筆句集
　　灌仏や米の中にも裸虫＊
131　氷室山里もはなる事三里　　畔李自筆句集
　　氷室山里を離るゝ事三里＊
132　夕汐や時雨を呼に行烏　　畔李　寥和句集しがらみ
　　夕汐や時雨をよびに行く鴉＊

山奴の霊前へ

133　霜と化す山の零葉哀なり＊

▼文政三年（一八二〇）

134　はるの雨山もしろさはなかり梟　　五梅菴　摺26

文政四年（一八二一）辛巳　五十七歳

五世太白堂追悼

135　風すこし懐ぬくき霞かな　　五梅菴畔李　摺27
136　友一人失せて桜も淋しがり＊

六世太白堂孤月賀筵に

137　時を得て接穂の桜咲きにけり＊

▼文政四年（一八二一）から文政六年（一八二三）か

138　とりあげよ霞のまくの組俵　　五梅庵畔李　摺28

文政五年（一八二二）壬午　五十八歳

139 雪となる足腰はなし春のあめ　五梅庵畔李　桃家春帖

140 蛙いまだことしを知らぬ田水かな　五梅庵　摺29

141 有あまりても足らぬ世の桜哉　五梅庵畔李　月次

142 夏の夜の慾にハほしき砧かな　五梅庵　月次

143 時とへバ又人に問ふ五月かな　五梅庵　月次

144 たぎる湯と成とも誉る清水哉　五梅庵　月次

145 今朝の秋拭立柱すゝしけり　五梅庵　月次

今朝秋の拭(フキ)立柱涼しけり　秋冬

146 母が打ても美しき砧かな　五梅庵　月次

母が打ても美しき砧哉　秋冬

147 酒尽るまで明月を笑ひけり　秋冬

酒尽くる迄名月に笑ひけり*

148 明月の入物にして我が家哉　秋冬

明月の入物にして我が庵*

良夜

名月のいれものにして我家哉　掛軸

149 加賀簑や雪の晴着とおしかくし　秋冬

加賀蓑を雪の晴衣と待ちにけり*

150 酒呑めとこたつまくつて起しけり　秋冬

酒呑めと火燵まくつて起こしけり*　秋冬

151 冬野原■橋の背中の高サ哉

冬野原橋の背中の高さかな*

勤しうちははらからの身とひとしうせし冠山主の童女世を早ふし給ひし集を催すとて予にもホ句せよとこわれければおろかなるふんでをとりて

152 世を霜と即補陀洛の身成けり　畔李　短冊

午歳暮

153 としの大津ゑ近よりて天気哉　五梅菴畔李　宗家

▼文政五年（一八二二）から天保六年（一八三五）

后月

明月にふりけるにけふも又おなじ空になりければ

154 月も葛も裏見る雨と成にけり　一幅

155 山姫は赤ひ衣やけふの月　五梅菴畔李　一幅

156 入相と成六となりけふの月　掛軸

后月

157 玉の盃に底なき人も月見かな　五梅菴畔李　掛軸

158 葛も月も裏見する秋と成に鳧　掛軸

159 盗ものゝ圃にはなし二度の月　五梅菴畔李　掛軸

文政六年（一八二三）癸未　五十九歳

歳旦

160 蓬莱のふもとへすへる机かな　宗家

蓬莱の麓に据ゑし机哉*

春興

161 世ハぬくしそこらあたりの木の芽立　宗家

世はぬくしそこらあたりが木の芽たつ*

162 長閑過て翌の日和を苦に思ふ　五梅菴畔李　桃家春帖

163 明月の居所は皆さくらかな　五梅庵　月次

164 月漏るかたは女也小夜砧　五梅庵　月次

165 種となる瓢も出来て世の安し　安益

野中頼男に四世星霜庵を襲がしめて

種となる瓢も出来て世は安し*

年久しく師の星霜庵をつぎ来りしをとゝせ余り古秋杵老人へゆづりしに、こたび又梅巣畔烏、此道にかしこけれバ四世の号、点式ともにあたへ俳判を許す。予がひさしき好き事をとゝのへければ

種と成る瓢も出来て世の安し　五梅庵畔李　摺30

166 餌を拾へ年とる畔の明烏　安益

▼文政六年（一八二三）から文政八年（一八二五）か

167 乙月や寐て行筈の客ふたり　五梅菴畔李　寄書

▼文政六年（一八二三）から天保六年（一八三五）

168 八月や雲のきれとを飛うさぎ　五梅菴畔李　良夜帖

169 空二夜今宵ぞ月の大晦日　畔李　良夜帖

170 月のよごれをあらふたる望の汐　五梅菴畔李　良夜帖

文政七年（一八二四）甲申　六十歳

171 長閑さやあちこちへ人のそれて行　東都五梅庵畔李　桃家春帖

良夜

172 高汐や夜を思ふまゝに月見せる　五梅菴畔李　寄書

173 秋津洲のよるの要やけふの月　五梅庵畔李　摺31

秋津洲の夜の要や今日の月*

后月

174 八月の要ゆるんで二夜月　畔李　摺31

文政八年（一八二五）乙酉　六十一歳

むそひとつあまれる春をことほがれければ

175 世の先のさかり貰うて李咲く*

176 腹の中まですく山や遠霞　東都五梅庵畔李　桃家春帖

予年久しく春の日若葉落葉にこゝろをゆだね、おこなれど、蕉翁の流れにひたり、兎烏のいとま、硯乃海の深くも此道をしたへど、これといふ花もなし、

それとおもふ実もなし。いづれかはや鶯をきく耳も霞に曇り、青柳のくばるめもうとくなりぬれバ、撰判乃よしあしもおろそかになり侍れバ、ひき墨もかたく断なんとおもふ折に、こたびある人のもとより五千句の撰を乞るゝに黙しがたく、是ぞしほに点をとゞむるときならめとものしぬるに、机上の臂に年浪の労を覚ゆれば、筆乃命毛ながき齢こそ風流の種ふくべとふらふら世の芸にそまず、わがまゝなる童にかへるこゝろこそたのしからんとかくなん

177 月花の筆やしばらく眼を休む　五梅菴畔李　摺32

纔なる園におぼつかなきひと木のありければ

178 杏持る人のさたする月見かな　五梅庵　摺33

后月

179 初風呂を洗ふて後の月見哉　畔李　摺33

文政九年（一八二六）丙戌　六十二歳

180 若艸やまだこねそめぬ田の小縁　五梅庵畔李　桃家春帖

181 あれハみなさくらにて候門柳　五梅庵畔李
六草庵『丙戌載旦』

182 月入らぬうちとて客は帰りけり　五梅庵畔李　名月帖

文政十年（一八二七）丁亥　六十三歳

183 国の光り皆此山の春風ぞ　暦七代伊勢守入道源信房
五梅庵畔李　献額

奉納新羅神社
国の光皆此山の春風ぞ*
国の光皆此山の春風ぞ　句碑

184 あさな呼べば後の字の有月夜かな　五梅庵畔李　寄書

亥歳暮

185 月花のけづり余りやとし二日　五梅庵畔李　摺34

文政十一年（一八二八）戊子　六十四歳

歳旦

186 浦しまが棹の先からはつ日哉　摺34
浦しまが棹の先からはつ日哉　五梅庵畔李　掛軸

春興

187 長閑さは足袋かた〳〵の世なりけり　摺34

188 梅ばかり氷らず春ハ七日かな　東都五梅庵畔李　桃家春帖

189 浪に寐ぬ夜ハ月に寐る兎かな　五梅庵畔李　脇駱集

明月

190 けふの月命の綱のしまり哉　五梅庵　摺35
今日の月命の紐のしまりかな*

后月

191　出山の釈迦や栗売り十三夜　畔李　摺35

子歳暮

192　言ことをきかず師走の日あしかな　五梅菴畔李　摺36

文政十二年（一八二九）己丑　六十五歳

歳旦

193　あらたまりけり新玉の浪の音　摺36

春興

194　鶏の産家へ日のもれて長閑也　摺36

195　梅しろし山鳥の尾の若枝哉　畔李　花のかがみ

196　命にもけふミせにゆくさくらかな　五梅庵畔李子　なるこなは

197　三俵と取れぬ門田やはつ蛙　五梅庵畔李　桃家春帖

文政十三年（一八三〇）庚寅　天保元年と改元　六十六歳

佳色

198　春寒し艸ハ踏るゝ花ばかり　五梅庵畔李　みつの肇

199　どことなく長閑聞えて日ハたけぬ　仝　みつの肇

200　朝皃の昼咲秋と成りにけり　畔李子　蜆籠集

201　年老て三十日も夜にハしたりけり　畔李　畔烏『春帖』

天保二年（一八三一）辛卯　六十七歳

載旦

202　とらずとも能い年取て今朝の春

とらずともよい年とりて今朝の春＊　五梅庵畔李　畔烏『春帖』

春興

203　蝶のむかしはどの虫歟どの艸歟　仝　畔烏『春帖』

204　蚊の声や馬も起たる壁隣　畔李　古今百奇談

205　いそがしいのが命なり年の暮　畔李　畔烏『春帖』

天保三年（一八三二）壬辰　六十八歳

歳旦

206　鴈ひとつ海から春は立にけり　五梅菴畔李　畔烏『春帖』

207　長閑にはしたり胡蝶の艸ばかり　五梅菴畔李　桃家春帖

何れにかによみておくると冥加御端書ありて

208　としは世のたからの数ぞ雪に梅　東都五梅庵畔李　献額

大尾

209　この魚に限りて江戸の四月哉　五梅庵　摺37

天保四年（一八三三）癸巳　六十九歳

210　春の日の後にも又春日哉　東都五梅庵畔李　桃家春帖

天保五年（一八三四）甲午　七十歳

元旦

211　今朝の春世の大輪の華開く　五梅菴畔李　畔烏『春帖』
　韶光
212　鶯や旭を連れて今朝も来る　一号白頭　畔烏『春帖』
213　華にはく足うつ年の砧かな　畔李　畔烏『春帖』
214　人の日や花にも兄の梅ひらく　五梅庵畔李　桃家春帖

天保六年（一八三五）乙未　七十一歳

215　身の丈に嘉例の初日請けにけり　五梅菴畔李　畔烏『春帖』
216　花さくや更る心に衣配　畔李　畔烏『春帖』
217　うす霞春の若さを木に見せる　東都五梅庵畔李　桃家春帖
　御辞世
218　一生の舌打ひゞく清水哉　星門系図
　辞世
　一生の舌打ひゞく清水かな*

成立年未詳

▼文化十三年（一八一六）あるいは文政十一年（一八二八）

219　梅さくや椽に六日の土薺　五梅菴畔李　摺38
220　気の行当るところみな木の芽かな　五梅庵　摺39
221　鳥飛べばとりとぶ岨の春日かな　五梅菴畔李　摺40
222　白魚や冨士はきのふの雲に入　五梅菴畔李　宗家
223　麦の垣のぞけば深き余寒かな　五梅菴畔李　宗家
224　春の川柳のほかハおぼろなり　五梅菴　宗家

▼文政三年（一八二〇）あるいは天保三年（一八三二）

225　月に朧は見せもせで長閑也　五梅菴畔李　摺41

▼文政四年（一八二一）あるいは天保四年（一八三三）

226　日の前の雲からくつて雲雀かな　五梅庵　摺42

▼文政五年（一八二二）あるいは天保五年（一八三四）

227　明け舟に鳳巾あげる子や春の川　五梅菴　摺43
228　のどかさや鳥が飛てもたつほこり　五梅菴　摺44

▼文政六年（一八二三）あるいは天保六年（一八三五）

229　三日月に日和孕て宵の春　五梅庵畔李　摺45
230　蝶飛やひとり畠を切かへす　五梅菴畔李　摺46

▼天保六年（一八三五）以前

231 報春鳥やとふく遊バず梅隣　畔李　短冊
鶯や遠く遊ばず梅隣＊

232 霞からうぐひす啼て里静　畔李　さくら年明

蜆

233 万石の干潟も見へてしゞミ哉　畔李　短冊

234 ほとゝぎすまつや雨夜の温泉の泌　畔李　短冊

235 ねがふたるむすめも出来て雛哉　畔李　短冊
願ふたるむすめも出来て雛哉　畔李　短冊
裏書「柿園東都華下花咲亭」

236 朝東風や田に人も居ず鳥もいず　畔李　短冊

卯月末のひとつの日、白納帰国せしに賀す

237 かゝなべて行けよ夏山なつ河原　畔李　短冊

238 苔の花いく夜欺月の薄曇　畔李　短冊

239 鉢植の牡丹も並ぶ火桶かな　畔李　短冊

240 晴曇垣根ぞ梅雨の日和癖　畔李　短冊

241 茎立や旭のかげ薄き土龍　畔李　短冊

242 瀧守の□□□□□夕かな　畔李　短冊

243 寐て居る山はなかりけり遠霞　畔李　短冊

244 むし籠や夜るを葱と釣にやる　扇面

紀行

▼寛政元年（一七八九）成立か。「奥の秋風」　安益

奥の秋風

（八）九月二十七日の朝、旅立の鞭をあげて江都の諸子に
別れの一句を留めぬ

245 春は又花にかへるや渡り雁

昨日江戸を立、けふ幸手の雨に逢ぬれば、ほとほと
古郷を思ひ出し侍りて

246 古郷も降か野菊の花曇

房川凪よくも古河（こが）の大守より馳走の船に打乗て折し
も雁金の鳴渡りけるに

247 雁金とともに渡るや渡し舟

絹川悪津川の渡し、日も傾きけるに、雨もまだらに成、
一入風の身にしみじみと吹渡りければ

248 絹川の水より寒し秋の風

249 秋の日も流れて凄し悪津河

喜連川の鮎名物なれば

250 渋鮎や喜連川原の秋の色

喜連河と作山の野道に深山の紅葉紅々と色を含みけ

るに

251 足らざるは鹿の声なり山紅葉
　昔より此村酒の名物なれば

252 誰顔も酒の紅葉や日出の山
　夜も白々と明かゝる頃、八丁目の遊女、起立の儘の顔なれば、愛情もあつからず見得侍れば

253 未染ぬ八丁目の蔦かつら
　しのぶ郡の内、伏拝みと云へる坂、昔此下迄海上にて福島の羽黒山権現を上方の者此所迄来り伏拝み帰りしと云へり

254 伏拝み昔は磯か草の花
　義経腰掛松にて

255 秋風はかわりし松の五百年
　弁慶硯石に古来の桜ありけれど折しも四方山は龍田姫の色一入なれば

256 春は花秋は紅葉や硯石
　岩沼迄の道すがら四ケ月の色薄く遠村森々と鹿の一声を聞て云侍りぬ

257 村一ツ月の隔や鹿の声
　岩沼は江都よりの道中半なれば

258 雁金も五本の指や旅半
　高舘に来り翁の句に夏草や兵どもが夢のあとと詠ぜし其古句の力をかり云侍りぬ

259 秀衡の夢跡成や尾花原
　衣川弁慶立往生の事をあわれみて

260 ぬけがらは川の主や秋の果
　岩手郡森岡の城下に船橋の名所あれば

261 船橋は岩手の花や川の秋
　末の秋岩鷲山に雪たゆまなく降積り古歌に「陸奥の岩手の森に来て見れば奥の富士とは是をいわゝし」と詠せし力をかり侍りて

262 雪は雲のあなたや秋の奥の富士

263 苅稲に岩鷲山の雪見かな
　姫ケ岳のあなたに藪川村申し秋気色能所あるよし聞侍りて

264 藪川の秋を覆ふや姫ケ嶽
　雪浦と云へる村の並木のうちにしだり松の名木あれば

265 紅葉をも雁をも捨よしだり松
　三堂の観音は八幡太郎懐仏のよし、わづかの御手洗

の水、清々と樹々森々たる気色いと崇げに覚へて

266 御手洗水の底に唱うや百舌の声

翌は我領へ着事なれば今宵夜通しに此坂を越けるに

267 秋の夜や波打坂の颪の音

右　仲秋二十七日より季秋十二日迄

互扇楼　畔李　記之

▼寛政五年（一七九三）成立か。「道の記」　安益

道の記

九月末の日、東都に旅立又帰国の頃をも思ひ侍りて

268 雪華を隔てしばし別れ哉

立懸に

269 しばらくと紅葉の色の深み哉

今日なん霜ふり、山々は落葉を催し、其内に一木紅葉して有けるを一ノ坂にて

270 霜寒し梢は秋を染ながら

領境にて

271 別るるや秋から冬へ境塚

夜中波打坂にて日暮しかば

272 波打や風さからわぬ汐の色

273 坂の名の波音高し松の風

浪伝ふ末の松山　……（ママ）

274 打寄する女浪男浪やまつの風

十月朔日、市ノ戸を夜明始んにたち籠中いと淋しく思ひ侍りて

もの〻

275 音も香も消へて川音時雨かな

澄渡る胸に

夜明加具との興なき折ふしに

276 旅の記の袋も軽き冬野かな

御堂の観音へ詣し折から日和よくあた〻か成るを悦て

277 御流や心の澄る小春空

二日、夜の中にたちて小雨せしか名にしをふ雪浦のしだれ松に少し休らひて折しも雨情遠近に星見へて

278 光添ふ星の雫やしだれ松

岩鷲山を見て

279 暁晴て雪面白や点（奥）の富士

森岡の城へ歳久しくしてけふ歳を経て立寄、両家に

て親を又かこす事を悦び侍りて

280 冬籠る梅ぞ開て幾八千代

寿と云月毛の馬を送りしを

281 寿の百歳冴る月毛かな

舟橋

282 舟橋や水音氷る暁の風

十月三日、花巻にて

283 干菜つる藁屋に寒し三日の月

和歌川にて

284 八千度をこげや炉の歌梶のうた

四日、金ケ崎にて寄せ鳥の形余て田毎に有を見て

宿

285 寄鳥や夕べ（ユウベ）のあさり告る振り

五日、衣川にて

和泉三郎の舘を尋て

舘寒し

286 思ひ出や兜の耳に鐘氷る

287 聞ば尚耳たほ寒し舘の風

時雨の雲催しければ

288 時雨るるや雲に照る森照らぬ森

亀井の松・弁慶の桜とて名にいふ二木の有しを尋て

289 松桜其木の落葉朽るとも

六日、筑舘休にて山茶花の咲たるを見て

290 山茶花や時雨兼たる椽の先

291 山茶花や小闇庭の雪明り

てりこしの坂にて曇しかば

292 照越の照らで曇し冬の空

293 照越の日照なくせよ冬の空

七日、無事無句

八日、国分を立て、さる町にて薪の干ありける辺に、

みそさざいの飛けるを見て

294 薪干旭の片代やみそさざい

名取川

295 今日の寒け舟子も帯せよ名取川

桃の並木の所、花町にて

296 花町や鶯の子も冬がまへ

九日

山々に漸く日の登りし頃、籠石に休みて

297 神坂や鶏のほろうつ日の恵

旅も半に名におふ鐙はづしとなん坂所をこゆる折ふ

し

298 乗懸て旅も鐙の峠かな

伊達の大木戸にて日も西へかたむきければ

299 伊達の戸や夕影は尚(散)藪紅葉

其二、山々に紅葉の落葉して有けるを

300 (散)藪紅葉伊達に着こなせ山の裾

其三、いとさびしければ

301 落葉掻く人だにもなし伊達の関

義経腰掛松にて

302 幾冬もかわらで腰のしなれかな

303 幾齢名におふ松の冬久し

304 色や今も名におふ松に日の移り

弁慶硯石

305 墨摺れば時雨の雲や硯石

306 筆の穂も(散)□し尾花や硯石

307 枯尾花すれきれ筆や硯石

十日

福島にて

308 冬草も其色々や忍部摺

309 寝心も宜や都を忍部摺

ふし拝みにて

310 梢くべて賤が寒やふしおがみ

十一日、杉田にて

杉田は本よりおんじやくの名物なれば求て寒をわす
れ侍りぬ

311 おんじやくや解行今朝の霜柱

十二日

白川の関にて今は唯名のみなるを尋ね今は道もなく
往来の人もなかりしを

312 凩の往来斗や関の道

十三日

境の明神にて

313 神風や幾空迄も小春晴

南部姥の茶屋にて

314 餅に名のふけて目出度し綿帽子

新宅また内作

315 千代までものせよ新餅所帯持

日暮て那須のケ原に行かゝり折しも月なゝめにさへ
武蔵野も斯やと思ひ侍りて

316 月もなし薄尾花の枯るほど

317 枯て尚月のなしのや薄原

又右の方を見渡しければ月に乗じて山々の景色いと

おもしろく

318 月ひとつ山の眠をゆり起し

十四日、悪津川にて

後

319 色影も見定めかねつ悪津川

絹川にて

320 絹川や水にうつろふ日の廻り

喜連川そうとめ坂にて富士山を見て古郷に程なく着

かん事を悦ぶまゝに

前

321 久しやと顔合たり冬のふじ

白沢の原にて夕暮を見て

322 峯の松透々して夕焼ぬ

十五日

小山の駅のかたわらを見て

323 くるり打冬の日向や姉妹

十七日

今なん着を悦びながら千寿にて道々杜若の帰り花を

見て江戸着を悦びて

頃すぎて

324 嬉しさや杜若も今日は帰り花

結

芭蕉没後の蕉門は、其角と支考の対比により論じられてきたが、江戸座でも美濃派でもない桃隣を取り上げた。本書のテーマである「天野桃隣と太白堂の系譜」は、桃隣と太白堂の足跡を研究することであり、江戸蕉門とは何かという問題を提起することでもある。

第一部「天野桃隣」は、桃隣の「江戸蕉門」としての位置を明確にし、「洒落風」に偏りが見られる見解を再考するものである。

第一章では、桃隣の生涯、芭蕉との関係、作品について調査し、桃隣を蕉門俳人として位置付けた。第二章では、『陸奥鵆』に焦点を絞り、元禄期の江戸俳壇の様相を明らかにした。第三章では、晩年の桃隣の芭蕉理解について考察した。彼の発句合の判詞を通して、洗練を加えた作品を評価する傾向があることを述べた。第四章に、基礎資料として最新の成果である「桃隣発句集」を載せた。

第二部「東都蕉門　太白堂」は、「江戸蕉門」という観点から、太白堂の継承を論じたものである。

第一章では、大練舎桃翁が、太白堂の点印を継承することにより、雑俳点者から俳諧宗匠へと転身したことを指摘した。第二章では、二世桃隣が太白堂を継承するに至った経緯を示し、江戸の四大家として再出発したことを論じた。第三章では、太白堂と石河積翠の関係を従来よりも詳細に調査した。第四章では三世桃隣、第五章では四世桃隣、第六章では五世萊石の俳諧活動について実証的に論じた。太白堂と渡辺崋山との関係は、五世萊石の時代から始まり孤月へ引き継がれた。第七章では、太白堂の中で最も隆盛を極めた六世孤月について精査した。彼は月次句合で勢力を張るのであるが、近代以降、否定的に捉えられてきた月次句合の形態が、多くの人々に受容された意義を考え直した。第八章では、明治時代以後の七世四夕、八世呉仙、九世桃年、十世桃月、十一世桃旭、十二世明月女、十三世篁村の運営を明らかにした。

第三部「八戸藩主南部畔李公」は、太白堂と親交のある大名俳人の南部畔李について、俳諧活動の全体を考究し、その実態について詳細に論じたものである。

第一章では、畔李の俳諧活動を三期に分類して、互扇楼時代、花咲亭時代、五梅庵時代といった俳号の変遷による活動の転換を提起し、各時代の特質を明らかにした。伝書を伝授され、月次句合の判者となり組織的な俳諧活動を行った大名俳人は、特筆されるべきである。第二章では、最新の成果を踏まえて作品を具体的に提示した。第三章に、新しく発掘した資料を時系列に整理した「畔李発句集」を収録した。

以上、桃隣研究を出発点とする本書は、周縁的に扱われてきた桃隣が、芭蕉門人という意識を堅持し、その系譜の太白堂が長期に渡り活動している事蹟を明らかにするものであり、江戸蕉門について再考を促す意義があると考える。並びに八戸の俳諧の発展に貢献した畔李についての研究である。

◇発句集収録句所蔵先一覧（五十音順）

（桃＝桃隣、積＝積翠、孤＝孤月、畔＝畔李。数字は発句集内の句番号。）

伊賀市　桃77
石川県立図書館　孤214, 218
石橋弘氏　畔135, 140, 220, 241, 242
伊藤善隆氏　畔29, 30
今治市河野美術館　孤136
大阪府立大学学術情報センター図書館　畔188
大阪府立中之島図書館　桃180, 184, 213
柏崎順子氏　畔92～96
加藤憲曠氏　畔65, 81～87, 167
加藤定彦氏　畔66～68
京都大学大学院文学研究科　桃2, 17, 21, 23, 31, 35, 109, 116, 162, 227, 237, 267, 271, 278, 285, 297, 306, 319, 327, 344, 345, 357, 359, 382, 389, 400
桑原一夫氏　畔1～3, 170
公益財団法人　柿衞文庫　桃5, 9, 125, 251, 391　孤311
国立国会図書館　桃15, 33, 42, 120, 152, 168, 268, 279, 385
金刀比羅神社（岩手県久慈市）　畔208
小西恒宏氏　畔231
静岡大学附属図書館　孤92～94, 133, 139, 142, 144, 146, 148, 150, 152, 160～162　畔210
松宇文庫　桃27, 30, 36, 39, 62, 63, 67, 75, 127, 149, 192, 224, 226, 230, 234, 236, 238～243, 246, 249, 255, 257, 259, 260, 264, 266, 274, 275, 277, 280, 292～296, 305, 308～312, 314～316, 323, 324, 328, 329, 332, 334, 339～342, 346, 351～355, 364～369, 373, 375, 378, 380, 381, 383, 390, 393～397　孤19, 266～268, 296～298
関野英明氏　畔120, 123, 124, 165, 244
浅草寺　畔152
仙台市博物館　畔71～73, 77, 79, 127, 138
太白堂氏　孤302, 303, 323
長者山新羅神社　畔183
寺下観音　畔47
天理大学附属天理図書館　桃3, 4, 6, 7, 32, 49, 65, 68, 82, 90, 93, 104, 106, 108, 112, 118, 126, 142, 143, 146, 148, 163～165, 170, 205, 208, 248, 250, 253, 281, 299, 302, 317, 330, 336, 338, 370, 377, 398, 399　孤23, 28, 47, 53, 60, 64, 69, 182, 254～256, 293～295
東京都立中央図書館特別文庫室　孤320～322

東京大学附属図書館　桃1, 8, 10～14, 18～20, 22, 24, 26, 28, 29, 34, 37, 38, 40, 41, 43～48, 50, 52～60, 64, 66, 69～74, 76, 78～81, 83～89, 91, 92, 94～100, 102, 105, 107, 110, 111, 113～115, 117, 119, 121～124, 128～140, 144, 145, 147, 150, 151, 153～161, 166, 167, 169, 171～179, 181～183, 185～191, 193～202, 204, 206, 209～212, 214～219, 221～223, 225, 228, 229, 231～233, 235, 244, 247, 252, 254, 256, 258, 261～263, 265, 269, 270, 272, 273, 276, 282～284, 286～290, 298, 300, 301, 304, 307, 313, 318, 320～322, 325, 326, 331, 333, 337, 343, 347, 348, 350, 356, 358, 360, 362, 363, 371, 379, 384, 386～388, 392　積1～11, 13～22, 24, 25　孤1～4, 17, 18, 32, 101～103, 106～116, 119～121, 125～127, 130～132, 154～157, 163～177, 179～181, 184～192, 198～200, 202～213, 219～227, 246～251, 315, 316　畔12～14, 32, 36, 37, 217

東洋大学附属図書館　孤252

富岡昭氏　畔108～110

豊橋市図書館　孤20～22, 61～63, 95～97　畔114, 171, 197, 214

野田尚志氏　畔90, 111～113, 125, 128, 173, 174, 178, 179, 228～230, 238～240

八戸市立図書館　孤25～27, 38, 40, 49～51　畔19～24, 48～51, 64, 102～106, 116～119, 126, 129～132, 147～151, 163, 164, 168, 169, 181, 189, 195, 196, 198, 199, 205, 206, 215, 216, 232

八戸市立図書館市史編纂室　孤24, 29～31, 44～46, 54～56, 65　畔5, 15～18, 28, 31, 38～40, 46, 91, 97, 98, 107, 121, 141～146, 153, 156～161, 180, 201～203, 211～213, 222～224

八戸市博物館　孤57～59　畔70, 78, 80, 122, 172, 184, 190～194, 225, 227, 243

花園大学情報センター（図書館）　孤281～283

細山郷土資料館　孤215～217, 304～310

三八城神社　畔4, 218

横浜開港資料館石井光太郎文庫　孤70～91, 257

立命館大学アート・リサーチセンター　孤33～35（sakBK03-0024）、36, 37, 41～43（sakBK02-0441）、193～197（sakBK02-0443）、228～245（sakBK02-0444）、299～301（sakBK02-0137）、畔162（sakBK03-0024）

早稲田大学図書館　桃349, 361, 374　孤39, 66～68, 98～100, 104, 105, 117, 122, 123, 128, 129, 134, 135, 137, 138, 140, 141, 143, 145, 147, 149, 151, 153, 158, 159, 201, 258～265, 269～280, 284～292, 319　畔207

個人蔵　桃303　孤312　畔8～11, 25～27, 33～35, 41～44, 52～56, 62, 69, 74～76, 89, 99～101, 139, 177, 218, 219, 221, 235～237

※所蔵先不明なものは割愛した。

主要参考文献・引用書目

（参考文献は論文も含めて、本文中に記載している）

Ⅰ　天野桃隣

■雑誌

太白堂桃年「太白堂史の一部」（『俳味』2　一九一一年十二月）

志田素琴「蕪村の「人間に」の句から桃隣評伝へ」（『東炎』一九三四年二月、四月）

中村俊定「芭蕉十七回忌追善集「粟津原」について」（『筑波』一九三四年十月）

志田素琴「桃隣の『粟津原』を読む」（『東炎』一九三五年一月、二月）

尾崎久弥「桃隣の俳諧調」（『野の声』一九五一年二月）

深沢了子「『陸奥衛』考―『おくのほそ道』との関わりから―」（『文学・語学』第二〇八号　二〇一四年三月）

■単行本

勝峯晋風『芭蕉翁略伝と芭蕉連句評釈』紅玉堂書店　一九二五年

高木蒼梧『俳諧史上の人々』「天野桃隣」俳書堂　一九三二年

天野雨山『俳豪鳥酔』蕉風社　一九三三年

『俳句講座　第九巻』守随憲治「桃隣・曾良・乙由」改造社　一九三三年

菊山當年男『はせを』「天野桃隣小伝」宝雲舎　一九四〇年

志田義秀『芭蕉前後』「桃隣評伝」日本評論社　一九四七年

阿部正美『芭蕉伝記考説』「芭蕉類縁考　桃隣」明治書院　一九六一年

飯野哲二『芭蕉及び蕉門の人々』「蕉門の人々　桃隣」豊書房　一九六九年

荻野清『俳文学叢説』「天野桃隣論」赤尾照文堂　一九七一年

西村真砂子『校本おくのほそ道』「『陸奥衛』から」福武書店　一九八一年

『江戸切絵図集成　第二巻　近江屋板上』中央公論社　一九八一年

『島田筑波集　上巻』青裳堂書店　一九八六年

久富哲雄『芭蕉　曾良　等躬　資料と考察』笠間書院　二〇〇四年

■作品
『俳諧文庫　第二十四編　俳諧紀行全集』博文館　一九〇一年
『俳諧名著文庫　第七篇　陸奥千鳥』俳書堂　一九一六年
『日本俳書大系　第六巻　蕉門俳諧後集』春秋社　一九二八年
『日本俳書大系　第十二巻　元禄名家句選』春秋社　一九二九年
安井小洒『蕉門名家句集　下巻』なつめや書荘　一九三六年
『古典俳文学大系　第七巻　蕉門俳諧集』集英社　一九七一年
『古典俳文学大系　第九巻　蕉門名家句集2』集英社　一九七六年
南信一『総釈許六の俳論』風間書房　一九七九年
『蕪村全集　第一巻』講談社　一九九二年

■遺墨
伊藤松宇『蕉影余韻』「桃隣　杉風宛文」菊本直次郎　一九三〇年
巌谷小波『俳人真蹟全集　第四巻』「桃隣　歳旦刷物」平凡社　一九三一年

■書簡
飯田正一『蕉門俳人書簡集』桜楓社　一九七二年
荻野清・今栄蔵『校本芭蕉全集　第八巻　書翰篇』富士見書房　一九八九年
今栄蔵『芭蕉書簡大成』角川書店　二〇〇五年
田中善信『全釈芭蕉書簡集』新典社　二〇〇五年

■年譜・伝記
今栄蔵『芭蕉伝記の諸問題』新典社　一九九二年
今栄蔵『芭蕉年譜大成』角川書店　一九九四年

Ⅱ　東都蕉門　太白堂

■雑誌
伊藤善隆「早稲田大学図書館蔵『俳諧摺物貼込帖』について」（『江戸文学』25　ぺりかん社　二〇〇二年六月）

■単行本
『俳諧叢書　第六巻』博文館　一九一五年
平林鳳二・大西一外『新選俳諧年表』書画珍本雑誌社　一九二三年
『俳句講座　第一巻　史的研究篇』石田元季「天保俳諧史」

改造社　一九三三年
勝峯晋風『明治俳諧史話』「孤月調と甘海の俳文集」大誠堂　一九三四年
『相見香雨集2』「崋山と太白堂　附桃家春帖、華陰稿、月下稿の事」青裳堂書店　一九八六年
『相見香雨集2』「渡辺崋山版画考」青裳堂書店　一九八六年
飯田九一『川崎古今俳句集』神奈川文庫　一九五一年
『俳句講座　第一巻　俳諧史』市橋鐸「天保俳諧史」明治書院　一九六九年
尾形仂『俳句と俳諧』「月並俳諧の実態」一～四　角川書店　一九八一年
岸野未到『俳諧系図と桃家』岸野六之助　一九八三年
『ほそやま俳句―細山俳句百余年　土曜会七十周年―』細山土曜会　一九九三年
『多摩市史　資料編二　近世　文化・寺社』多摩市　一九九六年
『渡辺崋山集』第一巻・第二巻　日本図書センター　一九九九年
山口豊山『夢跡集』『日本人物情報大系　第58巻』皓星社　二〇〇〇年
『ほそやま俳句―細山俳句百余年　土曜会八十周年―』細山土曜会　二〇〇五年

■作品

『桃葉集』（明治二十五年創刊）太白堂（一八九二年より継続）
『俳諧文庫　第十三編　俳諧論集』博文館　一八九九年
『俳諧文庫　第二十四編　俳諧紀行全集』博文館　一九〇一年
『芭蕉句選年考』文成社　一九一一年、博文館　一九二九年
『日本俳書大系　第三十一巻　俳諧系譜逸話集』春秋社　一九三〇年
『一茶全集　第八巻』信濃毎日新聞社　一九七八年

Ⅲ　八戸藩主南部畔李公

■雑誌

矢羽勝幸「片山桃洞とその編著『露の玉葛』」（『須高』27　一九八八年九月）
二又淳「南部畔李の俳諧一枚摺」（『江戸文学』25　二〇〇二年六月）
二又淳「八戸の俳諧一枚摺とその周辺」（『文学』二〇〇五年三月・四月）
伊藤善隆「畔李関係摺物五点」（『近世文芸研究と評論』72　二〇〇七年六月）
藤田俊雄「〈資料紹介〉日蓮宗と南部信房との関わりから」

（『八戸市博物館研究紀要』22　二〇〇八年三月）

■単行本

三戸郡教育会『三戸郡誌　第四編』三戸郡教育会　一九二七年

前田利見『八戸俳諧史』百仙洞　一九三三年

北村益『五梅庵句集』百仙洞　一九三四年

田名部柊一『俳人三峰館寛兆―その生涯と作品―』田名部柊一　一九七八年

『八戸市立図書館国書分類目録　一』八戸市立図書館　一九七八年

『八戸市立図書館国書分類目録　二』八戸市立図書館　一九八一年

『八戸市立図書館国書分類目録　三』八戸市立図書館　一九八二年

関川竹四『八戸俳壇の歩み』八戸俳壇の歩み刊行会　一九八二年

『安藤昌益と八戸の文化史』上杉修遺稿集　八戸市文化協会　一九八八年

関川竹四『星霜庵入門列―八戸の俳諧―』関川竹四　一九九四年

八戸市立図書館市史編纂室編『八戸南部史稿』八戸市　一九九九年

関川竹四『八戸俳諧・俳句年表』八戸俳諧・俳句年表刊行会　二〇〇三年

『新編八戸市史　近世資料編三』八戸市　二〇一一年

『新編八戸市史　通史編Ⅱ　近世』八戸市　二〇一三年

■図録

『仙台市博物館図録』仙台市博物館　一九七九年

『八戸俳諧のあゆみ』八戸市博物館　一九八九年

『粋人たちの贈り物　江戸の摺物』千葉市美術館　一九九七年

『八戸の俳諧』八戸市博物館　二〇〇三年

初出一覧

（書き直したために初出の原稿から隔たりがある）

Ⅰ　天野桃隣

第一章　芭蕉と桃隣　↓新稿

第二章　桃隣の俳諧活動―『陸奥衛』を中心として―　↓『大阪俳文学研究会会報』第二十五号　一九九一年十月

第三章　『粟津原』の時代　↓新稿

第四章　桃隣発句集　↓『天野桃隣研究　付、太白堂の系譜』私家版　二〇〇七年九月

（「桃隣年譜稿」（上）（下）『大阪俳文学研究会会報』第二十一号、第二十二号〈一九八七年、一九八八年〉を増補改訂した「年譜」は、改稿して「桃隣略年譜」として本書に入れた）

Ⅱ　東都蕉門　太白堂

第一章　大練舎桃翁　↓『天野桃隣研究　付、太白堂の系譜』私家版　二〇〇七年九月

第二章　二世桃隣　↓右記に同じ。

第三章　石河積翠

一　太白堂と石河積翠　↓『梅花日文論叢』第十四号　二〇〇六年三月

二　『俳諧或問』―石河積翠の芭蕉理解について―　↓『梅花日文論叢』第十六号　二〇〇八年二月

三　積翠年譜・発句集　↓『梅花日文論叢』第十四号　二〇〇六年三月
第四章　三世桃隣　↓『天野桃隣研究　付、太白堂の系譜』私家版　二〇〇七年九月
第五章　四世桃隣　↓右記に同じ。
第六章　五世萊石　↓右記に同じ。
第七章　六世孤月　↓『太白堂孤月研究　江戸時代後期の俳諧宗匠』私家版　二〇〇九年三月（改編した）
『桃家春帖』翻刻と解説』私家版　二〇一三年十月
第八章　明治時代以後の太白堂　↓『天野桃隣研究　付、太白堂の系譜』私家版　二〇〇七年九月

Ⅲ　八戸藩主南部畔李公

第一章　伝記　↓新稿
第二章　作品　↓新稿及び「新出・五梅庵畔李の句軸の紹介」（『俳文学報』第四十七号　二〇一三年十一月）
第三章　畔李発句集　↓『畔李公俳諧年譜』（図録『八戸の俳諧』八戸市博物館　二〇〇三年に掲載、後に増補した私家版二〇〇八年、二〇一二年改訂）所収「発句集」（改稿した）
（「年譜」は改稿して「畔李公略年譜」として本書に入れた）

あとがき

芭蕉を源流として桃隣、太白堂の俳人たち、畔李と、この水脈を、一つの有機体としてまとめてみたいと考えたことが、本書を著す契機である。

元禄時代の江戸俳壇は、其角の洒落風に重点が置かれてきたが、桃隣を調べると、他門の調和や不角、蕉門では、嵐雪や深川衆が存在し、複雑な様相を呈すことが分かる。その様相を考察する場合に、其角に偏重する見方から視点を変えて、関心をさらに広げていくことを意図した。この研究が、江戸俳壇の実態の解明に向けて、多少なりとも役立てば倖いである。

中興期、蕉風が盛んであった地域は例えば、富田志津子『播磨の俳人たち』（和泉書院　平成二十二年）に栗の本と風羅堂という二大俳壇についての論述がある。地方俳壇に比較して都市部の江戸俳壇では特有の動向が窺える。江戸座と袂を分かつ太白堂は、蕉門の意識に基づく活動を継続して行い、江戸蕉門として確乎とした地位を築いた。その要因の一つとして、時代に応じた柔軟な活動形態が挙げられるのではないかと考える。

明治時代以後の太白堂は旧派に属し、今も俳諧活動を続けている。一般的文学史では、正岡子規が俳句革新を唱えて以来、新派が躍進し、旧派は衰退したとみられている。しかし太白堂は命脈を保っている。

太白堂の歳旦帳『桃家春帖』の常連の畔李は、俳書を集めた。南部家文書には、『奥の細道』最古の注釈書である『奥の細道鈔』など俳諧に関する良質な資料を所蔵する。畔李について資料を調査する際に、南部家文書を始めとする膨大な量の資料を閲覧した。その案内をして下さったのが藤田俊雄氏（八戸市立図書館長兼八戸市史編纂室長）である。「畔

「李公俳諧年譜」執筆、講演の講師に招かれ、「八戸市立図書館展示書目解説」の執筆に加わり、八戸の俳諧についての理解を深めていった。

芭蕉は元禄七年に亡くなったが、彼を慕う心は現代に至るまで生きている。時代の移り変わりとともに変化した芭蕉享受の具体的様相をⅠⅡⅢにおいて詳述した。桃隣は「風雅は野のごとく山にひとし」（『陸奥衛』）というが、その広大な風雅の世界について、その一端を明らかにできたならば幸甚である。

桃隣を卒業論文のテーマに取りあげてから長い年月が経過した。先行研究を調査し、俳人ゆかりの地を訪問し、こうして一つの区切りとしてまとめてみると、新しい出発点に立てたと思う。

西村真砂子先生、堀信夫先生には長年に亘り御指導を賜った。

八戸市立図書館、八戸市博物館、その他の公私の図書館などの多くの方々にお世話になった。

また本書の刊行に際しては、和泉書院の廣橋研三氏に御助言をいただいた。

最後に、この研究がまとめられた学恩に厚く謝意を表する。

平成二十六年六月

松尾　真知子

発句索引

I　天野桃隣

あ行

鳴呼おしき　49
青梅や　144
青柳や　23
暁の　57
赤松の　47
秋暑し　223
秋ちかく　214
明がたや　203
朝がほや
　濡てはかなき　255
　もらはずやらず　256
朝風や　352
朝霧や　260
あさましや　234
足本も　363
汗と湯の　183
あたらしき　110
あたりから　85
暑き日や　185
雨の日に　204
菖蒲葺　139
有明と　380
有明や　259
主まつ　229
有中に　2
粟稗は　292
哀さや　155
菴に来て　344
伊賀越に　42
軍せん　158
軍めく　136
幾とせの　160
石磨に　388
石磨も　174
石川や　152
石突に　169
碑に　339
何国まで　52
市中や
　木の葉も落ず　343
泥亀釣す　368
一八に　114
五日迄　137
一反の　230
出ることは　373
偽らぬ　103
稲妻や　239
稲の香や　281
今更に　318
岩城山と　98
岩倉や　321
植て行　149
うかむらん　207
うかれ出る　166
うぐひすの　20
鶯は　19
鵜匠ども　154
薄着して　353
埋火に　355
打過て　261
卯ノ刻に　116
卯の花に　93
梅散て　16
梅漬や　145
うやむやの　217
うら枯るる　293
盂蘭盆や　235
雲水や　12
江戸に来て　123
榎の実ちる　294
老竹の　82
黄精（おうせい）の→こうせいの
大汗の　184
御火焼や　383
奥の花や　81
送り火の　236
おそろしき　202
落栗に　296
落つくや　134
おつるとき　32
驚かぬ　313
鬼の血と　71
おもひ出や　192
俤や　349
おろすべき　264

か行

海棠や　63
貝もなき　75
薫るとは　193
傘さして　56
笠ぬがぬ　297
笠脱ば　228
笠松や　198
蝸牛　162
片庇　283
片方は　10
蟹を見て　195
鎌倉へ　282
神在す　312
茅葺や　340
から臼の　77
から風の　341

辛崎と　156
刈比に　201
枯ながら　338
獺の　58
翡翠の　118
川流　291
香は室に　400
寒ぎくや　334
閑人の　317
邯鄲の　50
気を濯ぐ　194
菊の気味　300
聞までは　122
きさがたや　86
貴様には　101
気散じや　119
着たかひも　36
木啄の　265
樹も石も　87
兄弟の　378
けふの月
　衣通姫ハ　278
　向の山は　279
きりぎりす　242
銀杏も　287
草に臥　215
葛の葉の　337
くだけても　224
口切に　322
口切や　323
汲鮎の　44
蜘の子の　127
闇き夜や　366
来る雁の　263
暮るとて　310
紅ゐの　64
黒羽の　92
下司の子も　68
夏百日　89
かふ過て　303
黄精の　210
蝙蝠に　163
凩に　327
木枯の　325
凩や
　霍見る窓に　328
　横へ突ぬく　326
試や　8
五十間　180
御所近く　222
言の葉や　95
木の下や　94
此山に　61
米入る　257
薦槌の　395
籠らばや　88
更衣　79
比も夏　83
紺菊も　298
金堂や　206

さ行

在郷で　237
五月女に　133
桜咲　59
山茶花や
　椿に似ても　331
　未だ消安き　332
淋しさや
　山は猶更　246
　芳野を榧子に　295
五月雨の　135
寒き日や　371
塩からき　393
鹿の子の　165
時雨日や　346
茂る藤や　96
茂れ茂れ　97
十人の　262
しら糸の　200
しら露の　258
しらももや→はくとうや
師走とも　386
新蕎麦や　304
水晶や　190
水仙や　335
菅笠に　249
煤けたる　153
煤掃や　390
雀五羽　15
墨絵書く　397
せきぞろぞ　385
瀬に替る　106
千年の　78
草木の　24
蘇鉄にも　351
袖の海　347
その月も　269
其匂ひ　370
それぞれよ　299

た行

大名の　329
田植等が　150
甃たる　90
誰植て　172
誰狩て　248
高みから　387
逞き　22
武隈の　186
たゝかれて　369
橘や
　下に落たる　104
　籬が島は　105
立旅の　225
田螺哉　35
為家の　173
達磨忌に　336
近付に　51
鵆聞く　381
茶の花や　324
茶の湯にも　333
散を覚し　319
ちる時を　13
ちる花の　62
塚ばかり　129
月涼し　188
月雪に　361
筑波根や　74

繕はぬ　364
土浦の　46
躑躅咲　70
貞徳や　6
手を上ゲて　247
手に足に　107
年の内の　394
鳶の巣に　72
飛鹿も　245
飛蝶の　33
飛蝶や　111
泊り人を　266
取あげて　164
鳥立て　148
鳥に落て　34
蜻蛉の　241

な行

なぐさめて　38
夏草に　102
納豆汁　377
夏の月　91
なゝ草や
　跡の拍子は　29
　次手に扣く　28
七僻や　109
七野見た　253
錦手や　306
西に入　284
虹吹て　191
叩首や　181
濡て居る　314
禰宜呼に　212
寝ころべば　243
能因に　175
陵霄の　211
長閑成　26
幟哉　141
野も家も　171

は行

墓近く　374
白桃や　69
薄氷や　375
橋に来て　161
橋二ッ　189
蓮好の　205
畑中の　39
初秋に　219
初秋や
　明日の暑さも　220
　庵覗けば　218
初鰹　128
はつしぐれ　345
初花の　41
初雪の　359
はつ雪や
　火燵を去つて　357
　人の機嫌は　356
　筆捨山の　358
花瓜の　168
鼻てやる　389
花鳥の　55
花鳥や　54
花柚哉　108
花はさけ　48
春を待　399
春たつや　1
春の雨　21
引尽す　138
額にて　45
一息は　197
人を鳴　379
一嵐　342
一頃ハ　302
ひとりうつ　315
独立　121
雲雀なく　37
ひやうたんは　384
ひらゐても　25
昼顔の　209
昼顔や　208
昼舟に　66
深川の
　末や女中の　167
　畠でたゝく　30
吹螺に　157
梟啼て　151
富士浅間　31
藤の棚や　73
舟着や　67
踏込で　196
文月に　221
ふりもどり　179
古寺や　305
平蔵が　320
蛇なくば　60
蓬莱の　4
蓬莱や　3
朴木の　187
星の井の　117
星の声　233
牡丹見に　112
牡丹見や　113
郭公
　うけ給りに　126
　けふもむかひに　125
　啼や田舎の　120
帆の影に　27

ま行

曲り来る↓めぐりくる
幕うたぬ　14
又起て　231
町中に　124
松嶋の
　けしきかな　5
　月やハ物を　285
松島や
　いらぬ霞が　11
　五月に来ても　132
松杉に　226
真直に　350
丸山の　99
万歳が　7
ミほつくし　232
三日月や　286
見事なる　53
短夜を　131
水鳥の　140

御手洗や　84
三千風の　227
道くだり　290
蜜の香や　43
水無月や　177
水無月は　178
蓑虫を　244
宮城野の　252
見られねば　238
実ハ飛て
　台に成し　251
けだるき蓮の　250
麦喰て　130
麦蒔や　376
名月や
　暁近き　274
　あたりの雲も　272
九つ時を　271
誰が養ひて　267
舟虫走る　275
夜食嫌も　273
雪みんための　268
　宵の心は　270
明月や煎々て　276
曲り来る　330
文字摺の　182
餅つくや　391
もとあらの　100
物臭き　80
物ぐさや　354
藻の花の　143
物申ハ　382
樅の香や　18
桃色の　65

や行

焼飯に　176
屋根葺の　348
山炭に　311
山寺や　199
山鳥の　316
山の井を　159
山畑に　277
山蜂の　115
山彦や　216
雪あられ　362
雪消て　372
雪積て　365
雪なだれ　76
雪の日や
　唯白更の　367
　どれがむかしの　360
行秋や
　七里が浜も　307
　紅葉の寺に　309
　椴より落る　308
行としも　392
ゆく水の　170
宵過や　240
世をそむく　288
欲垢の　213
夜に入て　396
世の中や　40
世は誰も　17

ら行

蘭の香や　254
領分が　301
弄玉も　398

わ行

若竹に　146
若竹の　147
若水は　9
綿仲間　289
童等よ　280
われからは　142

Ⅱ　東都蕉門　太白堂

石河積翠

あ行

朝霧や　28
足もとへ　45
足もとに　35
翌立る　7
池澄みて　38
いつかまた　25
稲舟や　20

か行

陽炎や　37
鐘撞の　4
岸へ打　6
草薙の　14
紅梅や　8

さ行

歯朶刈に　11
障子して　32
しらうをや　13
涼しさや
　汐をむかへる　46
　藻のふり替る　53
李咲や　49

た行

積石に　40
蔓草に　29
槖吾の　41
鳥追や　1
鳥に経　18

な行

南風や　22
荷の魚に　50
野の草ハ　10

は行

蓮をみて　34
八朔や　43
初鶏や　9 12
初春や　27
花小角豆　44
花ながら　36
春へ越　21
春風や　24
春雨や　51
蜩や　19
人を追　2
ひなの日や　15
笛売の　26
船着や　42
冬川や　52

ま行

満汐や　47
皆仮名に　5
深山木も　3
昔見し　23
鵙鳴や　30
森とへバ　17

や行

夕顔や　31
夕凪や　54
夕汐の　33
雪やみて　39
ゆく春や　16

ら行

栗鼠の子の　48

六世孤月

あ行

青空の　89
青柳の　3
赤へ土　6
秋ハ何の　143
明く川へ　286
明る夜を　188
明る夜に　307
朝寒の　85
海士が芥子　319
雨漏に　190
有明の　144
有のミの　222
有ほどが　282
安日ハ　323
行灯の　142
生過ん　211
池の魚　301
いざ汲ん　61
何所へも　246
一日の　40 80
一輪の　267
入たのも　231
いとゞ愚に　192
居直れバ　66
入物に　104
初々し　296
魚ハ岸へ　54
鶯に　153
鶯の
　力からして　308
　出来や一声　107
　出てゆく方や　93
　鳴なり声に　30
　ミへず啼なり　312
　道や木ごミに　238
　道ハうぐひす　185
鶯や
　木のゆれやうも　137
　留守にも来たる　297
臼はづむ　189
太秦で　10
埋火を　162
生れ居て　87
海山の　100
梅おそし　206
梅が香の　300
梅さいた　135
梅さかで　99
楳白し　122
梅に花　199
梅ばかり　91 326
うらゝかや　191
江に添ふて　34
江の雲が　49
老ハ貰ふ　163
往来の　259
大いなる　79
大きさよ　302
大年や　217
大晦日　174
拝ミたる　293
御降ハ　125
おそく入　248
おそろしき　239
落て来る　113
音ふたつ　177
おもふ事　20
親里や　76
下る間に　277

か行

帰らぬ子　73
帰るなら　214
がを折た　287
隠れ居れバ　288
かくれ家の
　天上日よ　27
　水のこぼれも　22
罔両の　18

陽炎に　25
かさだかや　70
かぞへ日を　63 90
片舞の　220
かち栗の　215
門松や　101
香に匂ふ　1
傘に　284
鴈なくや　19
川へだち　295
寒月や　16
元日の　154
木裏から　294
木をも震ふ　31
聞夢を　235 240
来てハ立　263
木に競べ　33
きのふにも　118
きのふまで　17
きのふより
　けふのしたはし　52
　又日の長し　37
木のくせの　151
木の透た　218
木の中へ　236
木ばかりの　233
けふハ年が　132
けふハ往ぬ　123
食積を　311
くひなきく　242
草木より　48
草の戸を　86
草の戸の　97
口切や　15
雲を出て　98
雲が皆　139
今朝からの　210
今朝春　7
こほろぎの　290
木枯や　14
心にも　274
心にハ　194
来ぬ春の　227
こぼれしハ　164
是ほどに　320
是ほどの　106

さ行

酒かけて　72
栄螺より　84 325
さし荷ふ　13
早苗から　140 150
さミだれは　111
寒かりし　42
されバこそ　156
三月に　138
三朝とハ　310 317
三度目も　148 149
志賀の湖に　12
時雨ぬ日　112 136
四五本の　114
四五輪が　102
柴一把　82
舜に見る　4
白魚の　212 315
心身に　53
素がへりの　305
すゞしさや　38
すゝきや　9
すゝはきは　46
づつふりと　197
済際に　298
炭残し　146
西北の　67
さうかとて　247
その下ハ　77
其中の　225
空あれて　83

た行

田一枚　173
凧一ツ　5
たゝかれず　44
たゝかれる　165
立捨て　152
立空に　198
谷越して　41
谷水の　166
玉川や　314
足るほどや　195
近頃や　278
衡聞て　88
乳に足るか　202
蝶かろし　245
てふてふの　36
散る色の　109 115
散花や　182
朔日も　219
杖出して　285
月の外に　11
土高う　265
土べたの　264
菩ミたを　203 322
菩にも　120
つまるのか　221
出てミれバ　81 316
出てよほど　110
遠き谷　269
遠くして　216
何所へなど　318
年暮ぬ　204
年ばし　68
年々や　92
年の市　116
年の日の　186
年はおろか　24
戸とそらを　299
戸のあとを　207
飛跡の　243
止らずに　289
土用芽を　141
鳥影を　193
鳥巣を　229
鳥の觜　200

な行

流れゆく　209
啼て蚊の　39
亡きと読　306
投餅に　258

撫て来ん 226
なま柴と 108
生りし香の 232
鶏の 103
濡色も 253
根を鳥の 250
寐支度ハ 275
残る柴 105
后の月 60
蚤のあと 241 244

は行

初霞 172
はつ鴈の 51
初東風の 254
初東風や
　何所も武蔵は 57
　鳥の胸毛を 169
　庭木の老を 175
初空や
　汐うつりして 2
　出来た日を今 187
はつ月や 304
初鶏の 208
初鶏や
　すゝめられての 266
　万の国の 179
初花と 71
初春の 95
初深雪 313
はな紙の 58
華配り 321
華さかぬ 121
花に葉の 276
花に行 74
花の露に 23
花見とや 64
蛤を 117
張もせで 59
春風に 234
春風や 270
春近し 256
春の海 158 159 324
春の日の 8
春の雪
　折々白く 155
　地に付き音を 201
春の夜の 131 147
半分は 26
久うて 223
一□□ 292
人あしを 255
人下りて 279
人丈ハ 224
ひとつ事 273
一なく 257
ひとつひとつ 47
一年の 230
人中へ 32
人に夜の 94
人の折 75
一筆は 281
日の遅く 62
日はいりぬ 56
二日降れバ 160
冬がれや 303
冬の日の 196
降かため 134
ふり出して 127
降雨に 55
古道や 280
降物を 170
別に来て 205
蓬莱の 130
蓬莱や 249
木瓜咲や 178
綻を 69
蛍見や 260
帆といふ帆へ 161
ほとゝぎす 327

ま行

毎日ハ 328
又折ると 65
未だ煤の 181
待ぬ物 271
又葱を 129
杢売や
　見掛た事も 168
　我見ても十 35
待宵を 133
見えて来ぬ 167
道中の 45
見て置た 283
水下も 228
水無月の 309
峯遠く 291
蓑むしは 29
むかし絵の 128
麦畑を 119
むしに心 124
餅つきの 251
もらはれて 272
もるほどの 145

や行

痩顔の 28
山里や 171
結目迄を 180
夕顔の 78
夕蟬の 237
雪消る 183
ゆきの宿 43
行年の 268
ゆく年も 213
行ならむ 157
行けるだけ 261
宵の□ 50
やうやうと 184
よこくもを 176
横雲の 126
夜の空 21
夜半よりも 262

わ行

若草を 96
わさとても 252

Ⅲ　八戸藩主南部畔李公

〈注記〉『五梅庵句集』に収録の句尾に＊印を付した。

あ行

葵咲　1
青筵　12
秋風は　255
秋雨や　85
秋津洲の＊　173
秋の日も　249
秋の夜や　267
暁晴て　279
明け舟に　227
朝皃の　200
朝影や　15
朝霧や　90
朝東風や　236
朝すゞや　118
あさな呼べば　184
芦原や＊　13
遊ぶ日の　112
雨音と＊　113
雨二日　122
あらたまり　193
有あまり　141
あれハみな　181
言ことを　192
幾冬も　302
幾齢　303
いざ宵と　96
伊勢海老も　27
いそがしい　205
一番の＊　56
一生の＊　218
稲に露　50
命にも　196
今接し＊　44
入相と　156
色影も　319
色も香も　22
色や今も　304
うぐひすの
　唇あつき　74
　雲井に近き　73
鶯も
　たゞの鳥なり　55
　めぐる御慶の　102
鶯や
　旭を連れて　212
　旭の動く　26
　とふく遊バず＊　231
うす霞　217
打寄する　274
うつせミの　5
梅さくや
　椽に六日の　219
　野守に古き＊　34
梅しろし　195
梅所々　99
梅に積る　4
梅ばかり　188
梅守の　32
浦しまが　186
嬉しさや　324
餌を拾へ　166
椽先に＊　18
大空は　93
遠近や　79
落汐や　48
落葉掻く　301
乙月や　167
音も香も　275
御流や　277
鬼の住　36
各の　82
思ひ出や　286
おんじやくや　311

か行

かゝなべて　237
加賀簑や＊　149
葛西女や　3
重着の＊　129
風綿に　125
霞から　232
かすみけり　20
風すこし　135
蚊の声や　204
神風や　313
神坂や　297
神の灯は　9
苅稲に　263
雁金と　247
雁金も　258
鴈ひとつ　206
枯尾花　307
枯て尚　317
川音の　16
川越せバ　107
蛙いまだ　140
寒月や　60
灌仏や＊　130
聞ば尚　287
雉の声＊　24
絹川の　248
絹川や　320
砧打て　14
気の行當る　220
今日の寒け　295
けふの月＊　190
茎立や　241
葛も月も　158
国の光り＊　183
くるり打　323
今朝の秋　145
今朝の春　211

下駄の歯に　121
凩の　312
苔の花　238
寿の　281
この魚に　209
こゆるぎの　46

さ 行

坂の名の　273
酒尽る*　147
酒呑めと*　150
山茶花や
　小闇庭の　291
　時雨兼たる　290
渋鮎や　250
寒ひとは　52
三人ハ　54
三俵と　197
椎の実を　110
時雨るるや　288
しだり尾の　103
しばらくと　269
渋団　49
霜寒し　270
霜と化す*　133
出山の　191
除夜の鐘　68
白魚や　222
新月も　109
新酒や　86
すゝしさの　124
進ミ来て　127
墨摺れば　305
節分や　111
僧にせし　83
空二夜　169

た 行

誰顔も　252
高汐や　172
薪干　294
瀧守の　242
たぎる湯と　144
只春の　72
伊達の戸や　299
種となる*　165
旅の記の　276
玉川を　106
玉手箱　66
玉の盃に　157
足らざるは　251
茶の花や　51
蝶飛や　230
蝶のむかし　203
千代までも　315
千代むすぶ　2
月入らぬ　182
月に朧は　225
月のよごれ　170
月花の
　けづり余りや　185
　はるや二見の　80
　筆やしばらく　177
月ひとつ　318
月も葛も　154
月もなし　316
月漏る　164
手のとゞく　64
照越の
　照らで曇し　292
　日照なくせよ　293
時を得て*　137
時とへバ　143
どことなく　199
年老て　201
年暮し　120
としの大津　153
年の香や　41
としは世の　208
友一人*　136
とらずとも*　202
とりあげよ　138
鳥あさる*　100
鳥追や　8
鳥飛べば　221
鶏の産　194
鳥ひとつ　105

な 行

永き日の　53
永き日や*　81
夏の月*　84
夏の夜の　142
七たびの*　101
波打や　272
浪に寐ぬ　189
鶏を　88
ぬけがらは　260
盗ものゝ　159
ねがふたる　235
葱畑に　40
寝心も　309
寐て居る山　243
長閑さや
　あちこちへ人の　171
　鳥が飛ても　228
長閑さは　187
長閑過て　162
長閑には　207
乗懸て　298

は 行

鉢植の　239
八月の　174
八月や　168
鉢たゝき　65
はつ秋と　59
はつ空や　75
初風呂を　179
華さくと　31
花さくや　216
花芹や　23
華にはく　213
花に雪に　69
花の春*　25
花の留守　33
花町や　296
母が打ても　146
破魔弓の　10
腹の中　176

春寒し　198
春雨や　91
春の雨
　これも宝の＊　57
　山もしろさは　134
春の川　224
春の日を　71
春の日の
　畔や横むき　62
　いろや小松に　38
後にも又　210
春の日や　21
春は花　256
春は又　245
晴曇　240
光添ふ
　大慈の影や　47
星の雫や　278
久しやと　321
秀衡の　259
人の日と
　なりけり門の　98
　成て都を　67
成ぬこゝろの　28
人の日や　214
一周＊　115
日のからす　123
日の前の　226
氷室守　116
氷室山＊　131
福神の　77
梟の　119
伏拝み　254
二夕めぐり＊　63
筆の穂も　306
舟橋や　282
船橋は　261
冬草も　308
冬籠る　280
冬野原＊　151
冬までと　70
ふりかはる　61
古郷も　246
蓬萊の＊　160
干菜つる　283
榾くべて　310
榾分て　117
ほとゝぎす　234
帆柱を＊　19
本陣と　37

ま行

未染ぬ　253
松桜　289
松に竹　42
待はるの　104
忢持る　178
待宵と　92
万石の　233
三日月に　229
ミじか夜を　35
御手洗水の　266
見ぬ人の　126
峯の松　322
身の丈に　215
麦の垣　223
むし籠や　244
村雲へ　108
紫の　45
村一ツ　257
明月の
　居所は皆　163
　入物にして＊　148
名月や
　家のうしろは　95
　小野には古き　17
　草の底にも　39
めきめきと　76
持汐に　94
餅に名の　314
もと船や　30
紅葉をも　265

や行

八千度を　284
柳から　29
藪川の　264
藪紅葉　300
山間の　58
山いくつ＊　87
山姫は　155
山笑ふ　11
夕汐や＊　132
雪となる　139
雪華を　268
ゆきゆきて　97
雪は雲の　262
ゆきは山へ　78
世を霜と　152
世を永う＊　6
よしあしは　89
寄鳥や　285
世の先の＊　175
世ハぬくし＊　161

ら行

蓮翹や＊　7

わ行

若草や
　はじめて魚の　128
　まだこねそめぬ　180
若竹を　114
若餅の＊　43
別るるや　271

■著者紹介

松尾 真知子（まつお まちこ）

一九六一年、大阪に生まれる。

神戸大学大学院博士課程（後期）単位取得退学。

日本学術振興会特別研究員（一九九三～九五年）。

専門、日本近世文学・俳文学。

上笙一郎編『江戸期の童話研究』（翻刻文を担当）、神戸大学編『連歌俳諧関係研究文献総目録』（「単行本篇」、「論文篇」芭蕉、他を担当）。論文「『五月雨をあつめて早し最上川』私解」（『連歌俳諧研究』第七十七号）、「『休息歌仙』の成立」（『連歌俳諧研究』第八十四号）、「八戸市立図書館所蔵『おくのほそ道鈔』解題と翻刻」等。

研究叢書453

天野桃隣と太白堂の系譜
並びに南部畔李の俳諧

二〇一五年一月二〇日初版第一刷発行
（検印省略）

著者 松尾 真知子
発行者 廣橋 研三
印刷所 遊 文 舎
製本所 大光製本所
発行所 有限会社 和 泉 書 院
大阪市天王寺区上之宮町七－六
〒五四三－〇〇三七
電話 〇六－六七七一－一四六七
振替 〇〇九七〇－八－一五〇四三

ISBN978-4-7576-0727-9 C3395

研究叢書

書名	著者	番号	価格
源氏物語の方法と構造	森　一郎著	411	一三〇〇〇円
世阿弥の能楽論　「花の論」の展開	尾本頼彦著	412	一〇〇〇〇円
類題和歌集　付録　本文読み全句索引エクセルCD	日下幸男編	413	二六〇〇〇円
源氏物語忍草の研究　本文・校異編　論考編　自立語索引編	中西健治編著	414	一八〇〇〇円
平安時代識字層の漢字・漢語の受容についての研究	浅野敏彦著	415	九〇〇〇円
文脈語彙の研究　平安時代を中心に	北村英子著	416	九〇〇〇円
平安文学の言語表現	中川正美著	417	八五〇〇円
『源氏物語』宇治十帖の継承と展開　女君流離の物語	野村倫子著	418	一二〇〇〇円
祭祀の言語	白江恒夫著	419	九〇〇〇円
日本古代文献の漢籍受容に関する研究	王　小林著	420	八〇〇〇円

（価格は税別）